Trans+

Trans+

Strange & Mesmerizing

SM
33

少女 A

Girl A

作者：艾比蓋兒・迪恩（Abigail Dean）
譯者：葉旻臻
責任編輯：林立文
封面設計：張巖
電腦排版：楊仕堯
法律顧問：董安丹律師、顧慕堯律師
出版：小異出版
台北市 105022 南京東路四段 25 號 11 樓
TEL：(02) 87123898　FAX：(02) 87123897
www.locuspublishing.com
發行：大塊文化出版股份有限公司
台北市 105022 南京東路四段 25 號 11 樓
讀者服務專線：0800-006689
TEL：(02) 87123898　FAX：(02) 87123897
郵撥帳號：18955675　戶名：大塊文化出版股份有限公司

總經銷：大和書報圖書股份有限公司
地址：新北市新莊區五工五路 2 號
TEL：(02) 89902588　FAX：(02) 22901658
初版一刷：2022 年 7 月
定價：新台幣 420 元

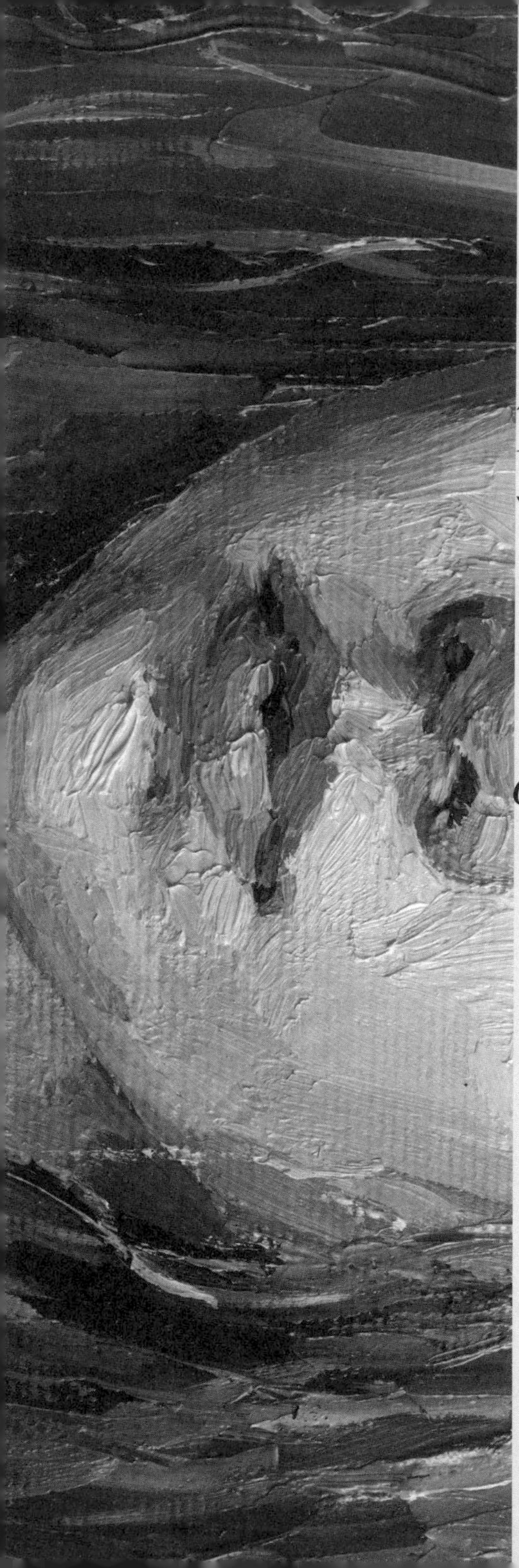

少女A

Girl A

艾比蓋兒・迪恩——著
葉旻臻——譯

推薦序　童年受的傷，長大後會自動變好嗎？

諮商心理師　陳志恆

每個人或多或少，在童年時都曾受過一些傷。

這裡指的「傷」，不是肉體上的傷，而是心裡的傷。童年時期的不幸遭遇或重大變故，個體為了保護自己，繼續存活，會使出各種防衛機制幫助自己度過困境，其中最常見的就是將心靈凍結在過去。

被凍結的能量卡在身體裡，未能得到釋放或自由流動，在日後的某些情境中，無預警地被勾起，而出現劇烈的情緒反應、不理性的行為模式，或者莫名的身體病痛。即使我們的外觀長大成人了，但童年創傷的影響，仍持續一輩子。

也許，你早就想不起來，過去發生了什麼，但是，身體永遠忘不掉。

《少女A》是一本翻開閱讀，就停不下來的小說。作者用特殊的敘事筆法，帶你穿梭在現在與過去的不同時空中。從主角「少女A」的視角，帶你看見兒時創傷經驗對一個人如何產生深遠的影響。

多年前的一起社會案件，轟動一時。一名少女從「恐怖屋」中破窗逃出，向外求援，揭發了一

椿駭人聽聞的兒童虐待事件。少女A與其手足長期被父母囚禁在陰暗窄小的屋裡，得不到足夠的食物與清潔，嚴重營養不良，甚至淹淹一息。東窗事發後，父親仰藥自殺，母親被繩之以法。少女A及其手足獲得緊急醫療照顧，日後也分別被安置到不同的寄養家庭中。

時隔多年，少女A被監獄通知，母親在獄中過世，遺囑中提到將為數不多的金錢以及那幢「恐怖屋」，平分給仍活在世上的兒女。並指定少女A為遺囑執行人。

因此，少女A一一與四散各地的手足取得聯繫，也得以窺見長大後，兄弟姊妹們過得如何。儘管在獲救之後，大家似乎都獲得妥善的醫療照顧與後續安置，但成年後，仍可從他們的生活中發現兒時創傷的後遺症。

儘管他們都盡可能忘掉那段不堪的回憶，但那些後遺症卻不斷撞擊著每一個人後續的生命。有人成為工作狂；有人染上藥癮、毒癮；有人在親密關係或婚姻中一再觸礁；有人住進了精神療養院……

在此，不得不提到廣為人知的「逆境童年經驗」（Adverse Childhood Experiences, ACEs）研究。經過學者大規模的調查與研究後發現，一個人在童年時期若經歷任何身心虐待或疏忽照顧等逆境經驗，長大後更有可能出現各種生理或心理的疾病，或者在事業、婚姻或人際關係等各方面遭遇失敗。

ACEs 歸納的十種逆境童年經驗包括：肢體暴力、精神虐待、性侵害、缺乏基本生活照顧、缺乏溫暖陪伴、同住家人有精神疾病、坐牢、毒癮、雙親離婚或目睹家暴等。只要童年時期曾暴露在這樣的險境中，成年之後就可能出現長遠的負面影響。

主導ACEs研究的費利帝（Vincent Felitti）和安達（Robert Anda）兩位醫學專家發現，逆境童年經驗比一般人想像中的更常發生。在二十世紀末期的當時，就有六十七%的人有過至少一種童年逆境經驗，十二·六%的人擁有四種以上。而經歷逆境童年經驗的狀況越多，成年之後的身心後遺症則更多。

這與大多數精神醫學或心理學家的臨床觀察，都是一致的。

令人費解的是，為什麼童年時期的創傷經驗，會對長大後造成如此巨大的負面影響？也就是，其中的機轉是如何發生的？而那些成功超越逆境，在長大後變得更傑出卓越的人，又該如何解釋？

當然，你會聽到不同領域的專家，提出各自的見解。

然而，這正是本書作者想要透過這本膾炙人口的小說呈現的。確實，遭受囚禁與虐待的童年逆境，對這些孩子都造成了一定程度的負面影響，但衝擊幅度卻各不相同，日後的發展與人生際遇也很不一樣。

特別是，《少女A》書中，有很大的篇幅提到虐待發生之前的家庭生活。在這個家庭中，當一個又一個孩子相繼出生，不同手足之間的競合關係，不同年齡階段得到的照顧與資源，以及家庭重大事件發生時，不同孩子剛好處於什麼的身心發展階段，都大大影響了孩子們在獲救之後，日後的身心健康與社會適應。

無論如何，你會在書中讀到，每一個孩子都試圖要走出童年創傷陰霾，他們無意識地用各種方式保護自己，避免再去經驗當時的痛苦。同時，他們後續的人生也被這些保護機制所牽絆：有人陷入酒癮、毒癮之中，有人無法與人建立信任與親密的關係，有人沉醉在追求成就中，用名聲地位來

麻痺自己。

當然，也有人在宗教信仰中獲得慰藉，對來自父母的傷害選擇原諒。只是，他真的能原諒父母嗎？還是，那也只是種心理防衛，透過認同或合理化父母的行徑，讓自己感到好過一些。

談到原諒，經歷童年傷害的孩子們長大後，最矛盾的就是面對曾經傷害過他們的人，特別是自己的至親。他們曾經提供你成長所需的資源，讓你能活著長大，但同時也加諸痛苦在你身上，這著實令人感到混亂。於是，少女A採用冷漠的態度面對過往，不去碰觸、不去想起、事不關己，試圖在心理上斷絕與父母和過去種種的連結，倒也相安無事了一段時間。

直到，命運的安排找上了她，逼得她得回頭面對自己的內在，更在與手足的重逢中，試著救贖與療癒自己。

其中有一個段落，特別耐人尋味。

當少女A被通知到監獄領取母親的遺物時，監獄的牧師告訴少女A：「我想見您，是為了寬恕。若您寬恕別人待您的過錯，天父也會寬恕您。」牧師和少女A的母親，在監獄裡曾有許多互動，他把手擺在少女A的膝蓋上，說：「但若您不寬恕他人的罪，天父也不會寬恕您的罪。」

少女A只是面帶微笑，並在內心裡咀嚼著「寬恕」這兩個字。

我們常以為，要終結創傷對我們的影響，就是願意與過去那個曾傷害你的人和解，試著去寬恕或原諒對方的過錯。然而，這境界並非每個人都能做到，也不該要求人們如此。

比原諒傷害你的人更重要的，是與內心那個躲在陰暗角落哭泣的孩子——凍結在童年時期的你和解，安撫他、疼惜他，告訴他「現在很安全，可以慢慢長大了」；而非忽略他、壓抑他，甚至鞭

答他。

願你在閱讀《少女A》時，也能看見內心那個傷痕累累的孩子，友善地接納他、擁抱他，邁向與自我和解之路。

【推薦序作者】

陳志恆，諮商心理師、作家，為長期與青少年孩子工作的心理助人者。曾任中學輔導教師、輔導主任，目前為臺灣NLP學會副理事長。著有《脫癮而出不迷網》、《正向聚焦》、《擁抱刺蝟孩子》、《受傷的孩子和壞掉的大人》、《叛逆有理、獨立無罪》、《此人進廠維修中》等書。

獻給媽、爸和瑞奇

1 莉兒（少女A）

你不認識我，但你一定看過我的臉。在早期的幾張相片裡，我們腰部以上的馬賽克都打得面目全非，連頭髮也不放過，以免太容易被認出來。但慢慢地，我們的故事和負責守護它的人都漸露疲態，要在網路上的陰暗角落找到我們就很簡單了。最受歡迎的那張相片是在九月某個將入夜的傍晚，攝於荒林路那棟房子前方。父親調整構圖時，我們一個個站出來，六個人按高矮次序排成一排。諾亞被伊森抱在懷裡，在陽光的照耀下像個白色的小幽靈那樣扭來扭去。我們身後的房子沐浴在夕陽餘暉中，黑影自門窗蔓延開來。我們站得直挺挺，看著相機。這本該是張完美照片，但就在父親按下快門之前，小依捏了捏我的手，轉過來抬頭看我，因此照片上的她看起來一副正要開口說話的模樣，而我準備綻開笑容。我不記得她說了什麼，但我相信，我們事後肯定為此付出了代價。

我在下午兩、三點左右抵達監獄。一路上我都在聽ＪＰ以前做的一份播放清單，標題叫做「祝你有個美好的一天」，車內除了音樂和引擎聲之外一片死寂。我打開車門。高速公路上車子越來越多，發出海浪般的噪音。

獄方已經發布簡短聲明，證實了母親的死訊。前一晚，我讀了幾篇內容貧乏的網路文章，各以不同方式在結尾宣告同一則圓滿結局：格雷希家的小孩——其中有幾位已放棄匿名權利——據說都

過得還不錯。我裹著毛巾坐在飯店床上大笑出來，四周擺滿了客房服務的餐點。早餐的咖啡旁放了一疊地方報紙；母親出現在頭版，就在一則溫比漢堡餐廳持刀傷人案的報導下方。平靜的一天。

我訂的房間附贈熟食自助餐。我吃個不停，直到服務生告訴我廚房要開始準備午餐了。

「有人會過來吃午餐？」

「可多了，」她說，面帶歉意。「不過您的訂房方案沒有包含午餐。」

「沒關係，」我說。「謝謝。東西很好吃。」

開始工作的時候，我的導師茱莉亞．戴弗琳告訴我，總有一天我會對免費的餐點酒水感到厭倦，對那一盤盤精美開胃小點的痴迷會淡去，我不會再為了吃飯店早餐設鬧鐘。戴弗琳說對了很多事，但在這一點上，她錯了。

我從沒來過這座監獄，但它和我想像中的樣子相差無幾。停車場再過去是裝了帶刺鐵絲網的白牆，就像童話故事裡的挑戰關卡；牆後有四座塔樓，俯視著水泥壕溝，灰色的堡壘則矗立在中央。這就是母親的小小生活空間。我把車停得太遠，只得設法遵照白色粗線的指引穿過一片廣大的空地。停車場內除我之外就只有另外一輛車，車上坐了一位老太太，緊握著方向盤。她看見我時舉起了手，彷彿我們彼此認識。我也對她揮手。

腳下的柏油開始沾黏。抵達入口的時候，我已能感到胸罩與脖子後面的頭髮汗溼一片。我的夏天衣服全收在紐約的衣櫥裡，記憶中的英國夏日並不炎熱，而微帶涼意，但我每次出門都被豔陽高照的藍天給嚇到。那天早上，我裸著半身困在穿衣鏡前，花了點時間思考該穿什麼。終究沒有哪套衣服能應付所有場合。最後我選擇穿白襯衫、寬鬆牛仔褲、近全新的運動鞋和一副恐怖的太陽眼

鏡。**會太輕鬆嗎**？我用簡訊傳照片問奧莉維亞，但她正在義大利沃爾泰拉的城牆上參加婚禮，沒有回應。

就如所有的辦公室，這裡也有個接待員。「您有預約嗎？」她問。

「有，」我說。「和典獄長。」

「和長官嗎？」

「沒錯。和長官。」

「您是雅莉珊卓嗎？」

「我是。」

典獄長答應和我在入口大廳碰頭。「星期六下午人力減少，」她當時說。「三點後也不會有訪客，應該不會有人打擾到您。」

「那樣很好，」我說。「謝謝。」

「這話我不該說，」她說，「但想逃命就趁現在。」

此刻她穿過走廊，占據了整個空間。我在網路上讀過一些她的事。她是國內首位重刑犯監獄的女性典獄長，接任之後，她接受過幾次訪談。她本來想當警察，但那時還有身高限制，而她比標準矮了五公分。然後她發現自己的身高倒是能當獄警，這規定莫名其妙，但她欣然接受。她身穿寶藍色西裝——我在訪談裡的附圖看過——和一雙奇形怪狀的小巧鞋子，彷彿有人告訴她那會讓她更顯親和。毫無疑問，她深信改過自新的力量。和照片相比，她本人顯得比較疲倦。

「雅莉珊卓，」她說，並和我握手。「請節哀。」

「我不哀傷，」我說。「妳放心吧。」

她往回指向剛剛走來的地方。「就在探視中心那裡，」她說。「這邊請。」

走廊是悶悶的黃色，護壁板磨損，沿途裝飾了關於懷孕和冥想的斑駁海報。走廊盡頭有掃描儀和一條輸送帶，讓你放置隨身物品。鐵櫃高至天花板。

「標準流程，」她說。「至少現在人少不用等。」

「和機場一樣，」我說。我想起兩天前在紐約的情況：我的筆電和手機放在灰色鐵盤裡，旁邊再擺上一只收拾整齊的透明化妝包。常客有專屬通道，我從來不用排隊。

「就像那樣，」她說。「對。」

她拿出口袋裡的東西放到輸送帶上，穿過掃描儀。她帶的東西是一張通行證、一把粉色扇子，和一瓶兒童防晒乳。「整家子都是紅頭髮，」她說。「我們對這種天氣很沒轍。」通行證照片上的她看起來像個期待第一天上工的青少年。我的口袋空無一物，於是直接跟著她過去。

裡頭一樣沒半個人。我們穿過探視中心，裡面的塑膠桌和固定在地面的椅子等待著下一場會面。末端有一扇金屬門，沒有窗戶。我估計母親就在門後某處，她有限而渺小的生活也是。經過的時候我觸碰了一張椅子，想像我的兄弟姊妹來到這枯燥的房間，等著母親被帶出來見他們。荻萊拉想必癱坐在這兒好多次，而伊森來過一回，只為了讓自己顯得高尚。後來他為《星期日泰晤士報》寫了一篇文章，名為〈原諒的問題〉，問題當然很多，內容也可想而知。

典獄長辦公室要從另一扇門過去。她拿通行證往牆上感應了一下，然後在身上摸索最後一道鎖的鑰匙。鑰匙放在她心臟上方的口袋，還掛著一只塑膠相框，相片上全是紅髮的孩子。「好，」她

說。「我們到了。」

這間辦公室很樸素，牆面坑坑巴巴，往外看出去是高速公路。她似乎也注意到這一點，決定非做些改善不可：她弄來一張風格嚴肅的木桌和辦公椅，還找到足夠資金添購兩張皮沙發，幫助她應付棘手敏感的談話。牆上掛著她的證書和一張英國地圖。

「我知道我們之前沒碰過面，」典獄長說，「但有些事，我想在律師進來之前和您說一說。」她對沙發示意。我痛恨坐在舒適的家具上開正式會議，那令人不曉得到底該怎麼坐才對。我們面前的桌上擺著一個紙盒，還有一只薄薄的棕色信封，上頭印著母親的名字。

「希望您不會覺得我這樣說很不專業，」典獄長說，「但我記得當時在新聞上看過您和您的家人。我的小孩那時候都還只是嬰兒。就算是在接下這份工作前，我也常想起那些頭條標題。我們這一行見過的事可多了，上不上報的都見過。但即使過了這麼久，有些事——就那麼少少幾件——還是會讓我訝異。人人總說事到如今妳怎麼還會訝異？這個嘛，我拒絕變得不再訝異。」

她從西裝口袋拿出扇子。若靠近點看，會發現那扇子像是小孩或囚犯手作的東西。「您的父母就讓我十分訝異。」她說。

我的視線越過她，陽光在窗緣徘徊，準備探進屋內。

「您的遭遇真的很駭人，」她說。「我們這裡的全體人員——都希望您已經找到了某種平靜。」

「我們是不是該談談——」我說，「就是您打給我的原因？」

事務律師佇立在辦公室外頭，像個等待出場指示的演員。他穿灰色西裝，打了條風格活潑的領帶，身上冒著汗，皮沙發在他坐下時嘎吱作響。「比爾，」他自報名號，又站起來和我握手。他的

衣領頂端開始出現汙斑，也變得有些灰灰的。「據我所知，」他立刻說，「您也是律師。」他比我預期的要年輕，也許比我還小，我們就學的時間應該大抵相同。

「我只是做公司事務的，」為了讓他感覺好些，我說：「對遺囑一竅不通。」

「那，」比爾說，「就是我在這裡的原因。」

我對他露出鼓勵的微笑。

「好！」比爾說，迅速拍了拍紙盒。「這些是私人財產，」他說。「這邊是文件。」

他把信封滑過桌面，我將它拆開，母親顫抖的字跡在遺囑上如此寫道：黛柏拉．格雷希指定其女雅莉珊卓．格雷希為本遺囑執行人；黛柏拉．格雷希剩餘的財產如下：其一是託管在諾斯伍德HM監獄的財產；其二是她在丈夫查爾斯．格雷希死後所繼承約兩萬英鎊的遺產；其三是位於哈洛費德荒林路十一號的房產。以上財產將由黛柏拉．格雷希在世的子女共同均分。

「遺囑執行人。」我說。

「她好像很肯定您是最適任的人選。」比爾說。而我大笑。

看哪，母親在她的牢房裡把玩她長至膝蓋的金色長髮——那頭髮長到她都能坐在上面，在派對上表演給大家看。她在比爾的引導下思量她的遺囑。比爾很同情她，也很高興能幫忙，他那時也在流汗。他有好多事想問。母親手拿著筆，以精心安排的哀淒姿態顫抖著。比爾解釋，遺囑執行人是一種榮耀，但也是一份行政負擔，需要和各方受益人溝通。母親的腹部遭癌細胞肆虐，只剩下幾個月能惡搞我們，因此很清楚知道該指派誰。

「您沒有義務接受，」比爾說。「如果您不想要。」

「這我知道。」我說，比爾挪了下肩膀。

「我能帶您了解基本狀況，」他說。「這遺產清冊的項目很少，應該不會花您太多時間。最重要的是——我會特別留意——是要確保受益人都同意。不管您決定如何處置這些財產，都要先徵得您兄弟姊妹的支持。」

我訂了明天下午回紐約的班機。思及飛機上的冷空氣以及起飛後就發給眾人的整齊菜單，我能看見自己沉浸在旅途中，過去的三天時光被候機室的酒水沖刷淡去，然後我會在溫暖的傍晚醒來，一輛黑車等著載我回家。

「我需要考慮一下，」我說。「這時間不太方便。」

比爾遞給我一張紙，他的姓名電話手寫在紙上的淺灰橫線間。監獄沒預算印名片。「我會靜候您的回覆，」他說。「如果您婉拒，希望能另外建議人選。也許是其他受益人之類的。」

我想像自己和伊森、加百列或荻萊拉如此提議。「也許吧。」我說。

「我先起個頭，」比爾把盒子擺在手心上，「這些是她在諾斯伍德的全部財產，我今天就能把它們交給您。」

盒子很輕。

「它們恐怕都一文不值，」他說。「她有一些榮譽點數——獎勵傑出表現之類的東西——但那在外面沒啥用處。」

「真可惜。」我說。

「除此之外就只有，」典獄長說，「她的遺體。」

她走到辦公桌旁，拿出一本線圈裝訂的塑膠活頁夾，每頁都裝了一張傳單或目錄。她像個手持菜單的服務生在我面前打開，我瞥向那陰鬱的字體和幾張哀戚的臉孔。

「有些選項供您參考，」她邊說邊翻過活頁。「其中有些服務比較細緻：儀式、棺材，那類的，全都在附近——方圓八十公里內的距離。」

「您恐怕誤會了。」我說。典獄長把文件闔上，最後露出一張印有豹紋靈車的傳單。

「我們沒有要領回遺體。」我說。

「喔。」比爾說。典獄長心裡若有不快，想必也隱藏得很好。

「這樣的話，」她說，「我們會遵照標準的監獄規章，以無名葬的方式安葬您母親。您是否有任何異議？」

「沒有，」我說。「我沒有任何異議。」

另一場會面是和牧師，她要求見我一面，要我到位於停車場的訪客教堂見她。典獄長的一位助理陪同我到一棟矮胖的附屬建築物，有人在門上方架設了一個木十字架，將紙彩帶掛在窗戶上，花窗玻璃像是孩子做的。六排長椅面朝一座克難的臨時舞臺，臺上有風扇、講壇，以及受難的耶穌像。

牧師在倒數第二排長椅上等候。她起身迎接我，屬於她的一切全都圓滑又溼濡：陰影中的臉孔、身上的白袍、緊握著我的雙手。

「雅莉珊卓。」她說。

「嗨。」

「您肯定在想——」她說，「我為什麼想見您？」

她散發一種必須刻意習得的溫柔。我能想像她在某間廉價旅館的會議廳裡，戴著名牌，聽人闡述談話中停頓的重要性——那是為了讓人有機會發言。

我等待著。

「我在令堂最後幾年的人生中花了很多時間和她相處，」她說。「我更早之前就開始與她共事，您也曉得，最後這幾年我看到她有在轉變。而我希望您今天能從那些轉變中汲取慰藉。」

「轉變？」我說，感覺自己開始露出笑容。

「這些年她寫了很多次信給您，」她說。「寫給您、伊森和荻萊拉，你們的事我都聽說了，還有加百列和諾亞。她有時也會寫給丹尼爾和小依。不管她犯了什麼罪，母親失去自己的小孩都是沉重的損失。她會把信拿來給我，確認她的拼字和地址。等不到你們的回信時，她一直覺得肯定是地址寫錯。」

彩帶在走道上投映出飽滿的光影。我本來覺得那些窗戶是受刑人的活動成果，但此刻我能想像牧師下班後爬到椅子上勉力站穩，裝飾她的王國。

「我想見您，」她說，「是為了寬恕。若您寬恕別人待您的過錯，天父也會寬恕您。」

她將手掌擱在我膝蓋上，手溫一路滲透過我的牛仔褲，好像有什麼東西裂開似的。「若您不寬恕他人的罪，」她說。「天父也不會寬恕您的罪。」

「寬恕。」我說。這個詞卡在喉中。我仍面帶微笑。

「您有收到嗎？」牧師問。「那些信？」

我有收到。我請我爸——你明白的，我是指真正的爸爸，不是與我骨血相連的腐敗汙染源——

收到信後就通通銷毀。那些信很好認；寄來時信封早被拆開過、蓋上印章，加上警告聲明此信是諾斯伍德監獄的受刑人所寄。二十一歲生日過後不久，我從大學回家一趟，爸帶著一整個箱子來找我坦白，那些該死的信全塞在裡面。「我只是想說，」他說，「未來……妳可能會好奇。」當時肯定是寒假期間，因為烤肉架擺在花園棚屋裡。他幫我把爐架推出來，我倆穿著外套站在那兒，他手拿菸斗，我捧一杯茶，將信扔進火堆。

「我想您讀錯故事了，」我對牧師說。「有一種很常見的敘事，鋪陳訪客來探監前的過程：某個人在牢裡等著另一個人來看他，等著對方的原諒。那位訪客左思右想好幾年，無法決定要不要去。嗯。最終那訪客去了，他們談開，然後就算那位訪客沒有真的原諒對方，他們至少都從中獲得了些什麼。但，您曉得，我母親死了，而我從不曾來看過她。」

我有種無比困窘的預感，感覺自己就快哭出來，於是拉下太陽眼鏡遮住。牧師變成黑暗中一團白花花的幽靈。「很抱歉我幫不上忙，」我唐突地說，回頭踉蹌越過走道。陽光終於和緩下來，該來喝一杯了。我想起飯店酒吧和第一杯酒下肚後沉入四肢的感覺。典獄長助理正在等我。

「都好了？」她問。我們的影子在柏油路上延展得又黑又長，在我到她那頭的時候化作一頭奇獸。她八成下班了。

「是，」我說。「我該走了。」

我在車子裡檢查手機。**世上真的有『太輕鬆』這種事嗎？**奧莉維亞傳來訊息。

我把母親的紙盒擺在大腿上，掀開盒蓋：裡面一堆亂七八糟的東西——有一本《聖經》，不意外；一把梳子；兩張從雜誌上撕下來、黏著膠帶的剪貼：一張是墨西哥海灘假期的廣告，另一張是

尿布廣告，一排白淨愉快的小寶寶躺在白色毛毯上。還有一張新聞剪報，內容是伊森在牛津的慈善活動。還有三根巧克力棒，和一條幾乎用罄的口紅。還是老樣子，她什麼也不透露。

我最後一次見到母親是在我們逃跑那天。那天早上我在髒兮兮的床上醒來，知道自己命在旦夕，如果不採取行動，我就會這麼死去。

有時候，我會在腦海中重回我們的小房間。裡面有兩張單人床，分別靠著反方向的牆角，盡可能拉開彼此的距離：我的床和小依的床。單盞燈泡懸在兩張床間，隨外頭走廊的腳步聲顫動。燈通常是暗的，但有時會亮上好幾天，都隨父親的心意而定。他用壓平的紙板封住窗戶，企圖控制時間，但微弱的棕黃光線會滲過去，賜與我們白天和黑夜。紙板外曾有一座花園，再過去便是荒野。我越來越難以相信現在竟還有如此荒涼原始、氣候嚴酷的地方存在。灰暗的光線下，你能看見兩張床間兩公尺寬的領土，在這個地方，沒人比小依和我更熟門熟路。我們討論要如何從我的床移動到她的床，討論了好幾個月。我們知道要怎麼翻越那些綿延成山的塑膠袋，裡頭滿滿裝的是什麼我們已經忘了。我們很清楚要用塑膠叉橫跨漆黑濃稠、幾近乾結的「碗沼地」。我們爭論過該怎樣穿過「聚酯纖維山峰」，才能避開最噁心汙穢的部分：是要冒著可能碰到那些髒東西的風險，從上面走，還是穿過底下堆滿腐物的地道，與前方未知的事物硬碰硬。

那天晚上我又尿床了。我活動腳趾、扭轉腳踝，像在游泳般踢著腳。一切都和過去幾個月的每個早晨一樣——兩個月，也許是三個月。我對著房間，說出我逃脫後要對第一個遇到的人說的話：我叫做雅莉珊卓·格雷希，我十五歲。我需要您打電話報警。接著，和每天早晨一樣，我轉頭看向小依。

我們曾經都被鎖往同一個方向，當時我隨時都能看見她。現在她被綁向另一面，我們得雙雙扭轉身體才能視線交會。但我看到的是她的雙腳和腿骨，每一處弧線上的皮膚都凹陷，彷彿想探進體內尋求暖意。

小依越來越少開口。我哄她也吼她，安慰要她放心，唱我們以前還上學時聽的那些歌。「換妳了，」我說。「準備好換妳唱了嗎？」可是都沒用。現在我不再教她數數，而是對自己覆誦。我在黑暗中說故事給她聽，卻聽不到任何笑聲、發問或驚訝，只有床間領土一片死寂。她微弱的呼吸聲從中飄過。

「小依，」我說。「依芙：就是今天。」

我在薄暮中開車要回到市區。金黃濃密的光線穿過樹木落在空地上，不過村莊和農舍的陰影處已經暗了下來。我考慮要連夜趕路，在日出前回到倫敦。時差的影響使風景顯得明亮怪異。我最後八成會在米德蘭地區的路邊睡著，所以感覺不是個好主意。我停在路邊車位，在曼徹斯特訂了一間有空房也有空調的飯店。

狀況變糟的頭一年，我們只在口頭上討論逃跑的事。那是在綁縛期，我們只有晚上才被限制活動，綁也是用柔軟的白布輕輕地綁。小依和我睡同一張床，各有一隻手腕綁在床頭，另一隻手握在

一塊兒。母親和父親整天陪著我們，但我們會上課（主要研讀《聖經》，還有一些令人存疑的世界史）、運動（在花園裡穿著背心和長褲跑步。有一回，幾個哈洛費德的小孩爬過我們家後頭的蕁麻，就為了看著我們哈哈大笑）、用餐（狀況好的話會有麵包和水），這些時候都不受任何限制。我們那張著名的全家福就是在這時期的尾聲拍攝。接著拴縛期開始，那時的我們就算以我父母的標準，也無法再上鏡頭。

我們討論要用牙齒撕開綁繩，或是從廚房桌上摸一把刀藏進寬褲口袋。我們可以在花園跑步時加快速度，然後繼續跑，就這麼跑過花園大門，跑過荒林路。父親在口袋裡放了一支手機，輕輕鬆鬆就能弄到手。每當我想到這段時間，都會有股強烈的困惑，這部分就連K醫生——無論她如何推論——都沒能成功解開謎團。同樣的疑惑也寫在警察、記者和護士臉上，即便他們沒有一個開口問過：妳有機會的時候，為什麼不離開？

事實是，情況沒那麼糟。我們享受彼此的陪伴。我們很累，有時候很餓，父親偶爾會打我們打到一隻眼睛充血一個星期（**加百列**），或是讓心臟下方發出粗嘎的斷裂聲（**丹尼爾**）。但我們哪裡曉得接下來會變成怎樣？我經常在夜裡梳理那些回憶，像學生在圖書館裡拍落舊書冊上的灰塵，檢閱每座書架，尋找我理應察覺的那一刻：啊，就是現在，該行動了。我找不到這麼一本書，它在好多年前就被借走，且從未歸還。父親在餐桌上教導我們，讓我們誤將服從當作虔誠，而母親每天睡前都會來確認我們有被綁好。清晨，我在小依身邊醒來，感覺她身體的熱度溫暖我。我們仍會談論未來。

情況沒那麼糟。

▲

我先和戴弗琳通電話，請她讓我在倫敦遠距辦公一週。也許更久。

「爭遺產啊，」她說。「真讓人興奮。」紐約現在剛過中午，但她立刻就接起電話，已經喝開了。我能聽見她周圍傳來高級餐廳午餐時段的背景音，或者可能是酒吧。

「我不確定這樣形容對不對，」我說。

「嗯，妳慢慢來。我們會幫妳在倫敦找間辦公室。當然啦，還有幫妳派點工作。」

爸媽應該在用餐，可以等等再聯絡。伊森的未婚妻接起電話，他人去參加某藝廊的開幕式，當天要很晚才會回來。她有聽說我人在英國——我應該去拜訪他們的，他們樂意招待。我留了一封語音留言給荻萊拉，雖然我不認為她會回電。最後，我打給小依。我聽得出她人在外面，附近有人在笑。

「所以，」我說。「老巫婆翹辮子了。」

「妳有看到屍體嗎？」

「老天，沒有。我沒說要看。」

「那麼——能確定嗎？」

「我有十成把握。」

我和她說了荒林路那棟房子的事，還有我們的鉅額遺產。

「他們有兩萬鎊？我倒是頭一次聽說。」

「真假？那我們小時候怎麼過得那麼『奢華』？」

「完全能想像父親把它偷偷藏起來，對不對？『我的主會滿足你們一切所需』——管那個所需是什麼。」

「不過，那間房子，」我說。「真不敢相信它還在。」

「不是有人很愛那種東西嗎？應該是在加州吧，有一些謀殺現場或名人身亡地點的參觀行程之類的。真是挺變態的。」

「若要辦參觀行程，哈洛費德也太偏僻了不是嗎？再說，這哪裡比得上黑色大理花懸案。」

「我想我們是比較次等。」

「他們只好免費贈票了。」

「總之，」小依說。「如果要參觀，我們肯定得親自上陣。我們有些壓箱寶能拿出來。如果當律師行不通，這條路的前景不錯。」

「我想那塊市場已經被伊森搶走了，」我說。「但講真的——見鬼，我們是要拿那間房子怎麼辦？」

又傳來某人的笑聲，離得更近了。「妳在哪？」我問。

「海灘上。今天下午有某個演唱會之類的活動。」

「那妳先去吧。」

「嗯。想妳。那間房子——」

她那頭的風變強了，拍打著海面上的陽光。

「要弄得快樂一點，」小依說。「應該弄成某種快樂的東西。沒什麼比那更能惹毛父親。」

「這想法我喜歡。」

「嗯。我掛囉。」

「演唱會玩得愉快。」

「妳幹得好。」

計畫如下：

我們像臥底探員那樣持續留意父親的腳步。我們在綁縛期的時候會做紀錄，用剩下的鉛筆頭寫在我們的《聖經》上（創世記，19:17，那時我們還有餘力欣賞傳奇故事）。等我們連書也拿不到，我便照葛蕾德女士在我還會去上學時教的方式，將父親的一天記在腦中。「想像一棟房子，」她說。「房子裡的每個房間都有妳接下來想記得的東西。法蘭茲．斐迪南大公倒在走廊上——他剛中槍。妳走進客廳，經過正跑出來的塞爾維亞。他們嚇壞了：戰爭就要開打。妳發現奧匈帝國坐在廚房桌邊，其他盟友坐在一旁。其中有誰？」

而父親占據了我們的房子，讓我們更容易解讀他的每日活動。在同一間房待了這麼多個月，每片地板的聲音、每盞燈的開關，我都一清二楚。我能看見他龐大的身軀穿梭過各個房間。

我們曾在床上徹夜守哨，所以曉得他很晚起床。即使是冬天，聽見他第一道腳步聲緩緩踩過屋內時，天也已經亮了。我們的房間就在走廊最末，他距離我們兩扇門，所以晚上行動絕對不成。他很淺眠，不用幾秒就能逮到我們。有時候，我醒來會發現他在我們房間門口，或是蹲在我旁邊暗忖。不管他在想什麼，他總能想出答案，然後及時轉身，步入黑暗。

每天早上，他都和母親與諾亞待在樓下。他們食物的味道瀰漫整間屋子，接著我們會聽到他們禱告，或是笑談某個我們無法參與的話題。諾亞哭的時候，父親就到花園去，廚房門轟然甩上。他會運動，悶哼聲往上直傳到我們窗戶。有時趁著午餐前，他會來看我們，整個人容光煥發，皮膚溼潤脹紅，像是剛打完仗的野蠻人，把手上的毛巾當成敵人的頭顱揮來揮去——不行，早上不行，前門總是上鎖，我們不管下樓經過廚房或直接從窗戶出去，父親都會等在那兒。

小依和我針對這點爭論過。「非從屋內出去不可，」她說。「窗戶太高，妳忘記它有多高了。」

「那樣的話我們得撬開房間的鎖，穿過整間房子，經過伊森的房間，經過母親和父親，經過小加和小荻，然後下樓。諾亞睡在樓下——母親有時候也一起。這不可能。」

「為什麼加百列和荻萊拉還沒走？」小依問。接著悄聲說：「他們要逃容易多了。」

「我不知道，」我說。好幾個月前，有一晚，我聽見走廊另一頭傳來微弱且駭人的聲響。失敗的嘗試。小依當時在睡覺，而我也從沒提起。此刻我們之間僅剩渺茫的希望，我覺得我無法啟齒。

午餐後，父親人在客廳，沉默不語。我認為這就是我們的機會。父親動也不動，整間房子也跟著吐息、鬆弛。荻萊拉的低喃潛伏在走廊，有時伊森會輕拍牆面，像我們還小的時候嘗試學習摩斯

密碼那樣。其他時候，母親會來看我們。曾有段時間，我會哀求她做些什麼，但現在的我只會在腦中回應她的告解，然後轉身。

「這是唯一的辦法，」我告訴小依。「他一旦醒來，就沒戲唱了。」

「好吧，」她說，但我知道她覺得這話不是認真，就跟其他我講來打發時間的故事一樣。

我們已經討論過窗戶的事。在紙板遮蔽下，我們無從透過窗戶勘查。「窗子打得開，」我說。「對吧？」我想像不出鎖長什麼樣，也不知道底下是水泥還是草地。「可能我忘了吧。」我說。

「我覺得應該打不開，」小依說。「它好幾年沒開過了。」

我們拚命隔著床間領土注視彼此。

「所以得敲破窗戶，」小依說，「我們會有多少時間？」

脖子好痛。我躺回去。「一共二十秒，」我說。這少得可憐的數字懸在我倆之間。小依好像還說了什麼，但太小聲，我沒聽見。

「什麼？」

「那好吧。」她說。

「好。」

另一個障礙在於手銬，那一直是我最擔憂的點。但父親笨手笨腳，在他發現了那本《希臘神話》、接著又發生了那些事情以後，他離開房間時就不開燈了。我喜歡認為那是他不忍心看我，但他可能只是醉到找不著開關。不管怎樣，那都不重要了。我會盡可能張開手指，好讓他把鎖銬在我的拇指和小指那圈，而不是手腕上。所以，必須由我來行動，而且得盡快。「他搞砸了，」等我確

定屋內其他人都睡著，便小聲告訴小依。她的呼吸聲越過房間，本身卻沒有回應。我拖得太晚，結果她也睡著了。

我思考著晚上的計畫。天黑了，但外頭還是很熱。我打給客房服務，點了兩杯琴湯尼，光著身子在床上喝下肚。我考慮要去跑步，但飯店周圍高速公路環伺，我又不想特別繞路。我要出去喝酒，想找個人陪。我換上黑色無袖連身裙和皮靴，請櫃檯幫我叫一輛計程車，並再點一杯酒。

我坐在車內，心想著這發展還不錯：三杯酒下肚、獨自一人、母親死了，置身於這陌生的城市。我把車窗盡可能轉到最底。人群在陰暗的門口排隊，坐在人行道上喝酒。「風暴來襲預報，」司機說。他另外還說了什麼，但我們位於十字路口，他的聲音被一陣笑鬧的人聲淹沒。

「抱歉？」

「雨傘，」他說。「您有帶傘嗎？」

「您知道嗎？」我說，「我以前就住在這附近。」

他和我在後照鏡上四目交會，然後大笑。

「意思是您有？」

「意思是我有。」

我請他載我到當地人會去的熱鬧地方，他停在另一間比較廉價的飯店外面，點了點頭。酒吧在飯店底下，走一道狹窄的樓梯，後面有舞池，舞池上方有個空舞臺。人還不少。我挑了吧檯的位子

坐下，點了一杯伏特加湯尼，尋找有誰樂意和我聊天。

有幾次，戴弗琳和我行程滿到忘記自己人在哪一洲。我會在飯店房間醒來要上廁所，但走錯方向，走成我紐約公寓的路線。我會走進機場候機室，必須細看登機證——認真地看——才能想起來我們接下來要飛哪裡。坐在酒吧總能讓人感到一絲慰藉，全世界的酒吧都長得一樣。裡面的孤獨男子有著相似的故事，客人的樣子比我還疲倦。

我送給離我六個位子遠的男子一杯琴酒，他身穿襯衫，別著一只金色翅膀造型的領針，一面找著錢包。他似乎很開心，也很驚訝自己收到酒。沒多久，他碰了碰我肩膀，面帶笑容。他的年紀比我起先以為的還大，很好。

「哈囉，謝謝妳請的酒。」

「沒什麼。你在出差嗎？」

「我今天剛從洛杉磯飛過來。」

「真誇張。」

「還好啦，飛慣了。妳也不是這裡的人？」

「不是，已經不是了。你是機師？」

「是。」

「機長還是副機長？」

他笑了。「我是機長。」他說。

他對我談起他的工作。大多數人講起自己的工作都很無趣，但他不一樣。他講得很真誠。他聊

在歐洲受訓，以及第一次無可避免必須獨自駕駛的經驗。他的雙手伸到我們之間，作勢操作控制臺。他的手被迪斯可燈光照到時，我能看見小束肌肉就在皮膚底下移動。這工作讓你到哪兒都是個過客，他說，不過呢，是有錢的過客。頭幾年他活在焦慮中，老想著下一次的降落，躺在飯店床上感覺腎上腺素湧過身體。現在他夠自大，因此能好好睡個覺。

「機長人生啊，」他說著，仍在笑。「那我們接下來上哪兒去？」

我們稍微跳了下舞，但我們比周遭的青春肉體老得多，而且都不夠醉。我旁邊有群女孩讓我看得入迷，她們的四肢一齊搖晃，身上穿著款式相似的合身洋裝，像多頭生物一樣哈哈大笑。我看著她們，撫摸自己喉嚨和左右眼角上顯露疲態的肌膚。那位機長在我身後，手指按在我肋骨間。

「你可以來我的飯店。」我說。

「我明天就要飛回去，不能過夜。」

「沒關係。」

「我不想讓妳失望。有時候──」

「我不會失望。」

如司機所說，外頭正下著雨，馬路上水光閃閃，整個安靜了些。霓虹燈漂盪在水窪上。路上只剩計程車，但沒有一輛打算停下，我們得去人多一點的路口。我看著城市的光影劃過他臉龐，牽起他的手。「我需要一些什麼，」我說。「好讓我值回票價。」

「這樣啊。」他說。他剛轉身要找車，但我看見他抬起下巴，知道他在笑。

我在我房間裡，打開迷你吧檯要拿酒，但他阻止我，然後坐在床上。我脫下裙子，褪下內衣到地上，接著跪在他面前。他滿不在乎地打量我。完全符合我的期待。

「我想要你羞辱我。」我說。

他吞口水。

「你懂的，」我說，「要會痛才行。」

他的手指在抽搐，我感到陰部一陣熟悉的刺痛，宛如新出現的一股脈搏。我爬上床，面朝下趴在他旁邊，頭倚在手臂上。他站起來，一臉計畫周全的模樣，朝我靠近。我看到飯店幫我布置好了夜床服務，枕頭上放了巧克力。

▲

他離開後，我叫了客房服務，然後想起JP。彷彿他一直很有耐心地待在一旁，等我去注意他。再多喝一杯我也許就會打給他吧。我有他工作的電話，而他一定會接。我可以說自己因母親過世悲痛不已，一個人在曼徹斯特，沒人能夠傾訴。「還有我接下來這週會在倫敦，」我會像突然想到一樣提起。「可能還會待更久。」

我聽說他現在和新女友及一條小狗住在郊區。「還是小女友和新的狗呢？」奧莉維亞說。「我不記得了。」我想起他離開我們公寓的那天。我本以為他會租貨車或是請朋友幫忙，但他把東西裝

進兩個行李箱和若干紙箱裡，在馬路上等計程車來。外頭在下雨，可是他不肯回屋內，彷彿靠得太近會讓他改變心意。不會的，我倆結局已定，怎樣也挽回不了。我抬起腿貼住胸口，感覺自己膝蓋上的疤痕，上面的皮膚比較平滑。我接著摸過其他手術留下的疤，手指循熟悉的路徑劃過。疤痕處理得很完美，在昏暗的燈光下根本看不見。我指給JP看的時候，他沒什麼反應：「我根本沒注意到。」他說，我因此更喜歡他。不，我們怎樣也挽回不了。為了轉移注意，我思索起小依的派對不知結束沒有。時間很晚了，她那邊又更晚。我關燈，設好早餐的鬧鐘。

「小依，」我說。「就是今天。」

迎接我們的是枯燥又貧乏的漫長早晨。當時（已經有好幾個星期）我感覺體內有股怪異的疼痛，但今天更嚴重，血聞起來的味道不太一樣。可是話說回來：那股疼痛和迫不及待之間很難區辨，後者像頭破繭而出的野獸，在我胃裡翻來攪去。

我試了下手銬。自從父親那次出錯，我每天都這麼做。我能抽出左手，但右手剛好卡在指節下方。「今天是不是比較熱？」我問，並再試一次，但似乎依舊困難。我硬扯到手指發腫，心中想到另一個方法。這是伊森會稱作決一死戰的招數——他有段時間很迷西部荒野。然而這招並不可逆，要是父親在午餐前來看我們，我的手得鎖在手銬裡才行。我必須等。

我聽見父親醒來。他拖著腳步緩緩下樓，我不知道自己的決定是否錯誤……也許我應該現在行動。接著他到廚房，我聽見晨間對話的低喃，參差錯落在早餐和思緒之間，還有應該是某種無聲的

禱告。我老早背棄了父親的神，卻仍閉上雙眼，向更古老、更原始的神祇祈禱。我就這樣祈禱了一會兒。

大概十點左右，我再度醒來，離開表層意識下陰暗而凝重的地帶。廚房傳來餐盤碰撞的聲響，母親烘焙的香氣偷偷竄上樓，蜷在我們房間地板上。我嘴裡流出少少幾絲口水。「妳逃出去的第一餐，」我對小依說。這個話題通常很快就能熱絡起來。「要在麗思飯店喝茶？」我問。「還是希臘酒館？」

她雙腿縮至胸前，咳嗽起來，然後不發一語。我注意到她的腳看起來不大對勁，瘦骨嶙峋的末稍特別大，好像小丑的鞋子。

以往我學會不去想像父母用餐，但今天將是最後一天，所以我允許自己這麼做：他們手握著手坐在餐桌，諾亞在椅子上放空打量他們。母親做了蘋果派，並起身切開。派的頂部是金黃色的，抹有糖霜，麵皮因水果餡冒泡溢出，形成軟軟的凹陷。刀子被頂部的酥皮卡住，於是母親更用力壓。切開派時，蒸氣和熱水果的香氣從桌子散開。她會切下父親的那片，用暖烘烘的盤子盛給他。她幫自己盛之前會先看著他吃。酥脆的派皮和濃稠餡料在他口中流動，她則大口享受他的心滿意足。

他們那天午餐吃了很久，諾亞不肯靜下來。我猜當時正值冬季，等客廳門喀噠關上，紙板透出來的光線已然黯淡。屋內悄然無聲。

「好，」我說。「好。」

我來不及多想，直接用力拉扯手銬。

我扭曲著左手穿過金屬，鬆了開來。右手的話，不管我多努力把拇指往掌心按，仍腫得擠不過

去。

決一死戰。

「轉頭別看。」我告訴小依。即使過了這麼久，還是有些骯髒事我不想和人分享。

荻萊拉九歲還十歲的時候硬把母親的婚戒套到拇指上，結果卡住了。荻萊拉很少闖禍，這讓我可樂了。我坐在走廊樓梯最上方，欣賞好戲在浴室上演。荻萊拉坐在浴缸邊緣，流著眼淚，而母親跪在她前面，用一塊溼肥皂搓她的手指。戒指滑過荻萊拉的指節，輕輕噹一聲落在浴室地板，這處理方式快到令人失望。

我將手挪到金屬卡死的位置，開始左右扭轉。早上試的時候我已經弄傷了一個地方，那裡的皮膚瘀青，差點要皮開肉綻。我咬著床單，加快速度。我不像荻萊拉，沒打算哭出來。我的皮膚撕裂，接著暗紅溼濡的手便擠了出來。

我大笑著將手臂縮到胸口。小依一臉畏懼，仍微笑著給我比了個讚。我蹲在床上，伸出沒受傷的那隻手，在床間領土尋找夠硬的東西敲碎玻璃。我的手指掠過幾塊溫暖潮溼的地方，還有似乎自己在動的什麼玩意兒。我縮手，吞吞口水，再繼續找。放了好久的食物和爛掉的小鞋子，還有我們童年時讀的《聖經》，書頁已經發霉，全都是軟的，派不上用場。

小依突然一指，讓我整個僵住，以為父親就在門口。她搖頭再指一次，我順著她的目光看向我床底下，手指往下找（我整隻手都在抖），抓到某個硬物——是根沾著血漬、在床間領土待了好

久，髒到不行的木樁。我盯著它看了一會兒，想起它在那兒的原因。

「好，」我說。「好，太完美了。」

我搖搖晃晃站起來，移到窗邊。父親把紙板固定得很隨便，用來密封的膠帶都開始剝落了。我一點一點剝下最後幾塊，直到紙板只由我撐住。「準備，」我說完，便將紙板放到地上。光線猛然湧進房間。小依用雙手掩住臉。我沒能轉身目睹房間被日光照亮。該走了。我越過床間領土。我們遠征過那麼多次，現在只要短短三步就能到小依床邊。我握起她的手，就像過去幾年我們還同睡一張床的時候，在情況還沒那麼糟的時候。而她依舊毫無動靜。此刻，我能看到她的脊椎和頭皮外露的部分，也看得出她呼吸起來有多費勁。我知道自己一旦打破窗戶，那幾秒空檔——我們花了好幾個月計畫的區區幾秒——就會開始流逝。

「我會回來找妳。」我說。「小依？」

她的手在我手裡動了一下。

「我們很快就會再見。」我說。

我將木樁高舉過肩。「把臉遮住，」我悄聲說，接下來就不可能安靜了。我將木頭對著下方窗角一揮，窗戶碎裂，但沒有破。我更用力再揮一次，玻璃破開，諾亞在樓下尖叫。我聽見尖叫聲中有腳步從我們房間下方傳來，此外也有母親的聲音。已經有人走上樓梯。我試圖撥開窗臺上的玻璃，一塊碎片卻刺進掌心。碎片太多，時間不夠。我一腳踏上窗臺上，再一舉抬起另一隻，面朝外坐在窗戶上。有人在門口，門鎖在動。我對自己說好不往下看，我在原地打轉，有那麼一刻，我整個人懸在那兒，一半在屋內，雙腳則在冬日冷空氣中。「我們得垂降出去，」我曾對小依這麼說

過，「掛在窗上，好盡可能縮短下墜的距離。」門被打開，我看見父親一閃而過的身影就在門口。我讓身體往下墜，可是本身太虛弱，沒能按照計畫掛在那兒。我手臂一打直，人就摔了下去。

草地很溼，但底下的土壤是結凍的。我一落地就感覺右腿一崩，像是地基遭炸毀的建築物逕自癱倒，嘎吱聲響遍整座花園。我往前摔，手上的玻璃碎片因為撞擊壓得更深。空氣冷得令人無法呼吸，我在哭——我知道。「老天，給我起來，」我低聲說，緩緩站直，把T恤往下拉到膝蓋，只見母親就在那兒，在廚房門邊。

我等著她衝向我，但她沒有。她的嘴巴在動，我卻只能聽見自己耳朵裡的血流。我們目光最後交會了許久，然後我轉身狂奔。

花園的大門沒鎖。我扶著牆壁，一拐一拐繞過屋子，接著來到馬路，跟著路中央的白線前進。那晚是暗藍色的寒夜。附近這一帶的樣子和我記憶中相去不遠：荒林路，路上寂靜無聲、相隔遙遠的房子，一扇扇窗戶有如暮色下的祭壇，微微發光。父親應該就在我後面，我不能多花力氣跑去鄰居門口，他會在住戶還來不及應門前將我逮住。我能精確地想像他雙手放在我肩上的重量。我放聲大叫，想把鄰人從他們的客廳裡、沙發上，從晚間新聞的電視前叫出來。樹上和大門前掛著充滿節慶氣息的燈飾，迎接住戶返家。在心裡，我有點蠢地想：是聖誕節呢。

馬路往下蜿蜒，我的雙腿發軟，於是轉到其中一側的牆邊，抓住溼滑的石頭。我穩住身子繼續走，走在黑影中，雙腳踩在結凍的樹葉和漫漫長冬裡聚積的小水坑上。疼痛好似自睡夢甦醒，才過了短短幾秒我就快忍耐不住。痛楚一旦襲來，我就沒辦法再無視它。

我能看見荒林路的盡頭，再過去正好有一對車燈即將駛過，我朝車直奔，舉起雙手想攔住，司

機在快要撞上我前煞車，我手掌下的引擎蓋溫溫熱熱，我碰過的地方到處留下深褐色手印。司機踩著高跟鞋從座位爬出來，猶豫地走向我，進入燈光內。她身穿套裝，拿著一支手機，看上去如此耀眼又潔淨，像是來自不可思議新世界的訪客。

「我的天啊。」她說。

「我叫做，」我說，「雅莉珊卓・格雷希——」

我沒能把話講完。我回頭看向荒林路，街道安靜而漠然。我在馬路上坐下，朝她伸出手，她讓我在她報警的同時就這樣握著。

那天晚上，因為空調太冷，我中途醒來一次，用被子裹住身體。外頭已經轉亮，但我沒聽見任何人聲車聲。這樣醒來感覺很好。離早晨還有好幾個小時，到時候我就會好一點。

正要入睡之際，我的身體驚動了一下。我一直在想十五年前從窗戶摔下來的事，想著那陣撞擊，半是做夢，半是回憶。幻痛掠過我的膝蓋。母親在廚房門口。我翻過身。我人在冬日昏暗的暮色下，只穿了一件髒兮兮的T恤站在花園裡。我拖著扭曲的腿，像鐵球和鎖鏈。她理應不費吹灰之力就能將我攔住。這回我在夢裡聽到了，我能聽見她在我心裡說著話。「走，」她說。他們在北方為她準備墳墓，在暖粉色的晨曦中揮著鏟子，以便趕在日出前將她下葬。她說，「走。」

2 伊森（少年A）

伊森在我鬧鐘響之前回電給我，聲音聽起來就像推銷開朗早晨的活廣告：他剛才沿著河岸跑步，他在餵狗，還有打蛋煮早餐。

「全都告訴我。」他說。

我照做。聽到我在母親那盒私人物品裡發現有關他工作的文章，讓他挺開心。他請我引述內容，以判斷文中具體是在講他哪個案子。

「喔，那個啊。那算滿早之前的了。」

「還好她沒辦法看《泰晤士報》，」我說。「還有〈原諒的問題〉。」

他無視我。「妳會多待一陣子嗎？」他問。「為了當**遺囑執行人**什麼的。」

「我這週可以在倫敦工作，會再看看情況。我想，我們也許得去房子那兒一趟。」

我能聽見他在沉思，回想著那些窗戶、花園、正門，還有再過去的那幾扇門、每個房間。我毀了他的早晨。

「我們可以找個時間去。聽我說，妳訂週五晚上的火車來牛津，住在我和安娜這裡。妳已經幾百年沒回國，如果能在婚禮前和妳見面就太好了。」

「要看工作的狀況。我不曉得我能待多久。」

「這個嘛，跟他們說妳母親過世，他們就會給妳點彈性了。」狗在叫。「幹。」他說。

「我可以先掛電話。」

「星期五。上火車之後打給我。」

最初就只有我和伊森，最後也是。

我們最先出生，最後被收養。

逃出來後過了幾個月，我們才被安排送養。我對那段時期的印象稀薄，每段記憶都誇張得像是我盜用了別人的故事，幻想自己置身其中。逃跑過後幾天，他們頭一次叫醒我，那時我已經動了幾次手術，他們帶我去泡澡，把我洗乾淨。我的皮膚漸漸露出來，比印象中還要白皙。他們花了好幾個小時，每次要停下來，我都請他們繼續洗。我的耳朵、手肘和趾間的皺褶裡都有泥土。他們洗好後，我抓著浴缸不肯出來。「可能還有更多，」我死都不想從水裡出去，不想離開它的溫暖。那就是像是希臘——就是小依和我打算要移居的地方——的海水泡起來的感覺。

我的臉和肩膀上長了細如鵝絨的體毛。「妳的身體在幫妳保暖，」其中一名護士在我問起時這樣說，她一直從我身上別開目光，直到終於能離開病房。我的瘀青褪成一片暗沉的黃色，幾根骨頭開始往內收斂，縮回到油脂和皮肉之下。

我不敢相信人們不喜歡待在醫院，不敢相信他們真的會想要出院。我有我自己的房間，一天有三餐，有耐心的醫生對我解釋我身體的狀況，以及必須開刀的原因。每一位護士都很溫柔。有時候，在他們離開後，我會在乾淨無聲的房間裡哭，就像在糟糕透頂的某一天，有個人善待你，反而會讓你哭出來那樣。

夜裡，我在睡夢中叫喚小依。醒來時有好幾個人低頭安撫我，我嘴裡仍喊著她的名字。他們說她在另一間醫院，我還不能見她。

第一次醒來後隔週，我睜開眼睛，發現房間裡有個陌生人。她坐在我床邊的椅子上讀著一份線圈裝訂的資料。我趁她發現我醒來前審視著她。她穿的不是醫院制服，而是剪裁時髦的淺色連身裙和藍色外套，以及我所見過跟最高的鞋子。她留短髮。她雙眼掠過眼前的字句，一邊讀，兩眼間一邊隨字句皺成一線，然後再鬆開。

「哈囉，」她頭也不抬地說。「我是K醫生。」

好幾個月後，我才明白那不是一個字母，而是完整的名字——凱依（Kay）——但屆時我們已熟稔起來，而她挺喜歡我的詮釋。「那樣簡潔多了。」她說。

她放下資料夾，向我伸出手，我握住。「我是雅莉珊卓，」我說。「妳大概早就知道了。」

「我知道，」她說，「沒錯。但我更想聽妳親口說。雅莉珊卓，我是和醫院與警方合作的心理學家。妳知道這是關於什麼嗎？」

「心裡的事。」我說。

「對，」她說。「沒錯，所以說，在這些醫生和護士照顧妳身體的同時，我們可以聊一聊妳心

裡的想法，聊妳感覺怎麼樣，還有妳在想什麼。可以聊之前發生的事，還有妳希望現在發生什麼事。有時候警察可能會參與，有時候就只會有我和妳。在那種時候——只有我們兩個的時候，不管妳說什麼我都會保密。當成我們之間的祕密。」

她從椅子上站起來，在我床邊屈膝。「重點來了，」她說。「我們要答應對方一件事。我能理解別人的內心，和他們合作。我喜歡相信自己能改善他們內心的狀態。但我不會讀心。所以我們必須要誠實，就算很難啟齒的部分也一樣。妳能接受嗎？」

她的聲音開始模糊失真。「好。」我說。

她又多說了些什麼，但同時也在移動，離我越來越遠，等我再醒來時已經入夜，她也離開了。在那之後她每天都來。有時會有兩位警探陪同；她對我解釋，父親在我離開房子不久後自殺，他們也在場。第一批到場的員警在廚房發現他，嘗試多次仍無法將他救活。

他們有試嗎？我暗忖。接著又想：他們有多努力？

但我最後是問他是怎麼自殺的。警探們看向K醫師，她則看向我。「他服用有毒物質，」K醫師說。「毒藥。有非常、非常多的跡象顯示他對此有事先計畫，而且安排好一段時間了。」

「屋內有大量的毒藥，」其中一名警探說。「我們推測，這一直是他計畫的最後一步。」

他們再次面面相覷，好像鬆了一口氣，好像搞定了某件事情，而且比想像中還順利。

「那讓妳有什麼感覺？」K醫師說。

「不知道。」我說。一個小時後，我在獨處時想到了回答：不意外。

他們說母親被收押。她同樣持有有毒物質，但她拒絕服用。他們找到她的時候，她坐在廚房地

板上，父親的頭枕著她的大腿。她守著遺體，一如你在文章裡會讀到的那些狗，拒絕離開主人的屍體。

「其他人呢？」我說。

「現在先休息，」K醫生說。「我們明天再聊。」

現在的我能夠明白，他們很努力要解決某些事。我們有一整個團隊，一個全新的大家族：警察、我們的心理學家、醫生。他們站在白板前，看著拍到我們臉孔的舊照片，上頭標記出全世界用來認識我們的名字：少年A到D、少女A到C。我們之間畫了線條、寫上類似這樣的句子——「感情親密」和「有施暴可能」和「關係不明」。如果從醫院病床邊問得新細節，或是收到新資訊，就會加註上去。我們的生活圖像逐漸明朗，如暮色下的星群。

K醫生和我經常安靜地坐在一起。「妳今天想說話嗎？」她會問，而我要麼是太累，要麼是因為某個手術太痛，或對一切感到厭膩。我討厭她美麗的服裝和儀態，然後反過來對自己在病床上的模樣困窘不已。我身上的稜角宛如鳥禽，奇形怪狀的，沒有一處正常運作。其他時候，警探和她都在，她會問我所有能記得的事：不只是綁縛期和拴縛期，而是更之前，在我們還小的時候。我的聽眾將我說的話全記錄下來，就連看似毫無關聯的小事都一樣，於是我越講越多：比方說，講小依和我喜歡的書，或是在黑潭的那次假期。

「妳最後一次去學校是多久之前呢？」K醫生問。我羞於啟齒；我不記得了。

「妳有念中學嗎？」她問。

「有。那是我最後一年。我不記得我到底是什麼時候停止上學，但我知道當時每個科目的進度

——幾乎全都記得。」

「妳會想回去念書嗎？」她笑著問。

在那之後，一位醫院家教每天下午都會來看我。K醫生未曾提起，但我看得出她默默運作的巧思。她拿了一本《聖經》給我讀，因為我喜歡在睡前讀熟悉的篇章。當我開始對警探的問題感到疲倦，她會注意到，並闔上她的筆記本，結束會談。為了表達感激，我努力和她多聊一些，即便是在我真的很討厭她的時候。

偶爾我們也會聊到未來。「妳有沒有想過，」她說，「未來想做什麼？」

「像是工作嗎？」

「也許是工作，但還有其他事情——妳想在哪裡生活，想去哪裡玩，或是妳想嘗試什麼活動。」

「我喜歡歷史，」我說，「在學校的時候。還有數學。大部分科目我都喜歡。」

「這樣啊，」她隔著眼鏡抬頭看我，「那很有幫助。」

「我有一本希臘神話的書，」我說。「所以我也許會想去希臘。小依和我說好要一起去。我們會說神話故事給對方聽。」

「妳最喜歡哪一個？」

「當然是牛頭人了。但小依覺得很可怕，她比較喜歡奧菲斯和尤麗狄絲的故事。」

K醫生放下她的筆記本，把手擺在我旁邊的床上，在不碰到的情況下盡可能靠近。「妳會去希臘的，莉兒，」她說。「妳會念歷史和數學，還有其他好多好多科目。這我非常肯定。」

最後，這個團隊做出決議：我們最有可能過上正常生活的機會是接受領養。我們每個人會在審

慎評估後交由不同的家庭收養。我們各有不同的、特定的需求，手足間的關係問題也很大。再說，我們人數太多。雖然我無憑無據，但我想像當初是K醫生四處倡議這個做法，站在白板前面奮力主張。最重要的是，她相信透過經年累月的努力，我們有可能拋下過去的某些部分，就像丟棄一件過了季而且本來就不該買的外套。

那段時間手忙腳亂的成果，在接下來的幾個月、幾年內，打包成簡單乾脆的結論，送到我們手上。首先離開的是排行最小的孩子，他們的可塑性比較高，比較救得回來。諾亞被送給一對要求匿名的伴侶，就連我們都不曉得他們的身分，K醫師同意這個做法，第二和第三位心理學家也都贊成。諾亞會忘卻他在荒林路的日子，他生命中的頭十個月會被抹消得乾乾淨淨，宛若未曾發生。加百列去了當地的一個家庭，他們一直密切關注本案，並做出一連串情緒激動的聲明，要大家尊重他們的隱私。我們之中最上相的荻萊拉被倫敦一對無法生育的夫妻收養。而小依最幸運，她去了一個住在南海岸的家庭。當時沒人對我多說，只說她會有兩個新的手足，一男一女，還有那家人住得離海邊很近。

我記得K醫師被派來對我說這件事，我還記得自己問她，他們還有沒有空間多收一個小孩，我很肯定那樣不會造成太多麻煩。

「恐怕沒辦法，莉兒。」她說。

「但妳有問他們嗎？」

「這件事我很清楚，」她說，接著出乎意料地表示。「我很抱歉。」

剩下伊森和我。母親的妹妹佩姬．葛蘭傑在猶豫好幾週後答應會照顧伊森到他念完高中。她有

兩個年紀更大的兒子，多養一個男孩不成問題。她期待他在三年後離開她家，等他考完錯過的那些學校考試。不過伊森畢竟是伊森，他只花了兩年。佩姬在情況惡化以前來拜訪過我們，而且是我應門，所以我確定她還是會想起我。當她被人問起，她則否認自己來過荒林路。再者，她說，願上天原諒，她拿青少女很沒輒。

倫敦辦公室的人想知道兩件事：首先，戴弗琳近來如何？我回答後，他們再問了第二件事：我回來做什麼？

讓我跟你們說說戴弗琳這個人。

戴弗琳總會拿到令人興奮的——全新的案子——能把你的生活搞得天翻地覆。她曾經好幾週不睡、遇過媲美魔王路西法的客戶（「一樣難搞，」她說，「也一樣充滿魅力」），以及各種各樣穿西裝的老男人會和她作對，只是最後全被她擺平。她有時會在談判中轉向我，態度漠然地問我還好嗎。戴弗琳想聽到的回答永遠只有一個：我很好。不管是在我調適四十八小時內轉換的第三個時區、颱風把網路給切斷，或我累到想吐，總之我得很好。戴弗琳認識可能有（或可能沒有）供應化學原料給委內瑞拉毒梟的人，還熟幾個中東小國的蘇丹。她總是知道該講什麼話。她的眼睛和眼窩周遭都有手槍金屬般的灰色。四十二歲時，她的心臟終於在她飛離樟宜機場兩小時後，於太平洋上空十公里作出反撲——因為她一週跑了兩個國家，每天只睡五小時，太過操勞。「我起飛前沒有想要喝香檳的時候，」她說，「我就知道出問題了。」一名醫生從經濟艙趕過來，戴弗琳的心臟也恢

復了平穩。她回到新加坡醒來，請全機的人喝酒，補償自己造成的不便。

後來，他們幫她的心臟做了某種手術——某種侵入性極高的手術，而我在開會時發現她開始出現一種反射動作：如果生氣或挫敗，她會摸摸胸口，像在安撫小孩一般。我時常想像她襯衫底下的那道疤，想像那起皺的皮膚和乾淨服貼的棉布形成的奇怪對比。

戴弗琳提議編造一份需要我待在倫敦的合約，但後來發現有個真的案子出現。戴弗琳有個朋友是某科技公司的其中一位董事，該公司想買下劍橋的一間高檔基因科學新創公司。「據我所知，」戴弗琳說，「你只要提供他們一些ＤＮＡ，他們就能預測你的未來。」

一堆資料在週二晚上傳來。倫敦現在是午夜，我邊聽她說，邊打開檔案。

「像是算命師？」我問。

「希望它有更高級一點。他們自稱ChromoClick，一鍵染色體分析。」

這週接下來幾天我都在強烈的疲倦中入睡，每天早上再被飯店鬧鐘給轟起床。我準時在倫敦的工作時間上工，晚上再加入戴弗琳從紐約撥出的通話。我在早晨來臨前杳無人煙的時刻離開辦公室，整座城市溫暖而漆黑，我把計程車的窗戶打開，讓自己保持清醒。

我無視媽和爸打來的電話，無視奧莉維亞和克里斯多夫在群組裡傳的兩百多則訊息。整天下來，Ｋ醫生每隔段時間就打過來嚇我，我也沒理她。我唯一聯繫的人是小依。我們幫荒林路作的規劃逐漸成形：一個社區中心，裡面塞滿母親和父親無法苟同的事物。我們計畫要有兒童圖書館、老人讀書會、節育講座。我們的提議變得越來越大膽。

「迪斯可溜冰場。」小依說。

到週末再做決定。」我說。

比爾在星期三打給我，問我決定好要擔任遺囑執行人了嗎？有客戶等在電話另一線，還有一位初階律師在我門口。比爾是個反常的存在：我無法相信監獄和辦公室竟然屬於同一個世界。「讓我到週末再做決定。」我說。

週五晚上，氣溫依舊高達三十度。我站在六點三十一分從帕丁頓站出發的火車上寄信給戴弗琳，講述我對那間基因科學公司近期揭露出的各種不端行徑有何看法。一位主管曾把未加密的硬碟掉在火車上，裡頭存滿了關於員工性傾向、健康狀況和種族的詳細資料。「簡單講，」我下結論，「他們有些問題。」奧莉維亞截圖婚禮的相片發給我和克里斯多夫，附上沒啥意義的註解。「超讚的開胃菜，」她寫道。「衣服不太行。性別化的菜單。這是三小？」我重讀一遍我寫給戴弗琳的訊息。「無論如何，」我補充，「我人在火車上。會持續留意。」

我向伊森問了住址，並且要他和安娜別來車站接我。他們家在薩默敦，而我挺喜歡走這段路：JP在這兒念過書，有時我們會來這邊過週末。我拖著行李箱越過傑里科，沿著伍茲塔克路走：二十五歲的我們曾在那兒假裝成死亡面具的模樣，從阿什莫林博物館跑出來；二十七歲的我們身穿泳裝、手拿香檳跑到港口綠地去。不曉得她——就是他那個小女友——會不會應他要求脫下衣服，小心地張口含住他，然後躲在幾乎沒有遮蔽功能的矮樹叢裡品嘗他的味道？但也不能怪她，這都是在她出現好久以前的事了。

「吃到飽自助餐。」

「全國第一個同志婚宴會場。」

一扇扇大門後方是飽經風霜的學院建築，沉眠整個夏天。

安娜看見我沿著馬路走去，在樓上窗戶揮手。她來開門前，隔著正門的霧玻璃，我能看見她模糊的身影。

對伊森來說，安娜．艾斯利普簡直就是專門訂購的理想嬌妻。她父親長年在大學教藝術史，而她母親是某個希臘海運王朝的小成員，關係遠得可讓她躲掉那些商業事務，卻恰恰夠她每個月拿到一筆零用錢。伊森和安娜的父親在「藝術反擊」上結識，該活動由牛津市議會主辦，旨在透過藝術協助暴力犯罪的受害者復原。十天後，他和安娜相遇，因為他不請自來跑去艾斯利普家用晚餐，他們家在河邊，整間屋子都是由木頭和玻璃建成。

「藝術反擊？」他們一起告訴我這段故事時，我說。他們各有負責的段落，並且倒背如流。

「那活動真的叫這個名字？」

「真的。」安娜說。伊森笑著看向別處。

午餐約會當日，安娜在伊希斯河游泳。伊森抵達時，她身著泳衣在河畔，身上水滴未乾。他那天真不該早到。

「多幸運的一天。」伊森說，並舉起他的杯子。

安娜是位藝術家，聞起來有點淡淡的顏料味，四肢沾了各種不同的顏色。薩默敦那間屋子的每個房間，牆上都掛著她的畫作，不然就是靠牆放置。她畫水、畫光映在水面的模樣；她畫伊希斯河幾乎無波無瀾的灰綠表面，畫暴風雨前最後一絲天光下的海洋。她畫某人放下茶杯時造成的顫動。我在紐約的閣樓裡有一幅安娜．艾斯利普的畫作，畫的是午後陽光下波光粼粼的海面。「希臘，」她附了張卡片，上面如此寫著。「我的第二個家。伊森說妳會喜歡。」

她打開門抱住我。「妳母親的事，」她說。「天啊，我很遺憾。」

「真的不需要這樣。」

「妳肯定一言難盡，」她說，接著笑開來，慶幸自己把這部分搞定。「伊森在花園。快去、快去。他開酒了，雖然我告訴他要再等等。喔，莉兒。妳看起來好像一個禮拜沒睡似的。」

我走過木板鋪成的走廊，經過安娜的工作室和客廳，往外去到廚房。這裡是房子敞開門戶通往花園的地方。夏日晚霞自天窗歪斜落下，從巨大的雙扇門間透進來。安娜的父母幫他們改建這間房子當訂婚禮。伊森的愛犬賀拉斯緩慢而蹣跚地進來迎接我。伊森則坐在外頭，背對著房屋。「哈囉，莉兒，」他說。陽光跟地表幾乎平行，片刻間，我只看得見他那頭亂髮中的綹綹白色。他可以是我們任何一個人。

我上次和他碰面是在倫敦，六個月前，他邀請我去聽他在皇家藝術學院的座談會，講題是「教育與啟發：培育年輕藝術家」，而伊森是主講人。我和戴弗琳喝了幾杯，後來遲到，可想而知我來不及進會場，就在酒吧那兒等他。每張桌上都擺了一疊活動傳單，正面是一幅兩個小孩踏入海中的圖畫，背面則是講者介紹。

伊森．查爾斯．格雷希是牛津衛斯里學院的校長。該校在藝術方面有卓越的歷史和成績，並為各個年齡層策畫過許多廣受讚譽的藝術活動。伊森受任時是全國最年輕的幾位校長之一。他在牛津

郡若干慈善團體擔任董事，曾向政府提出教育改革方面的建議，並在世界各地舉辦講座及研討會，闡述教育是如何幫助他克服個人創傷。

我再點了杯酒。大門打開，人群鬧哄哄地走出會場。伊森是最後一批出來的人，正和兩位西裝男子和一名掛著名牌的女性講話。他和我對上眼，臉上浮出笑容，精準到位；其他人連看都沒看我一眼。他一手拿著厚重的外套，正要講到笑話的精采處，兩手朝上一攤，迎來眾人的笑聲。他說故事的方式和父親如出一轍，帶有同樣的堅定。說話時，他的肌腱和肌肉都跟著顫動，貫穿他的全身，嘴巴和眼中卻毫無表情，彷彿那張臉後面有哪個連接處故障。有人在他附近徘徊，等著要和他說話。我得再等等。

他在三十分鐘後找到我，我已喝了三杯。「哈囉，」他說，親吻我的兩頰。「所以妳覺得如何？」

「非常有趣。」我說。

「妳覺得那個提議怎麼樣？」他說，「樹屋那個？」

「喔，對，那是我最愛的幾段之一。」

「妳根本就沒進場對吧？」

我看向他，笑了。他也笑出來。

「我在工作，」我說。「但我相信你表現得棒呆了。你過得如何？安娜呢？」

「她沒辦法來。抱歉，我本來希望她可以陪妳聊聊，可是她不太舒服。我覺得是——就那個十

九世紀的疾病——很藝術的那個，挺上流的。叫什麼來著？」
「歇斯底里？」
「沒那麼嚴肅。」
「氣暈？」
「對，就是那個。不過她會沒事的。」他很努力想將目光停在我身上，只是聽見周圍有更重要的話題在進行。「想要我介紹妳認識誰嗎？我得去應酬一下。」
「我還有工作要做，」我說，雖然我並沒有。「應酬啊，聽起來真嚴肅。」
「還有更嚴肅的呢。我送妳出去吧。」
皮卡迪利依舊人滿為患。藍白兩色的燈光照在馬路上，風塵僕僕的購物客拿著紙袋，天氣冷得快要下雪，情侶穿著外出用餐的外套和長裙，鑽入酒店大廳。每扇櫥窗都展演著某齣嶄新動人的童話故事。倫敦的十二月。我打算花大錢買個東西，再穿過梅費爾區走回我的飯店。我喜歡看門僮的穿著，還有街道上方套房的光芒。伊森幫我穿上外套。我手裡還拿著那張傳單。
「那個啊。」他說。
「圖也是你選的嗎？」
「對。妳知道那張圖嗎？《海上的孩子們》？」
「不知道。」
「華金・索羅拉與巴斯蒂達？」
「我還是不知道，伊森。」

「它讓我想起妳，」他說。「又或者是妳和小依。」

「這講者小傳很不錯，」我說。「就算是你親手寫的也一樣。我為你驕傲。」

然而他已轉身要回學院，準備好掛上一張精心挑選的笑臉重新亮相。「不過是說故事罷了，」他說。「不是嗎？」

伊森誕生的故事早在我出生好久以前便是家族奇譚的一部分，而我的出生是令人失望的續集——結尾只是一名女嬰在醫院病床平淡無奇地出生，父親鮮少提起。

母親當時懷孕八個月，在距離曼徹斯特一小時車程的小公司做接待，父親則在那兒維修電子設備。當時，她連伸手碰打字機都有困難，祕書們譏笑她走路的方式，父親每天得從地下室的辦公室上來三次，帶便當給她、替她按摩。嬰兒即將出生前沒有什麼徵兆，只有一種奇怪的不適感，某種呼之欲出的疼痛。接著羊水就流到她的內褲，溢到便宜的辦公椅上。

那天，父親四度上樓。公司其中一位主管貝佛德先生（以防有人搞不清楚，他是本故事的反派）已在母親身邊拿著她的電話，母親也拿著它，同時拜託貝佛德先生**放開話筒**，她和她先生說好了要在家生產，他們現在就要回家去。後來發現，貝佛德先生已打了兩次電話要叫計程車要送他們去醫院，但母親在他來不及講完便將電話掛斷。

貝佛德先生態度堅決：這小孩早產，母親應該要去醫院。要是他不能用接待櫃檯的電話叫車——父親已經切斷連接口，高舉著電話線，貝佛德先生怎樣也搆不著——那他就要從他的辦公室叫

救護車。我父母拖著電話機和羊水出發趕路，搖搖晃晃出了辦公室，經過慢吞吞的滑門，再穿過停車場，母親癱倒在他們每天一同上下班開的福特 Escort 後座，父親轉動鑰匙點火。他們才剛開到大馬路上就聽見嗚笛聲，接著一輛救護車猛繞過他們，車燈直閃爍。

「貝佛德先生——」父親會說，「想必有得解釋了。」

二十分鐘後，他們回到家，攤開父親用聖誕禮金買來的乾淨柔軟毯子，把沙發座墊移到地板，拉上窗簾。母親蹲在這勉強湊合的床上，臉龐藏在熟悉的陰影下，因淚水和唾液閃閃發光。

伊森於四十小時後出生。到後來，父親說母親差點睡過去，他得拍她的頭把她叫醒。（而她是否會不時想起醫院病房裡藍色和白色的燈光？）他們用浴室秤測量寶寶的體重，他重達三千一百公克，十分健康，是個兒子，突破萬難爬到這個世界，千辛萬苦提早到來。他們蜷縮在地上，滿身鮮血、一絲不掛，像是某種殘酷暴行的倖存者，世上最後的生還者，或是最早的先民。

伊森誕生的故事中有一段常被父親跳過，那就是貝佛德先生幾週後的復仇：格雷希夫婦偷走公司財產，並違抗主管直接下達的指令。此外，單位裡其他同仁也不喜歡父親。人們抱怨他老愛當眾幹蠢事，也抱怨他在母親桌邊花太多時間按摩她的身體。貝佛德先生祝賀我父母喜獲貴子，並要求他們不要回來辦公室。他們最後一筆薪水會以郵寄支付。

母親後來沒再工作。接下來十七個年頭，她的生活只有小孩，她也以殉道者之姿扮演這個角色。她行的是神的旨意，會克盡職守。我們在她體內的時候是最最寶貴的，我們牢牢守在腹中，不

吵不鬧。在我早年的記憶，母親一直懷孕。她外出時會穿薄洋裝，肚臍像甫形成的腫瘤一樣外凸。在家中，她會穿短內褲和沾有汙漬的T恤，斜躺著給我們哺乳。我們哭鬧著要找她，偶爾會同時有兩個人打來打去，要搶比較豐滿的那側乳房。和我現在相同年紀的時候，她已生下伊森、我和荻萊拉，外加即將誕生的小依。她聞起來很噁心，像內臟；她滲出體液，體內的東西決心浮出表面。

她小時候想成為記者。那時她和父母妹妹住在山陵環繞的村莊裡。他們家是階地上最後一戶，那裡有片像比薩斜塔的斜面。她決定訪問整個村莊的人，她父親便從書報攤買了本筆記本給她，讓她記下自己挖掘到的東西。她用最工整的字跡在第一頁寫下：來自黛柏拉的報導。每個週末，有時還有放學後，她都拿著筆記本挨家挨戶調查。她發現人們樂於和她分享一些不為人知的心願——也許是中樂透，或是搬到離海近一點的地方，或去法國或北美洲看看。同時，他們也樂於猜測隔壁街新搬來的家庭是什麼關係。可能是情侶，但也非常可能是父女。我看過母親這個時期的相片，對於她早期的成就毫不懷疑。她有著一頭白金色秀髮，外加一雙富有同情心的成熟眼眸。你一定會和她分享你的祕密。

有一件事她沒料到會發生，她稱之為「遊行」。第一起事件發生在她十歲，正準備要考隔壁村的文法學校。當時正值該村的豐收節，也真的舉辦了一場遊行。各個團體單位要各自裝飾一輛花車。媽媽拖著她們紮的稻草人穿過大街小巷；小孩打扮成各式各樣的作物，像一整片菜園那樣四處溜達。那一年，在不大可靠的民主程序下，母親獲選為豐收節公主。她走在隊伍最前端，身穿金色洋裝（她總結道，和去年的馬鈴薯裝相比，算是很大的進步），遊行經過她家時，負責引導退伍軍人花車的士兵發射出一連串慶祝的槍響。

從母親在人群前方的位置，她沒有目睹到意外的發生。鄉村基督教會的花車和他們的 Morris Marina 老爺車之間連著一條繩子，在希里費爾茲路最高處斷了開來。花車撞上她父親時，她聽見尖叫聲傳出，以為只是群眾興奮過度，於是揮手揮得更起勁。當遊行人員試圖攔住她，她卻禮貌微笑、繞了過去。

全國規模的新聞媒體在村裡待了好幾天。她的父親在意外中失去一條腿，另外有一個小孩（穿著自家縫製的南瓜服）喪命。母親樂不可支，她很喜歡那些拿著和她同款筆記本的精明老練記者。她是這場悲劇裡的名流貴族，既是受害人，也是非自願的參與者。她人在客廳，莊嚴地坐在她母親旁邊，提供一連串的第一手描述，手握著拳緊揪衛生紙。她在每次訪問最後都會表示，有鑑於這起慘烈事件，她非常希望自己能成為一名記者，她想讓人們講他們自己的故事。她在筆記本後方蒐集了一堆名字和電話，括弧裡註記下每位記者所屬的媒體單位。在全國規模的媒體後面，她會根據他們的專業程度、還有他們給她的發言時間長短打上星號評等。待到時機成熟，她就會知道要和誰聯絡。

另外，鄉村基督教會的代表也來拜訪。某天傍晚，有三名女子來敲門，力道之輕，讓母親不慎忽略。接著她們再敲一次，那幾個女子等在雨中，試探性地和門保持距離，她們頭髮上綁著圍巾，臉藏在陰影之下。最年長的女性提著一籃熱呼呼的麵包，上面蓋著茶巾。她將籃子遞上前時嚇到了母親，有那麼難以言喻的一刻，她以為籃子裡裝的是嬰兒。

「我們每天都為您禱告，」其中一名女子說，另一位則補充：「還有您的父親。」

「對——還有您的父親。我們能見他嗎？」

「他還在醫院，」母親說。「我媽現在在那裡，還有我妹妹。」

「您要是感到寂寞，」最年長的女性說，「千萬別猶豫，來加入我們。」

「這是很重要的，」另一人說，「熱情歡迎孩童加入。」

她父親在一個月後出院返家，記者各自回城，罹難兒童的喪禮已沿著豐收節的同一條路線舉行完畢。她父親被擺在電視機前，靜默不動，左腿的褲管拖在身後，有如斷肢留下的鬼魂。他再也無法清理窗戶。這還是頭一次，母親希望這場意外不曾發生。

「遊行就這樣舉行了，」母親說。母親經歷諸多不幸的遊行。「不然，」她會這樣說。當父親失業、當老師憂心忡忡打來反應我們缺席，或父親第一次打了伊森，「你能拿遊行怎麼辦？」

母親不再被人當成豐收節公主後，便開始照料她父親。她的母親則在村裡的店鋪多上一輪班。她得確保他有吃早餐——她母親懷疑他想把自己餓死——並確認殘肢有無感染跡象。她父親坐在椅子上，母親跪在他面前的地板。這份職責讓她自豪。她觸摸著光滑、密合的皮膚，以及傷口縫合處的紫色接縫，心想：也許我應該當醫生。檢查的過程中，他們不發一語。她父親不再問她最近採訪了什麼，她也沒任何東西能報導。

她的另一項責任是妹妹佩姬。佩姬八歲大，而且很麻煩。「她不像妳那麼聰明，」她們的母親說。「她需要妳，小黛。」母親完成作業後，會坐下來幫佩姬寫功課，並且被這幼稚的任務搞得哀聲連連。她決定寫錯一些題目，以免有人起疑，但有時她會寫錯最簡單的幾題，藉此害佩姬被叫到教室前面解釋。

母親沒考過文法學校的入學考。她的家人對此沒說什麼，彷彿這本來就是痴人說夢。遊行繼續

舉行。她上了當地的綜合高中，那裡全是務農的大老粗和他們未來的太太，個個散發出牛糞的惡臭。她只有一個朋友——凱倫，他們家最近才搬來這一帶。凱倫瘦得嚇人，一天到晚覺得無聊。當她點菸，你能看見她殘餘的指甲在流血。師長說母親心不在焉、不夠用功，但她明明應該屬於別處，又怎麼有辦法專心用功？她手肘和眼下得了乾癬，於是變得特別敏感。而後，當她的母親被店裡來訪的村民問到她的近況，也是這麼回答：黛柏拉是個敏感的女孩。然後更糟的狀況來了：佩姬擦邊考上了文法學校，開始操著一口短促而做作的口音和家裡每個人說話，那嗓音狠狠貫穿歪斜屋中的每個房間——佩姬，她為之犧牲一切的佩姬。

時不時會有人看見母親走過村莊，到鄉村基督教會參加晚禱，身上還穿著學校制服。她走得很快，雙手收夾在肋骨下，長襪在腳踝處起皺。她總是獨自一人。她喜歡在儀式開始前一刻抵達，並在其他信眾起身前離開。她聽說，村裡的人將她視為寬恕的典範，但她大部分只是喜歡沒有家人打擾的夜晚，以及信眾相信自己得到她的原諒，因此掛上的寬慰笑容。

母親在十六歲畢業，拿了幾張不怎麼樣的證照，和城裡一門祕書課程的名額。等到經濟條件許可，她便從村裡房子搬出來，來到隔著一片荒野外的市郊，省得眼看佩姬繼續往上爬，也不用再照顧她神智不清的父親。隨著時光流逝，他已整個人縮進椅子的布料。當她和他親吻道別，他縮了一下，好像她剛打了他。

在伊森和我年紀非常小、還沒什麼競爭意識的時候，父母會讓我們選想聽的床邊故事。（父親認為書籍比不上他自己的故事。「荷馬那個年代可不需要紙張，」他說，並且略過造紙工業的歷史不談。）伊森最喜歡他戲劇化的誕生故事，每次講到最後，母親都會把客廳的地墊挪開，給大家看

地毯上褐色的生產痕跡。但我最喜歡的，是父母相遇那晚的故事。

某個週六晚上，凱倫說服了母親陪她進城。「妳越來越無趣了，」凱倫說。「甚至比本來的妳還要無趣。」（講這段故事時，母親認定凱倫依然未婚、住在家裡，還有心理健康的問題。「看看現在是誰比較無趣。」母親說。）她們在母親的公寓裡穿衣打扮，母親總是穿得一身黑，濃密的白金色長髮垂至腰際，不管是什麼場合，喇叭裡放的都是貓王的傷心曲目。她們搭上當地公車，帶著一瓶麗絲玲在路上分著喝。

那天晚上糟透了。她們最後跑到市中心外的一家酒吧——有搖搖晃的桌子、投幣式販賣機、黏答答的地毯。凱倫的舊情人在吧檯後方工作。他們裝作沒料到會看見對方，雖然在母親看來，這整晚的一切顯然刻意到不行。她被抓來當電燈泡，好讓凱倫在酒保送酒時不無聊。她們喝著免費的螺絲起子，那位酒保在凱倫上廁所時朝母親眨眼。十一點剛過，有人放了一張黑膠唱片——曲風很強烈，母親從來沒聽過——酒保和凱倫開始跳起舞。一名身穿亮片洋裝的沒牙女士加入他們，然後是一位幾乎站不穩的當地人，他往母親的方向扭腰擺臀蹭過去。她不安地左右挪動身體重心，過了一會兒就拿起吧檯椅上的外套離開。

她不曉得自己人在何方，眼裡含淚往公車站的方向走。另一個世界裡的她已進入夢鄉，溫暖地在被子底下睡得不醒人事。城裡這一帶的建築物間隔遙遠，每棟樓的燈光之間是一片片烏漆抹黑的蠻荒之地，暗到她甚至看不清自己的鞋子。她奔過這鳥不生蛋的地方，被水窪和路上的坑洞給絆得腳步踉蹌。她肯定自己這下子必定走得太遠。

半小時後，她來到那間教堂。

那裡離馬路有點距離，在墳墓間一條彎彎曲曲的碎石路盡頭。它用了溫暖的赤陶色紅磚，夜裡的光照不太充足。當時已過午夜，花窗上卻有燈光閃爍：有人在裡頭點了蠟燭。

她沒有多想便打開門。她可以在裡面過夜，然後趁著第一場週日禮拜開始前早早離開。她在門口脫下鞋子，將裙子往下拉到膝蓋。石頭上留下了她溼漉漉的腳印。

走道盡頭有五支蠟燭在燃燒。她踮著腳過去，邊走邊瞥看每排長椅。等她走到講壇，她轉過身，像在和信眾說話一樣。

「哈囉？」她喚道。

「哈囉。」父親說。

她的心臟顫了一下。他站在她上方的樓廳，手掌按在欄杆上。

「嗨。」母親說。

「哈囉，」他又說一次。「我沒預料到會有人進來。」

「這好像有點蠢，」她說。「但我迷路了。」

「這不算蠢啊。」

「你在這裡做什麼？」

「一個業餘的小項目。我喜歡測試新的燈具，有興趣就過來吧。」

他招手，母親還在顫抖，沒有動作，讓父親不禁笑了。

「別怕。」

「我沒有怕。我要怎麼上去？」

「從後面的入口。我來把燈打開。」

他消失後，明亮的光線湧入通道。她感覺鬆了一口氣：傻瓜，還怕黑呢。她被裙子拖住，手撐在牆上，越過電線、布條和疊疊座椅，盡可能快點上樓。她在樓梯頂端搜尋他的身影，擔心他是不是躲在哪裡、打算整她。但他就這樣背對著她站在那兒，等待著。

「聽起來妳今晚挺波折，」他說，手裡拿著一只保險絲盒，前臂布滿肌肉的紋路，還有三角洲狀的鮮豔血管。一塊陌生的新大陸。

「是啊，我不該答應的。我有個朋友——算是老朋友了吧。這是她的主意。」

他都還沒看她一眼。

「那她現在在哪裡？」

「和某個傢伙在一塊吧，我想。」

「聽起來不是個多好的朋友。」

「也許吧。」

他變出一道聚光燈，光線越過樓廳落在她臉上。

「妳的頭髮，」他說。「每一道光都落在妳的髮間。」

（每一道光都落在妳的髮間：講得真好。縱使我不願承認，有段時間——在我比較年輕的時候——連我也抵擋不了這樣的句子。）

「你週六晚上都是這樣過的嗎？」母親問。

「不是，就偶爾。我喜歡科技，妳知道的。而且我喜歡幫忙。」

母親靠在他旁邊的欄杆，讓頭髮落在他手臂上。

「從來沒人陪我一起弄過，」父親說，並且微笑著。「這樣有趣多了。」

「我一點都不有趣，」母親說。「我的意思是，我還滿無聊的，老實說。」

「我不信。妳遇過最棒的事情是什麼？」

「什麼？」

「告訴我妳遇過最棒的事。人一旦講起自己遇過最棒的事，就絕對不會無聊。說吧。」

母親想起她的公主禮服，還有村民觀賞豐收節的面容。他們的人數在她腦中無限放大，所以她想像自己帶領遊行、穿過上百——上千張祝福的臉孔。「好吧。」她說。她很清楚自己會怎麼去講這個故事。

「妳看，」父親最後說。「那並不無聊，不過也不是妳這輩子遇過最棒的事。」

「不是嗎？」

「當然不是，」父親說。他專注在保險絲盒上，兩張大大的手掌輪流把玩著它；他面帶笑容，幾乎大笑出聲。「是今晚才對。」

「這故事好無聊，」每次聽完伊森都會說。「我不懂妳為什麼喜歡。」

「妳覺得那真的發生過嗎？」小依第一次聽到這則故事時問我。「或者他們只是在週日禮拜的時候認識？」她這樣憤世嫉俗的回應令我驚訝，接著更驚訝的是，我自己從沒質疑過這則故事。其

實我希望那是真的。故事裡，父母置身於黑暗中斑斕燦亮的光芒中：一對愛侶，倚在樓臺，他們的戀曲正要展開。那是我最喜歡他們的樣子。

伊森對荒林路的房子自有打算。他一直忍著，從週五晚餐到安娜週六早上的牛津藝術巡禮，他都沒說什麼。但午餐時，他的機會逐漸流逝。安娜做了希臘沙拉，找來一把花園陽傘，於是我們在外頭邊用餐邊聊伊森的工作。「妳午餐後想不想和我去走一走？」他意有所指地問。我想像他邁步走入衛斯里學院職員室，和同事做出相同的提議，而那提議背後的暗示，又會在他們離開後留下怎樣的餘韻：和格雷希先生去走一走。

「當然。」我說。

我們出門，前往大學公園，經過板球場和花圃，接著找到一條通往切爾韋爾河的林蔭步道。開闊的草坪呈暗沉的枯黃色，但樹下河邊仍是一片翠綠。陽光削弱了幾分伊森的威嚴。他的皮膚比白皙更透薄一階，鑿刺在他臉上——外加前額和雙眼間的紋路不再隨笑容消退，而是固守在原位。

「妳的頭髮變得更黑了，」伊森說。「真不懂妳為什麼要那麼做。」

「你不懂？」我說。「認真？」

「妳金髮比較好看。」

我對伊森的認識夠深，知道這是開戰的預告：先在敵人牆上轟個幾炮，再發動主要攻勢。

「我不想在鏡子裡看到母親的輪廓，」我說。「再說，那對我的收入沒有直接幫助。」

「對我倒有幫助——妳是這個意思嗎？」

「開講座談你的個人創傷，」我說，「也沒什麼不好。」

「是戰勝個人創傷。我沒有要批評妳，莉兒，真的沒有，但妳應該來看看。這迴響十分驚人。我向妳保證大家都可以從中獲益。我秋天會去紐約辦。這真的能給妳帶來幫助。」

我的臉在發燙。我停下來吞了口水，但伊森沒注意到。他已經領先我前面好人一步。

「那是讓大家討論教育的絕佳平臺，」他說。

「還有討論你自己。」

「是以我們自身的脈絡討論教育。妳難道忘了我們回去上學時有多快樂？我想讓所有孩童都享有那種熱情，都能夠超越他們生長環境的限制。妳應該看看我二十幾歲時教過的那些小孩，莉兒，他們全都是失去熱忱的空殼。我提倡的是我們的這種熱情。我不懂妳怎麼會不贊許。」

「拜託，伊森，」我說。「大家都知道你一開場就放出嫌犯大頭照的投影片。」

「那當然。你得吸引人家的注意啊。」

我們來到河邊，平底船艱難地從林間划過。我坐在草坪上。

「說到這個，」他說。「我想和妳談談房子的事。荒林路十一號。」

我閉上眼。「是嗎。」我說。

「我覺得這對我們來說會是個很棒的機會，對我們全部人都是；獨一無二的機會。」

「嗯，肯定是獨一無二。」

「聽著。這和妳的提議沒差到哪裡去，只有一點點變動。沒錯，可以當作給社區使用的地方，

但是要納入我們的名字。哈洛費德格雷希社區中心。這樣一來會有報紙來採訪，有開幕儀式。妳會有更多資金，能幫助更多人。想想看，那地方不是應該留一部分紀念我們家嗎？不管是系列講座或某種紀念活動。我們可以——我們可以讓一間房間維持原樣，讓大家理解我們的遭遇……我不曉得。我還沒想清楚細節。」

「博物館。」

「那不是我的意思。」

「那個社區不會有人想要個裝滿過往舊聞的紀念堂。」

「搞不好會啊——如果它能帶來其他事物，像是關注、投資。」

「以前我們可沒帶給哈洛費德什麼光采，」我說。「不行，伊森。我們的名字不需要出現，就弄個功能合宜的社區空間，有什麼不好？」

「那樣很浪費。我在這件事上有很多能發揮的空間，莉兒，至少考慮一下吧。」

「門都沒有。」

「別忘了妳的計畫也需要我同意，雙方都是。妳還跟誰談過？荻萊拉？加百列？」

「沒有，只有小依。」

伊森大笑，好像在打發一個令人無奈至極的女學生，對我揮揮手臂，接受自己的計畫終將告吹。「想也知道，」他說。「想也知道。」

我對伊森說我會自己走回去。他離開後，我來到一小片陽光底下，打電話給比爾。他沒有接。我猜他人在動物園，或是忙著烤肉，還有小孩黏在他身上，仍滿身是汗。伊森把我惹得很火，於是

我再打一次。

打第三次時，他接起電話。「我想過了，」我說，「我接受。」

「雅莉珊卓？是妳嗎？」

他的聲音有音樂圍繞。他在走路，像在尋找一個安靜的角落。我心底感到一陣扭捏難堪。是格雷希家那個女孩。他會用唇語對他的親朋好友說。抱歉。

「很高興聽到妳的消息，」他說，意識到自己的小小勝利。「還有妳母親——她一定也會很高興。」

母親的快樂有如磨損的繩子那般薄弱不堪。「我可不會那麼肯定，」我說。「總之，我妹和我——我們有個想法——」

我一間一間為他解說社區中心的構想。講到花園（大部分是黃水仙，還有小學生負責照料的菜園）的時候他放聲大笑，差點弄掉手機。

「真完美、真完美，莉兒。其他受益人——他們同意嗎？」

「處理中，」我說。當他沒有回應，我又補一句：「正在進行。」

「正在進行」是戴弗琳面對客戶時使用的「時間辭典」收錄的其中一詞，另外還有「不久」跟「盡快」。

「我們還得申請資金，」我說。「改建用的。這遠遠超出你原先預期的工作量，比爾，你不需要幫忙。」

「我知道，這點我知道，莉兒。但我很樂意。」

我要負責取得受益人的同意，文書資料的部分他會去調查。他提到計畫申請、遺囑檢驗批准、遺囑執行人契據，一連串關於死亡和房屋的全新用語。我們得想想怎麼對議會提案最好，他說，別忘了錢是從哪裡來。也許——如果我想來場探險，可以去哈洛費德一趟，親自提出申請。

「浪子回頭啦。」比爾說，這人和母親相處了這麼久，顯然是一次都沒讀過《新約聖經》。

晚餐後，伊森出門。他晚上跟衛斯里學院幾位校董事在市中心的酒店有約，要我們別等他。「他們起先大多討厭我，」他說。「說我太年輕、太高調、太——他們是怎麼說的，安娜？——太顛覆傳統。現在呢，他們想要我和他們在他媽的週末共進晚餐。」他整個晚餐都悶悶不樂，既批評安娜煮的飯，又刻意倒酒倒得太用力，讓酒沿著杯腳滑下去，弄髒了木桌。

「感謝老天他走了，」安娜說。「抱歉，莉兒。」

我們沉默地清理桌面。盤子有安娜的彩繪，橄欖和柏樹的圖案會隨著用餐慢慢浮出。「杯子留著，」安娜說。「我再來開一瓶。」我從水槽拿來抹布，擦掉桌子上的圓圈狀紅漬。

我們坐在外頭，盤著腿面對面，像是準備玩擊掌遊戲的孩子。「那，」我說。「跟我說說婚禮的事吧。」

現在距離婚禮只剩三個月。他們會在希臘的帕羅斯島結婚，那裡有自己的機場——雖然不過就是間小棚屋加上一條水泥跑道。安娜小時候去那裡玩過，並語氣肯定地告訴父親她的婚禮就要在這裡辦。她喜歡主鎮區裡位於高聳山頂上的白色小教堂，兒時的她相信那就是世界的顛峰。夜幕低垂

時，你能看見島上的每盞燈光，無論來自車子還是屋舍。她會想像用完晚餐後的情侶在開車返家途中爭吵，或是一位寡婦躺在床上正伸手要關床頭燈。

「老是幻想些難過的場景，」她說。「我小時候真夠鬱鬱寡歡的。」

她投向天空的目光轉回來、往下看，好似突然想起我人還在這兒。「當然，」她說，「我沒什麼理由那樣想。」

「我訂好機票了，」我說。「真等不及。」

「還是很歡迎妳攜伴——如果妳想要的話。」

我笑了。「再看看吧。我可沒多少時間。」

「反正妳不必擔心，荻萊拉會去。」

「這個嘛，那可有趣了。」

就算在漆黑的花園裡，我也能感覺安娜的局促不安。如果我們全都能到場，快快樂樂穿著同款雪紡服飾，坐在教堂裡伊森那側的位置，她會很開心。結果小依和加百列沒有受邀，荻萊拉和我不講話。小依和我討論了賓客名單，又猜測伊森會自做主張到什麼程度。我們最後的結論是：她的位子大概給某個國會議員或國際慈善機構主席拿去了。「某個有用的人，」她說，「妳不會想坐在他們旁邊的那種。」她頓了一下，聳聳肩。「反正我們一直都不太親。」

「莉兒——」

安娜的手指在空中比劃，彷彿能在那兒找到她需要的字眼。

「有時候，」她開口，「我只是會想——」

她認真望向花園另一頭，在那雅緻燈光下空無一人的廚房。至少天氣是涼爽的。我們上方有低垂的橡樹枝葉在風中相碰，比我們更顯醉態。安娜放下酒杯，抹去眼角的淚水。「抱歉。」她說。

「沒關係。」

「伊森很難搞，凡事都要成功。學校啊，演講啊，慈善活動啊。婚禮啊。妳知道？對吧？他睡得很不好。打從一開始，我就會在半夜起來，發現他在讀書或工作。可是現在——我會聽到他在屋子裡走來走去。他白天像這個樣子的時候，我們之間會有一道隔閡，我沒辦法跨越，沒辦法理解他。對我來說只要我們過得開開心心，那我就開心。但對他來說不是這樣。」

「不惜代價都要成功。」我說。

「對，真的。而我擔心自己根本不了解那道隔閡背後的他。有時他會看著我——比方說我問了一個蠢問題，或提議某場集會的準備工作並不急，可以隔天早上再弄，突然就好像在和另一個截然不同但披著他的皮的人講話。而且——」她大笑著說。「我不是很喜歡那個人。」

「他有沒有和妳聊過……」我說，「我們的童年？」

「他對我講過一些，」她說。「但沒講別的。我也尊重，妳懂的。我去過他的演講，知道他受過什麼樣的折磨。只是，如果有什麼方法能讓我去理解，我是否該嘗試讓他開口。任何意見都好——」

離開他吧，我心想。我能嘗到這幾個字的滋味，清楚聽見它們說出口後聽起來是何感覺。我會這樣解釋：妳得試著理解，這兩個人——妳認識的那個人，和現在讓妳感到陌生的那個人，哪一個才是我哥哥。我同時也想了想後果：伊森回到家，只見他努力構築的一切化作廢墟。

「稍微等他一下，」我說。「他那樣的時候，我認為他是走進了一個妳不會想跟去的地方。他總會回來找妳的。」

「妳這樣覺得嗎？」

「當然。」

她往前一靠，跪坐在草地，握住我的手。「謝謝妳，」一滴眼淚流過她臉龐，但她仍面帶笑容。「我的新姊妹。」她說。

等我年紀大到明白伊森每天到底上哪兒去後，我會興奮地抓著枕頭，在門口等他和母親。他不過是走八分鐘的路到賈斯伯路小學，在我眼中他卻好像環遊了整個世界，每晚回來，他都一臉洋洋得意，樂於分享所學的一切（即便有時他不大情願）。

伊森上學的第三年，他七歲時，葛瑞格斯先生開始推行「每日事實」、「每日單字」和「每日新聞」。班上每位同學都要輪流上臺報告他們的三項新知。伊森放學回家首先就是教我這些東西，母親則在一旁給荻萊拉哺乳。伊森說那些報告內容良莠不齊：比方說，蜜雪兒對全班說她在體操競賽上得到亞軍，那哪裡算是新聞？每次換到伊森，他都蹦蹦跳跳地出去上學，興奮到不行，而我會在他離開時對他大喊出他要報告的東西。我很肯定他是全世界最聰明的人。

我還能想起一些伊森分享的事實：有一次，我和ＪＰ參加酒吧的猜謎比賽，我坐在他旁邊，拿起紙筆寫下吐瓦魯的首都。

「富納富提，」ＪＰ說。「嗯，妳總不可能是掰的吧。」因為只有我們答對，得到一份免費的龍舌蘭。當我放下酒杯，ＪＰ搖搖頭。「富納富提，」他說。「真是見鬼了。」

葛瑞格斯先生在來賈斯柏路小學任職前花了一年時間遊歷各國，伊森睜著圓圓大眼，在午茶時對我描述教室裡的事物：他有一組一個套一個的俄羅斯娃娃以及舊金山金門大橋的小型銅製模型。他有一件日本的和服，可以給你試穿——男女皆可，因為那在日本誰都能穿。還有真的從西部荒野帶來的牛仔帽。

父親下班回家，來廚房加入我們。那是二月一個陰鬱的週五傍晚，他還穿著外套，散發冷冷的氣息。他從冰箱拿出四塊麵包，放進烤麵包機。「沒有那種地方。」他說。

「什麼？」

「『西部荒野』。這個葛瑞格斯先生把你唬得一愣一愣，伊森。他不可能去過那裡，因為那地方並不存在。」

我看向桌子對面的伊森，但他全神貫注盯著貼在一起的雙手，彷彿在禱告。父親把奶油抹上吐司，搖了搖頭。

「我沒想到你會這麼駑鈍，」他說，「把那種事情當真。」

父親很少教我們什麼事實，卻會教我們哲學。其中之一就是沒有人比誰更優越，無論他或她看上去受過多少教育或擁有多少財富。確切地說，這世上沒有人比格雷希家的人更優秀。

「這人是誰？」父親喚道。「黛柏拉？」

母親費勁地從客廳走過來，懷裡抱著荻萊拉，還有肚子裡的小依。

「伊森的老師。」

「葛瑞格斯先生，」父親說。「伊森的老師。」

「他怎麼了嗎？」

「他有什麼不尋常的地方嗎？」父親問，把最後一塊吐司對折，塞進笑開懷的嘴。

「在晚間家長座談會的時候，」母親說，「那人感覺有點弱不禁風。」

父親噗嗤一笑，心滿意足，即使身上的藍色連身工作服都壓抑不了他的笑聲。他的身體彷彿膨脹，抵著布料，有如地殼裡的岩漿。父親被貝佛德先生開除後，在黑潭一間鄰海的維多利亞式旅館當水電工，按規定穿著和旅館清潔人員一樣的制服。

「當然，」他說。「這只是暫時的。」

父親和母親初識時自稱生意人，事實也的確相差不遠。晚上和週末時，他在鎮上仍有個辦公空間，裡面有髒兮兮的白色百葉窗，以及他向影印店訂做的招牌：**CG顧問：點亮創意的火花**。他為電腦採購提供意見、維修隨身聽，並在週六下午舉辦不怎麼受歡迎的程式課程，招收各年齡層的孩童。情況若好，會有兩、三位悶悶不樂的男孩在母親陪伴下走進教室，她們喜歡敲敲鍵盤、和父親講話。父親想聊電腦，那些母親則想聽父親聊他自己。

父親只會在確定觀眾認真聽他說話時開口，因此他的每一句話都經過掂量和準備，小心翼翼地傳遞出去。程式課程上，那些母親會在他的話語之間沉默時熱切湊上前：她們喜歡他安靜的性格、喜歡他的鬍子、他的黑髮，還有在電腦鍵盤上飛掠的厚重雙手。你不難想像那雙手在皮膚上會是什麼感覺。

「回去衝刺了。」父親說完從桌子起身。程式俱樂部裡有一位母親和父親約好，要討論她該買麥金塔還是IBM。今晚CG顧問可忙了。伊森等待前門關上。門一關，他就衝過我和母親身邊，跑到樓上。他也一樣，上工去了。

週日晚餐：兩週一次的牛排腰子派耐力測試。每口滑溜溜的內臟咬下去都讓我想吐。伊森在週六上午去了鎮上的圖書館一趟，偷帶了一背包的書回家，可是不肯跟我分享。他把偷回來的書倒在床上，打發我離開房間。

現在我們在廚房餐桌等他。荻萊拉焦躁地在母親懷中扭來扭去。母親從孕婦裝垂下一邊乳房，湊到孩子面前。

「夠了，」父親說，他站起身。「我去找他。」

不需要。我們聽見樓梯上輕輕的腳步聲，接著伊森出現在廚房門口。

「抱歉。」他說。

他靜靜地吃完牛排腰子派，在我們拿盤子去水槽時也默不作聲。父親要他拿酒，他也安安靜靜，從禁忌櫥櫃裡小心翼翼地拿出來，按從前學的那樣倒進父親的婚禮酒杯。

他和父親一樣，深諳在正確的時機開口之重要性。

等我們坐回桌邊，看著父親喝酒，伊森清了清喉嚨，緊張到不知如何開場，於是直接切入重點。

「西部荒野這地方，」伊森說，「是真實存在的。」

我從桌子抬起頭。父親的嘴唇溼潤，舔了舔。他在桌上滾著酒杯的杯腳，看琥珀色的表面在廚房燈光下搖曳。

「現在是在說什麼？」母親問。

「葛瑞格斯先生去的地方，」伊森說。「我有讀過。那只是人們第一次到美國邊疆時稱呼那一帶的方式。那裡沒有法律，只有牛仔和拓荒者，還有處處酒館的小鎮。雖然現在不是那樣，但你還是能去。你可以去德州、亞利桑那、或內華達，或是去新墨西哥，葛瑞格斯先生去的就是那裡。」

父親放下酒杯，靠回椅子。

「所以，」父親說。「你的意思是，你和葛瑞格斯先生都比我還聰明。是嗎？」

我狠狠地嚥了一口口水，我覺得可能有一塊腎臟卡在喉嚨和胃中間。

「不是，」伊森說。「我的意思是，西部荒野的事情你說錯了。真的有這個地方，葛瑞格斯先生不是在耍我。」

「伊森？你到底在講什麼？」母親說。

「妳沒聽到嗎？」父親說。「他想表示他比我們其他人還要優秀。」他對伊森說：「還有什麼別的想教教你的家人？啊？拜託，你再多講一點啊。」

「我可以告訴你們牛仔的事，」伊森說。「我還讀過一個故事，是在講拓荒者的生活。他們會收到邊疆其他人，像是親朋好友寄來一些信，要他們往西走——」

父親大笑。

「你這樣自以為聰明，你知道會發生什麼問題嗎？」父親說。「會變得無聊死了，伊森。」

伊森眼眶泛淚。

「你只是不喜歡這樣，」他說，「不喜歡我是對的，你是錯的。」

父親移動的方式，讓我想到那陣子喜歡看的自然紀錄片裡的鱷魚。身體起先靜止不動，直到獵物碰到水面。父親猛地站起來、撲過桌面，反手賞伊森一巴掌，力道大得將他從椅子上打下來，還噴了一道血在桌上。荻萊拉被碰撞聲吵醒，哭了起來。「我要吐了，」我小聲地對母親說，卻只成功離開椅子幾步。父親跨過蜷縮在地毯上的我，我又看到了腰子派。父親打開前門，可是沒有關上，夜晚潮溼的空氣默默竄入屋內，在此留駐。

母親把伊森的臉、我的嘔吐物和荻萊拉的身上清乾淨。一絲失望拉著她下巴的輪廓和乳房一同垂下。她變得鬱鬱寡歡，童年相片裡那雙銳利眼睛失去感情且逆來順受。她喝光父親杯裡剩下的酒，就這麼等著他回來。她感覺到新生的孩子在她子宮內輕敲。遊行繼續前進。

伊森在深夜某個時間點回來。我聽見他在樓下對賀拉斯說話，而我沉入夢鄉。當我下一次醒來，他人在我門口，走廊的燈光從他背後探出。我憶起荒林路的另一扇門，同樣也被他的身影占據。他的剪影看起來沒有一絲一毫的改變。

「能聊聊嗎？」他說。

你睡著時有人醒著，這讓人感到毫無防備。我穿著在車站買的廉價薄睡衣，衣料在腹部和兩腿間皺成一團。我拉起被子蓋住脖子，瞇眼望向那片燈光。「現在？」我說。

「妳來我家作客，不是應該娛樂我一下嗎？」

「實際上，」我說，「我想應該是反過來。」

他關上身後房門，一陣疲倦的酒意隨之而入。有那麼一刻，在他找到燈的開關以前，我們共處在一片黑暗中。

「進行得如何？」我說。

他倚著牆，笑得好像他知道某件我不知道的事。

「最棒的地方在於，」他說，「看他們考慮怎麼拿主意，是想要我成功還是失敗。」

他停下來，回憶酒店酒吧的會面。我從他的表情看得出他樂得很。他清楚知道該說什麼話，那些輕蔑的話語已然拋出，卻尚未擊中目標。一直要到夜晚過了大半，校董躺在床上，那些話才會重擊他們的心。

「總之。妳們晚上過得怎麼樣？妳和安娜？」

「還不錯。」

「不錯？怎麼個不錯法？」

「你想怎樣？伊森？」

「首先，」他說。「我想知道妳們聊了什麼。」

「沒什麼。婚禮、她的禮服、那座島。沒什麼有趣的。」

「荒林路？」

「那話題不太適合週六晚上，不是嗎？」

「我希望妳清楚，」他說，「我現在的生活很好，可是承受不了任何干擾，莉兒。我無法承受妳那些故事，現在這種時候不行。」

「我的故事？」我說，然後開始大笑。

「我得小心選擇，」他說，「就是要對安娜說什麼。妳明白的。我不想讓她煩心。有些事情——某些事情她不需要知道。」

「真的有這種事情嗎？」我說。笑得更用力。「某些事情？」

「別再笑了，莉兒，」他說。「莉兒——」

他越過房間，抓住我喉嚨，手掌緊壓著我壅塞的喉管和骨頭。就那麼一秒，時間只恰好對我證明他的能耐。他一放手，我便慌亂地從床上爬開，驚慌咳嗽。

「住口，」他說。「莉兒，莉兒，拜託。」

他對我舉起雙手，一副安撫的姿態。可是和往常一樣，那份情感並沒有表現在臉上。我靠著牆，盡可能離他越遠越好。汗水流過我糾結得有如昆蟲足肢的頭髮，落到我的背上。

「別吵醒安娜，」他說。「拜託。」

「某些事情……」我說，一面等待身體停止抽搐，等到我能言詞達意。「比方說什麼？比方說你是王位繼承人？或者——貨真價實是父親的兒子？」

「這樣講並不公平。」

「你知道的，我以前總認為拯救我們的會是你，」我說。「我等啊等，然後想——他甚至沒被限制行動。任何一天都有可能，等他十八歲，等他能自己離開的時候。」

「我試過，莉兒，在我們都還小的時候。妳記得嗎？在我還有辦法的時候。但到了那時——我已經失去勇氣了。」

我們隔床審視彼此。他現在變得比較渺小，伊森，他已虧空的勇氣，令人同情的臉龐。

「我印象中可不是那樣，」我說。「我記得的完全不是那樣。」

他坐在床上，撫平床單的摺痕。我們仔細聆聽有無安娜的動靜，但屋裡的地板也毫無聲響：那些地毯、書櫃和凸窗，無驚無擾。

「不管怎樣，」我說，「今晚——我們聊了別的。」

他點點頭。

「上床去吧，伊森。」

「我之前說的，」他說，「議員的事——」

「怎麼了？」

「我不會搞砸，」他說，「對吧？」

「我相信不會。」

他醉醺醺的朝我一笑，笑意進入他眼窩，彷彿那些記憶已開始褪去。

「謝謝妳。」他爬下床站起來，從床邊走到門口。我聽到他沿著走廊回到他房間，半路上撞到一幅油畫，旋即再傳來床墊發出的低喃，他和安娜的床。我背靠牆坐著，雙腿往前伸直，用自己能完全控制的手指，握住他抓我喉嚨的地方。我的手指肌肉乖乖聽命於運動皮質。我等了一會兒，直到開始感到舒坦才回床睡覺。

我們在醫院病房待膩了，K醫生便幫我坐上輪椅，慢慢推過走廊。我喜歡醫院的天井，雖然那實際上不過是病房之間一小片光禿禿的花園，擠滿菸槍和一臉嚴肅講電話的人。醫生要求我外出一定要戴太陽眼鏡，但K醫生拒絕了醫院提供的眼鏡，答應要拿一副她自己的給我。我穿著睡衣、蓋著毯子、戴著徒步旅行者的太陽眼鏡，被推到外頭。

這天警探不在。「他們特別請我問妳一件事，」K醫生說。「有點敏感的話題，我想。」

我們相鄰而坐，她坐在長椅上，我坐輪椅。看不到對方時，她說，可能會比較好談一些困難的話題。

「就是關於妳哥哥，」她說。「伊森。」

我有猜到他們會問這個。警探在問話時總是略過伊森不提。我想，距離我上次聽見他名字已經有一個多月了。

「妳知道，」K醫生說，「他跟你們其他人的狀況都不一樣。他比較強壯，沒有受傷，甚至沒被上銬。」

我的手指在毯子底下交扣，然後檢查一下表面，確定她不會看見。

「有目擊——有回報表示他是被允許離開屋子的。」

我看見警探弓身圍在電視前，注視著他們看了一整年的那條死氣沉沉的街道畫面，留意伊森的腳步。

「警方在懷疑，」她說，「他是否根本沒有受害，或是在其中扮演截然不同的角色。」一個月的調查工作就為了這一刻。他們會咬緊牙關、備妥必要文件、等著K醫生在我們會談結束後打電話過去。

「他有沒有傷害過妳？」她問。

我試著讓自己做出和她一樣的表情：有如一棟從外頭觀看的房子。

「沒有。」我說。

「我應該不必告訴妳——」她說，「妳現在不用再保護別人了。」

「他無能為力，」我說。「就和我們其他人一樣。」

「妳確定？」她說。這時我才容許自己越過眼鏡上方看她，好讓她看見我真心無欺。

「確定。」我說。

牛津這棟房子早上的時候很美。長方形的陽光照進我房間，落在羽絨被上。客房擺的艾斯利普畫作主題是流動的河水，安娜將它擱在床後方，正對窗戶，讓人很難判斷哪些是畫作本身的處理，哪些是房間裡實際的光影。我踢開被子、伸展身體，迎接溫暖的一天。片刻間，我想像這是我的房子，而且裡頭空無一人。我會從書房拿一本書，在花園裡度過早晨，一整天都不需要和任何人說話。

伊森和安娜在樓下廚房，兩人在流理臺邊站得很近，身體相碰觸。他們和好了。

「開會開得怎麼樣？」我問。伊森泰然自若地轉向我。

「好極了，」他說。他身穿POLO衫，頭髮溼溼的。「他們想在結果出來前大概了解一下目前狀況。當然不可能事先知道結果，但我還滿樂觀。」

他端給我一杯咖啡，伊森眼白發黃，帶著微微血絲。

「你一定很晚才回來，」我說。「沒聽到你進門。」

「喔，沒有到太晚。今天學校有體育活動，不能沒精神。安娜和我要準備過去，歡迎妳一起來。」

「別擔心，我要搭車回倫敦。像你說的，我得想一下和其他人聯絡的事。」

「嗯，我們在煮蛋，至少留下來吃吧。」

我們眺望外頭花園，靜靜用餐。伊森吃完後把盤子推開，握起安娜的手。「趁我還沒忘，」他說，儘管他才不可能會忘，「安娜和我討論過妳的提案，關於房子的處置。」

我嘴巴塞得滿滿，點了點頭。

「那是個很棒的想法，」他說。「在那樣的小鎮成立一間社區中心，和我們不要有任何關聯，聽起來很不錯，莉兒，再告訴我有什麼文件要簽。」

「我們肯定能捐一些東西過去，」安娜說。「顏料、紙張——當然是匿名捐贈。」

「好，」我說。「沒問題。」我的思緒短暫飄到進行談判時的戴弗琳，她會在對手最意料之外的時刻展現刻意算計過的溫柔。好似將自己最珍貴的祕密託付給你，而你忍不住因此對她產生好感。「我們可以討論一些有限度的宣傳活動，」我說，「如果你們覺得能吸引到更多資金。」

「這整件事都令人好興奮喔，」安娜說。她拍著手站起身，親吻伊森的頭。「要穿夏日洋

裝？」她問。「還是休閒一些呢？」

「穿洋裝吧。」他說，她點點頭跑上樓。

我轉向伊森。

「怎樣？」他說。「我後來再想了一下，覺得我不需要這個，不真的需要。妳怎麼開心就怎麼辦吧。再說，安娜很愛這個想法。」

「你確定？」

「幾乎。不過有個條件。」

「伊森，你在跟我開什麼玩笑？」

「這件事妳要我簽什麼都行，但我們如果要照妳的方法來，就要由妳負責處理。舊屋拆除、籌募資金或什麼鬼的，我都不想管。我是說——看看這兒，我現在是在這裡生活。」

我望向草坪上慢吞吞的蜜蜂和一片片帶著雞蛋味的手繪畫板，還有賀拉斯，牠在安娜於花園最末種的向日葵底下打盹。（「有場地方競賽，」她一本正經地解釋，「薩默敦的老太太都會參加，但今年我要贏得第一。」）

「就連見到妳，」伊森說。「有時都令人難以承受。」

這話有很多種回法，但每一種都會讓我們談判破局。我點頭。「好。」我說，我們握手，像小孩子那樣正正經經地打賭，猜坦尚尼亞的首都是哪裡。那個回憶讓我笑了出來，我想不起那個首都叫什麼，於是問了伊森。比起其他任何話語，這更適合用來示好。

「不是三蘭港。」他說。

「嗯，」我說。「想也知道。」

「杜篤馬，」他說，洋洋得意地看向我，旋即又露出沮喪的神情。「葛瑞格斯先生和他教的那些首都啊。」

「我記得。」

「不過妳忘了杜篤馬。」

「嗯，我忘了杜篤馬。」

「妳知道嗎，」伊森說，「我去年在一場校長會議上演講。那場子很大，世界各地的校長都來了。我演講結束，大家開始鼓掌、我終於能放鬆下來，那時我抬起頭，非常確定看到他在人群中——就是葛瑞格斯先生。他坐在靠後面的位置，但他在鼓掌，我感覺自己和他對上了眼。事後，我試著在酒會上找他，但人太多，那是一系列活動的最後一晚，而我沒有找到他。

「總之，我決定要搜尋他。我申請到一份研討會的與會名單，而他不在上面。我搜尋國內的校長，想說名單可能不知怎地漏掉他了。結果同樣沒有找到他的資料。於是我擴大搜尋範圍，才發現他不可能出現在研討會上。因為他已經過世了。是五年前，他當時仍在曼徹斯特某間綜合中學任教——在工作時離世。」

我想起伊森在輪他報告時出門要上學的模樣，學識從他整個人身上滿滿地洋溢出來。

「我很抱歉。」我說。

「嘛，這和我又有什麼關係呢？但他是個好老師。」

我們能聽見安娜在樓梯上，我和他同時起身，看她穿過廚房走來。她身穿黃色洋裝，走進陽光

時，她張開雙臂，像是要在來到我們面前時給我們擁抱。「奇怪的是，」就在她過來之前，伊森說，「每次我演講都會想到他。我還是喜歡想像他在人群裡。」

3 荻萊拉（少女B）

年屆六十五的警司葛雷格・詹姆森肥肥胖胖、已經退休，像隻風光不再的展示會名犬。他的妻子艾莉絲每天早上都會泡茶，給吐司抹奶油，將報紙和她工作時帶回來的舊醫院托盤擺在他面前。「好彌補那些漫漫長夜。」她說。現在是十點鐘，房間窗簾在一大早的陽光裡飄動，夜班在這種時刻早被拋在腦後。

他的日子過得很充實。葛雷格享受在花園裡聽著蟋蟀鳴唱和廣播的時光，以及每週到沛歐斯游泳池游一次泳——不過僅限夏日。他在草坪上脫衣，被自己肚子上的一片白花花嚇到，也被胸口密布的灰毛嚇到。他很驚訝自己沒有沉到水底。冬天時，他配著餅乾和運動員傳記冬眠。葛雷格在倫敦當地的學校和社區中心演講，講他值勤的那段日子，告訴聽眾他們也能效法。有時候，聽眾會提出很有趣的問題，讓他曉得他們真的有在聽，他的這一天沒有白費。有時候他們問的則是：「您當時有戴帽子嗎？」

有時候，這種時候，他會再想想。有時候他大清早地回到家，滿腦子都是對人類的恨意，並會讓他考慮打包行李，開車前往能想到最偏遠的地方——也許去本・阿明（Ben Armine），或是史諾多尼亞（Snowdonia），在那兒當個隱士、度過餘生。（或是成為當地的怪咖，他解釋道：那樣的

話，他還是有熟食能吃、有酒吧能去。）有些時候，他無法和艾莉絲講話，因為她與他的工作太不相容：她相信人們本質上是良善的。她會在廚房裡唱歌，在收到反動物虐待的傳單時義憤填膺。他能說什麼？

是。他有段時間會戴帽子。

大多數案件最後都偵破了，他也不太會想起。其他案子則懸而未解，好像冬天裡的一扇門開著沒關，而他能感覺到冷風從那兒傳來。

舉個例子：一名二十歲男子，弗雷迪．克魯齊亞克。他在一家酒吧二樓的多功能廳參加一位摯友的派對。酒吧的監視器裝在通往派對的樓梯上，拍到弗雷迪拿著一份生日禮物和兩個熟人走上去。那晚最後，當燈光打開，弗雷迪的朋友要找他但遍尋不著。不要緊，他有可能喝醉或太累，所以友人先行離開。兩天後他女友報警，說自從派對就沒人見過他。監視錄影帶有如久候多時的邀請函被送到詹姆森桌上，整個團隊圍在一塊兒，伸長脖子想看清細節。詹姆森花了七十二個小時記錄當天走上樓梯的每一個人，每一個人都有走下來，除了弗雷迪．克魯齊亞克。

詹姆森最困擾的是那份禮物。那東西同樣也從現場消失。他對弗雷迪的父親說他兒子肯定是拖著包裹從窗戶離開。說這種話讓他覺得荒唐，但如今他們已挖遍多功能廳的每一面牆，房東恨死他們了。

又或者，一名五歲小孩爬上三樓高的窗臺往下跳。喬治．卡斯柏不識字，幾乎不會說話。他的老師解釋說他不曉得怎麼翻書。他會盯著書本，好像它們是什麼死氣沉沉、呆板無趣的玩意兒。他喜歡鳥，他母親提供這項資訊當解釋。她說喬治推了張椅子到窗邊，好和鳥兒靠近。他從窗臺滾

落，像是髒兮兮的伊卡洛斯，半裸著身軀，喊不出任何字句。「哪張椅子？」詹森問。而那位母親不記得。她之前為了看樓下的屍體把椅子挪開。詹森舉起公寓裡全部的三張椅子，不信那個營養不良的小孩有可能搬動任何一張。房間裡的DNA亂糟糟——男孩每張椅子都站過，每張床上都有每位住戶殘留的痕跡，他們還不小心驗到了一些狗屎。詹森不知道那孩子怎麼會摔到水泥地上，但他看著這對父母，心裡懷疑他們不單純是愚蠢，而是殘酷。

他當時的行為很不專業。那是他職業生涯中唯一不光采的幾個月。他下班後，穿著牛仔褲和襯衫經過公寓門口，聽那家人的對話；他跟蹤那位繼父到酒吧，喝了六杯威士忌——足足六杯，期望能在打烊前聽到些什麼。「你上哪去了？」艾莉絲在他滿身菸味回家時喃喃說道。當他在黑暗中脫衣，休閒服弄出的皺褶聽起來和制服很不一樣。

一天傍晚，他在大樓前院遇到那位母親。她正拎著購物袋，肚子鼓了起來。而現在改走別路已經太遲，於是他對她微笑，而她別開眼神再看回來。

「這不是那位警察先生嗎？」她說，眼神搜尋他的制服或警徽。

「對，不過我只是在便衣巡邏。您好嗎？」

他幫她拿袋子上樓，她很興奮自己將再度成為人母，她說。嬰兒生下來的樣子像小狗狗一樣可愛。「您有小孩嗎？」她問，而他答沒有，希望有一天會有。他祝她好運。

那一晚，他和衣躺在床上，艾莉絲醒來時發現他在哭，他身體的顫動傳遍整張床墊。他們那時想要小孩想了五年。他將她攬進懷中，又或許是她攬住他。他臉上的淚水貼在她頭髮上，逐漸乾涸。思考人生的不公沒有什麼意義，他們已經決定不再這樣，但有時候——

他們還有其他事情能做。家族裡有小孩，艾莉絲的弟弟育有三女，經常請他們照顧。大女兒和詹姆森同天生日，她十歲那年，他為了家族派對花一整天組裝花園彈跳床，床腳還綁著氣球。他沒料到這會這麼累人，詹姆森完成時癱倒在床墊上。艾莉絲拿著茶站在廚房門口，大笑出聲。

「跟自組家具相比，」她說，「這個是比較難還是比較簡單？」

她把杯子擺在門口臺階，從他身邊爬過，跑到彈跳床上，岌岌可危地在上面單腳跳來跳去。

「別耍蠢了。」他說。

「喔，拜託嘛！」

他們扶著彼此、大聲尖叫，幾秒後便精疲力盡。孩子看到彈跳床開心極了，有一小段時間，每次到詹姆森家，她們玩最開心的就是這個。接著女孩進入青春期，對大人的陪伴不再感興趣，彈跳床於是生鏽，塵封在每年秋季的落葉底下。

格雷希案在他五十歲時送到他面前。時值一月，他好幾年沒戴帽子了。他和艾莉絲剛下班回家，把聖誕節的裝飾拿下來。這整個過程不知怎地讓他很彆扭，即便十二月那時他還挺樂在其中。把聖誕樹收拾乾淨，小心翼翼將裝飾品裝回盒子，這些事都是要做給誰看？他們坐在廚房要吃晚餐：艾莉絲在聊醫院政策、他們姪女新交的男友，以及當天最可怕的一次重症呼叫，然後電話響了起來。

他被召回辦公室參與初步會議。鑑識團隊傳了幾張屋子的照片，總警司帶他們看過每間房間：這是父親的屍體，少年D是在這兒的嬰兒床裡被發現，少女B和少年B在樓上第一間房間裡，行動受限。鑑識考古學家已經在挖花園和房子地基，但挖掘行動會花上很長一段時間。孩子根據個別需

求被送到不同醫院。他們全都營養不良，而且，除了那兩個男孩以外狀況都很危急。

七個小孩，詹森看著螢幕上的照片，他們面容各異，卻又相差無幾。一樣髒的地毯，一樣陰溼的床墊，一袋袋相同的穢物。他想起縮在沙發上戴著眼鏡看電視的艾莉絲。「聽起來很糟，」她在他離開時這麼說。「我會等你。」

「別等了啦艾莉絲。」

「我想等。」

目前的要務有二，總警司說。其一是保存證物，其二是開始訪談。這事是怎麼發生的？孩子最後一次被外人看到是什麼時候？誰是他們的朋友？有沒有其他親戚？醫療報告明天會出來。他們拘留了母親，找到一位似乎很樂意開口的阿姨。

「我們還不能和孩子講話。」他說，詹姆森明白這個話題已經過來回爭論，但總警司爭輸了。

詹姆森被叫去對佩姬．葛蘭傑問話。「在那之後，」總警司說，「你可以去處理少女A。有一位兒童心理學家已經在研究她的案子——凱依醫生。你知道她嗎？很年輕，非常了不起——我和她共事過一次。有些人說她很有開創性。」

「少女A，」詹姆森說。「她是逃出來的那個？」

他在大半夜回到家。艾莉絲開著檯燈躺在沙發，兩只茶杯擱在她旁邊的地毯上。

「人家老對我說別嫁給警察，」她說。「說得真沒錯。」

他知道她整個晚上都在想這件事，精心盤算要講什麼來逗他笑。他抬起她的腳，接著坐下來，將她的腳擺在他大腿上。

「我覺得自己好像一百歲的老古董。」他說。

「你看起來少說有兩百零七歲。一切都還好嗎？」

「糟到不行，」他說。她往下遞了一個杯子給他。「而且壞人已經死了。」

「我很遺憾。」她說。

「妳記不記得，」他說，「最一開始，我有時候會在晚上哭？我總以為那是因為我看到的那堆爛事，所有人類最醜陋的一面。」

「噓，」她說。「你不——」

「但沒有，」他說。「我覺得那是出於感激，我想我只是太寬慰了。妳知道嗎？對於我們，還有這樣的生活。」

之後幾個月他和凱依醫生熟起來。他們在醫院裡花了好幾個小時，聽著瘦弱負傷的孩子講故事。有些日子，他會難以直視這個醫生，只好專注在筆記上，或是醫院機器發出的那些他聽不懂的詭異數位語言。這女孩一天天變得更強壯，他若偶爾質疑凱依醫生的方法，或是她選擇說什麼、不說什麼，她便會指出這一點。「每一天，」她說，「少女Ａ都在進步。她一步一步地遠離那棟房子——比其他人都來得快。你看見了，對不對？」

「當然。」

「既然這樣，就讓我做好我的工作。」

訪談結束、證物也搜查完後，他被指派案子，但他經常會問起那些孩子的狀況，也持續監督格雷希案的進度。有天夜裡，凱依醫生很晚來訪，他正要結束工作。春日最後一抹淺淺的陽光自百葉

窗傾洩。他正在收拾背包，想著他的床、床的味道與磨損得恰到好處的床單。同樣，他也想到荒林路那幾張床。

凱依醫生坐在廉價的塑膠椅上等待，她身上的每一吋都和周遭格格不入：柔軟的毛衣、貓眼眼鏡、她擺在大腿上的雙手，還有請人做的彩繪指甲。「哈囉，葛雷格。」說完她起身擁抱他。

「要喝咖啡嗎？」他問，她點頭，儘管他倆都曉得她不會喝。他帶她到後面一間訪談室，椅子以奇怪的角度散亂在桌邊，像是有人匆忙離開。「請自便。」他說。他到了咖啡機那裡，發現自己感到害怕。他沒預料到會在黛柏拉．格雷希的審判前見到凱依。機器還沒弄好他就拿走咖啡，不慎讓熱水噴到手上。

「他們都還好嗎？」他回來後說。他把咖啡擺在桌上，凱依醫生拿了一杯來暖手。

「都很好，」她說。「當然，你想必看過新聞稿了。『這些孩子的未來去向尚屬未知。』」

「所以他們得到了會照顧他們的家庭，」他說。「大眾只需要知道這樣就好。」他舉起塑膠杯祝酒。「願他們都有幸福長久的人生。」

「有一個例外。」她呼出氣，用雙手遮住眼睛。他對著她伸手。

「我來找你，」她說，「單純是基於你之前對我說過的話。有關那個被某些人視作理所當然的事物；關於你和你太太可能想要的事物。」

她遮住眼睛，好避免看著他，她的臉在手掌之下顯得疲倦而堅定。她很清楚自己在做什麼。

而今，他六十五歲了，電話再次響起。

詹姆森在花園裡閱讀《泰晤士報》，艾莉絲躺在草坪上讀著旅遊專欄。「你比較近，」她說。

他則咒罵了一聲，從躺椅上撐起身體。他計算著電話鈴響的次數，意識到自己變得越來越遲緩。一年一年過去，電話在他接聽前響的次數越來越多。

「哈囉？」

「哈囉，爸。」我說。

「莉兒，我們好擔心欸。」

荻萊拉一整個禮拜無視我的留言，語音信箱的招呼聲開始顯得神祕莫測，接著則變得充滿惡意。我因此在倫敦空出一個漫長的週日下午，沒啥事能做。街上還很安靜，不過陽光下已有幾位早早開喝的酒客聚在桌邊。深色玻璃窗後有人在擦拭桌子和地板，不願踏至戶外。喝了一半的啤酒和亂扔的外帶餐盒在此腐敗。溽熱陰溼的氣味自排水蓋流出。在酷暑下，這城市很難隱藏它的內在。我買了一杯咖啡，坐在蘇活廣場上打電話回家。

爸希望我至少過去住個幾晚。「這些家人間的往來，」他說，「我不確定對妳好不好。」同樣話題已經吵了好幾次，並在特定的時間點冒出來：去年一整年爸都在說服我別去伊森的婚禮。父母收養我的時候，盡可能搬得離哈洛費德越遠越好，雖然媽說她一直都想住在靠海的地方，我猜他們也是想讓我徹底離開那個地區。對他們來說，那段往事就像我的親生手足仍帶在身上的疾病，講個話就可能被傳染。

「我會過去，」我說。他們在薩塞克斯有著用不完的時間，以及時好時壞的網路，他們會想聽聽紐約的事，還有我和伊森共度的週末，以及基因公司具體是在幹什麼。「但不是現在。」

我對爸講了監獄的事和那牧師的獨白。「我應該把她轉介給你，」我說。「我的共犯。你還記

得我們燒掉的那些信嗎？」

「當然記得。我還記得那是妳的主意。我本來可以陪妳過去的——過去監獄。」

「我很好。」

「想到妳一個人在那兒我就不舒服。」

「我說過了，我很好。我也還有其他人陪。」

「他們有派上什麼用場嗎？」

「狀況不怎麼樂觀。」

「妳又在和小依講話了嗎，莉兒？」

又來了。從以前到現在，他都努力想讓我遠離其他人。「如果是呢？」我說，然而心裡知道他不會回答，我們的對話已到尾聲，而他不會讓這通電話不歡而散。

「聽著，妳要是還不能回家，至少去看一下K醫生。」

「我不覺得有那個必要。」

「也許吧。但也可能是個好主意。」

我想起每當有人向戴弗琳提議某個她完全沒打算考慮的選項，她會如何反應：感謝您的意見。那種禮貌的漠然比提出異議或爭論更殘酷，一點力氣都不用花。我彷彿看見爸在電話上留下溼溼的手印，以及過去一週因為擔心我怎麼都沒打電話，兀自陷入恐慌的短短幾分鐘。

「我會考慮考慮，」我說。「我保證。」

我從羅米利聯排別墅酒店的房間打電話給奧莉維亞。「我在上班，」她說。「我心情爛爆了。」

「喔。」

「他們週末把空調關了。誰會想出這種天才點子？」

「妳可以來我的酒店，」我說。「我有一張桌子。」

「也有空調？」

「有。」

我上大學的第一天就認識奧莉維亞。我們共用一間浴室。她是那種就算在酒吧另一頭和別人講話，你也會立刻注意到的人。我比她早到宿舍，爸幫我拖行李到房間，他看起來比其他父親都要老。「我去車上把東西拿來，」我提議，「你再把它們搬過走廊。」我花了半天時間尋找最合適的羽絨被套，挑剔媽選的太幼稚、太中年、太花、太女孩子氣或者是醜爆。我最後選了一組有星座刺繡的深藍色被套，枕頭上還有月亮，而後者現在看來似乎令人難堪得無可救藥。爸和我把床鋪好，我撫平被套。我的手在發抖。床擺在房間角落，我醒來的時候頭會位於窗戶正下方。

「我們能不能把床移到另一面牆？」我說。「你介意嗎？」

我們重新調整過房間。他坐在我的書桌椅上，手撐著背，從口袋裡拉出一張清單。

「都是妳媽。」他說完搖搖頭。「我來瞧瞧。護膝？」

「有。」

「妳全部食物都有了。」

「有。」

「妳那堆漂亮的裙子什麼的都有了。」

我們接到通知，開學頭幾週有各式各樣的活動，還有相應的服儀規定。「我有打包。」我說。

「妳會去參加吧？」

「我會再看看，爸。你可以離開了。」

「好，」他說。他將我擁入懷中，親親我的前額。「迎新茶會，」他說。「答應我妳會去參加，莉兒。」

「好。」

迎新茶會有茶和果汁，不是特別有被歡迎的感覺。有個大我們一屆的學生被派來讓我們自在一點，問了我一連串禮貌的問題：我從哪裡來、我要念哪一科、我暑假在哪兒過。我越過他肩膀看到一位穿丹寧夾克的女孩剛說了什麼話，讓周圍的人笑成一團。

我找藉口離開。我要來沖個澡，準備第一週的課程，雖然距離還有整整五天。在安靜陌生的新房間裡，伴著傳遍整座花園的接待聲，五天感覺是如此漫長。

當我在桌前閱讀關於古代法律的書，門上有人敲了敲。我踮腳湊近鑰匙孔，看到那位穿丹寧夾克的女孩交叉雙臂靠在牆上。她等了一下、兩下，然後困惑地轉身離開。

我打開門。

「哈囉，」她說。「這樣自我介紹有點蠢，但我想我們共用同間浴室。」女孩伸出一隻瘦巴巴

的手。她有一對吸血鬼似的犬齒和歪歪的酒窩，所以，每次你意識到她很好看，都會同時感到意外。

「迎新什麼的，」她說。「有點小尷尬。」

奧莉維亞學的是經濟。她去年給一位澳洲石油經理的小孩當互惠生，讓她意識到金錢真的、實在、完全無法買到幸福。其中一個女兒在第一天就給她下馬威，說她一週內就會走人。「一年後，」奧莉維亞說，「她因為我要走就哭了。我想算是很了不起的成就吧。」她已經和住在我們樓下的傢伙碰過面了，他叫克里斯多夫，念的是建築。他母親寄了布朗尼給他，分送整層樓的室友，他嚇都嚇死了，把它們全部囤在床底。她越過我望向我房間中央那一小堆個人物品，它們擠在一起，好像覺得人多勢眾比較安全。

「嘿，」她說。「被子很不錯。」

奧莉維亞和我在羅米利酒店的香檳酒吧碰頭，小心地抱了我一下。她戴著飛行員墨鏡，穿西裝，配了一條質料很好、繡有螞蟻花紋的絲質圍巾。

我們聊到義大利和那場婚禮，還有新人在午夜時端上的義式烤餅。「說真格的，」奧莉維亞說，「那是我這張嘴嘗過他媽的最美妙的東西。」我們大略聊了聊系譜學和基因學。戴弗琳的案子內容是機密，奧莉維亞則為一家偏激的投資公司工作。「我爸去試過，」奧莉維亞說，「在他剛陷入某種退休危機時。他好像發現我們是從威爾斯來的——我祖父母就住在那兒。」我們聊到天氣，爭論在紐約和倫敦逛街的差異。「可是，」奧莉維亞說，「妳不會覺得那些奉承話很**刺耳**嗎？」

「妳的母親，」奧莉維亞在第四輪酒送上來時說。「噢，莉兒，我就不假裝知道自己該說什麼了。但將妳帶到這世界。」奧莉維亞舉杯。「所以，為了這點乾杯。」

一開始，我總努力想告訴奧莉維亞和克里斯多夫。我們會走去大學酒吧，或是在蒼涼的十月午後去花園裡喝酒，那些話會湧上喉嚨，味道就像膽汁。

他們知道我是被領養的，也知道我的年紀比較大。而今我還想起他們未曾質疑的其他怪異行徑：我床邊桌上擺了那張和小依的合照；我堅持要在奇怪的時間點沖澡；還有每隔兩週就要去倫敦一趟，走過菲茨羅維亞，經過風格嚴肅的排屋和七彩繽紛的小巷弄，去看K醫生。他們是否考慮過要向我求個解釋？他們會不會爭論第一個問題具體該問什麼，才能套出最多答案？

就算他們真的討論過我那些詭異舉止，最終也決定不對我多提。隨著學期流逝，我的往事變得有如某個點頭之交的名字：在某個時間點後就算想問似乎也問不了。直到大學最後一年，我才提起母親和父親，而那也只是因為我不得不提。

當時是十月底，整個星期被萬聖節派對和聚餐填滿。每天晚上，水氣從沼澤地透進，像是秋天最拿手的派對把戲。奧莉維亞和我回收再利用去年備受好評的裝扮：我們是《鬼店》裡那對死掉的雙胞胎，身穿淺藍色洋裝，搭上我們在返校大拍賣找到的完美及膝長襪。我和她手牽手走進大學酒吧，克里斯多夫轉身看到我們，一把塑膠刀從他頭上凸出來。

我們喜歡的大夥兒都在那裡，點唱機正播著〈顫慄〉（Thriller）。奧莉維亞的新男友和一位大

學友人晃過來。我在大學田徑社認識他那位朋友，也還挺喜歡這個人。我們仍訝異於夜晚來得這麼早，傍晚好像一晃眼就過去。下學期很快就要來臨，然後大考接踵而至，之後就不會再有這樣的夜晚。我們離開酒吧的時間比預想的稍晚，一行人的狀態也比預期中更醉。我們手裡仍握著塑膠杯，出發沿著天井往校門走去。霧氣繚繞在草坪上，我能看到遠處方形廣場對面的建築物散發模糊的光線，但看不出是否有人從窗戶往外望。

到大門的半路上我聽見腳步聲，就在我們前方，正慢慢接近。接著一群怪裡怪氣的人從霧氣中出現。其中有穿著西裝、髮型整齊俐落的伊恩・布拉迪[1]，扮裝的蜜拉在他旁邊。有個O・J・辛普森，臉上戴著面具，底下是慘白瘦弱的男孩身體，外加垂在他手上、尺寸不合的黑色手套。還有戴著假鬍子的希普曼[2]，身上披了件貨真價實的醫師袍。接著，跟在他們後面的是我的母親和父親。

他們還原了母親雪白的頭髮——假髮歪歪斜斜戴在男孩頭上——以及她被捕時穿的那件怪怪的灰色洋裝。在監獄大頭照上，她的洋裝從肩膀上垂下，你能看到她鎖骨映出的一道陰影，但這在扮裝中沒有呈現出來。父親就模仿得更不像了，那群人裡身高最高的男孩理所當然扮演這個角色，但他還不夠高，髮型也太好看，眼神太過溫和。不過這一點真的不算是扮裝者的錯，我心想。

「真有品味，小子。」奧莉維亞在他們經過時說。

塑膠杯從我手中掉落，霧氣更加凝重，我現在看不見奧莉維亞或克里斯多夫，只看得到自己的手。「奧莉，」我喚道，心想我可以在其他人察覺之前小聲地喊，不過我人已經跪在地上，指間的草地溼溼軟軟。

有個扮成泰德・邦迪的傢伙，我認出之前在法律學會見過他，他幫奧莉維亞將我抬回我房間，

她讓男友離開，裝了兩杯水，然後躺在我旁邊望著夜空。

「這聚會也是挺潮的，」她說。「『混蛋和重刑犯』。不過未免太驚悚。」

她轉過來面向著我，但我維持仰躺，看著天花板上的裂縫，嘗試在兩面牆間追蹤延伸的裂痕。

「所以說，」她說。「是怎麼回事？」

「不曉得，」我說。「可能因為喝了酒吧。」

她哼了一聲。「少來，莉兒，妳欸？今晚才剛開始。」

「那麼我就不曉得了。」

「莉兒，」她說。「我從來不問——有很多事情我不想要問。我猜我是覺得如果妳準備好了，妳就會說。也許妳永遠不會——我不知道，我也不是很在乎。但妳得讓我知道妳有沒有事。」

我能感覺那些話緩緩湧上喉嚨，就和我們第一次見面時一樣。

「如果我告訴妳，」我說，「妳能不能答應我——不管妳想問什麼、還有不管妳有什麼想法——我們永遠都不用再提這件事？」

「喔，莉兒，」奧莉維亞說。「當然沒問題。」

「妳記不記得『恐怖屋』，」我說，「妳當時應該差不多十三歲……」

---

1 Ian Brady，一九六〇年代與女友蜜拉·辛德利（Myra Hindley）於蘇格蘭犯下至少五起綁架與謀殺罪，綽號「沼澤殺人魔」。

2 Harold Shipman，藉醫師身分謀殺病患的英國連環殺手，以藥物注射殺害至少十五人。

▲

我們離開羅米利酒店時這晚的聚會突然越玩越大。奧莉維亞是某威士忌學會的成員，他們在附近有一間酒吧，克里斯多夫可以在那兒和我們碰頭，他的新男友在練習單口喜劇，克里斯多夫不忍旁觀，正好找我們當藉口，不去看他晚上的表演。「不是他表演得不好，」克里斯多夫說。「是我太緊繃。我一直在等看誰會起鬨。如果他們起鬨，我他媽的就要把他們撂倒在地上。」

「你有沒有聽說過『反駁』這個詞？」我問。「那樣可能比較安全。」

「我們有在努力，」他說。他嘆氣。「我還是比較喜歡當他是我認識最好笑的會計師。」

「他也沒那麼好笑。」奧莉維亞說。

「奧莉維亞心情不好，」我說。「問她空調的事。」

「我心情比較好了。我只是無法想像他登臺演出。」

「妳們兩個大概超前我四十杯了吧，」克里斯多夫說，再點一輪酒。「我都不知道妳喜歡威士忌，奧莉。」

「也沒有那麼喜歡，但我喜歡有個可以帶人去的地方。大家都該有個隨時可以帶人去的地方。」

「而且非常富有情調，」我說。酒吧裡只有一位穿千鳥紋西裝的老先生。「他死了嗎？」奧莉維亞在我們進來時問。

「嗯，大家都該有個隨時可以弄到空位的地方。」

「跟我們講講紐約的事，莉兒。」

「我搬家了，」我說，「搬到這間開放式格局公寓。空間很大，離河流很近，在布魯克林。不過是和人合租。」

「我沒辦法合租。」奧莉維亞說。

「就我和這個老太太，所有權屬於她。有一面屏風將我們兩個的空間分隔開，不過偶爾會掉下來，然後就會看到她，要麼在床上，要麼在看紀錄片。她叫艾德娜。」

「艾德娜在坑妳的錢。」克里斯多夫說。

「對。多花點錢吧莉兒。」

「我不介意，」我說。「我習慣了，她很安靜。我根本不怎麼住那裡。」

「甩掉艾德娜，回來倫敦。」

「我現在就在這裡呀。」

「妳一定要留下來幫我慶生，」奧莉維亞說。「這次是辦大的。二十八歲。我要趁著累死之前提早兩年辦派對。」

「我累死了。」我說。

「紐約是很棒的藉口，但沒用。」

酒保收走酒杯。「你們喜歡哪一款？」他問。本來有品酒筆記，但我們沒有讀。

「我全都喜歡，」奧莉維亞說，「這款最棒。」

「ＪＰ呢？」克里斯多夫問。

「他怎樣？」

克里斯多夫看向奧莉維亞。他喝多了，每個舉動都明顯到不行。
「妳會和他碰面嗎？」
「我覺得我應該沒時間，」我說。「我老闆是個神經病。」
「我每次不得不和他碰面他都會問起妳。」奧莉維亞說。
「那很好啊。」
「我說妳過得很棒，說妳又美又有錢。」
「謝了，奧莉。講真的，我沒有很常想到他，就偶爾而已。我沒事。」
「妳如果想知道什麼，我都查得出來。」
「這個嘛，我實在不想談這件事。」
我們本想去聽朗尼史葛爵士樂俱樂部的晚場表演，但週日沒有節目，俱樂部正準備打烊。「回家去吧，」門僮建議。克里斯多夫得去見他男友，單口喜劇進行得不大順利。我則求奧莉維亞陪我去喝最後一杯。
「十二點十五分了，」她說。手錶令她不禁畏縮。「我要閃了，莉兒。我要閃了。」
計程車抵達後，她爬進車內，在後座躺下，隔著敞開的窗戶上下顛倒地看著我。
「太熱了，沒辦法這樣玩，」她說，然後放聲大笑。「今天真的是星期天？」
「星期天是星期四的新說法。」
「再會。再會我的朋友。」
司機開始不耐煩，想要開走，奧莉維亞坐起來揮手。「倫敦！」她大叫。「是不是美呆了？」

我點頭：是是，回到城裡的感覺很棒。計程車緩緩駛入夜晚的人流車流。我在路邊站了幾分鐘，想著離開JP之後我在馬里波恩交往了一段時間的男人。他住的地方離這裡只要走一小段路。我們按他意願在網路上先見過，我在紐約漫無方向時常想起這個人。這是個爛主意。就我所知，他現在可能都結婚了。

我走過漆黑的餐廳和門口回到酒店。我房間正中央有一個獨立的浴缸，我一整週都懶得放水來用，而今我坐在格紋地板，看著它裝滿水。我泡進水中，伸手拿手機。伊森傳來訊息。衛斯里贏了板球賽。見到妳很開心，跟以前一樣。來自另一個截然不同的時空。我瞇眼盯著螢幕。真棒的消息，我這樣回覆。接著，由於這軟綿綿又醉醺醺的狀態，又讓我回了一句：宏都拉斯？

今天最後一項任務。我找到正在找的號碼。又一次，那上氣不接下氣的語音信箱，彷彿她哭到一半被打斷，或是躺在床上。「荻萊拉，」我說。「妳他媽的為什麼不回我電話？」

母親終於在伊森出生一週後接受了檢查。起初幾天，生下孩子讓她樂昏了，使得那份疼痛感覺像某種成就。等到第七天，她被高燒給嚇壞了，於是用眼神向父親祈禱、哀求。他在伊森十天大時讓步，母親顫抖到抱不動嬰兒；她祈禱得不夠認真。

感染治療好、傷口也縫合之後，醫生告訴我父母，假如母親決定要再生小孩，有很高機率會引起併發症，所以建議她只能在醫院病床上生產。那位醫生肯定是那種能得到父親容忍的男子：有權力、有自信、很難反駁。荻萊拉出生時我還太小，但我記得小依在元旦晚產的那天，我們去醫院看

她。

父親先把我們託給母親的妹妹佩姬。她嫁給了文法學校的一個男同學。婚禮上，她已有身孕，但是在腰部之下用雪紡紗綁了一條大大的蝴蝶結，蜜月回來之前都不許任何人提一個字。小依出生時，佩姬已有兩個又吵又呆的兒子，一位和伊森同年，另一個稍大一些，而她人生大半時間都花在清理她老公剛買的新家。東尼．葛蘭傑在曼徹斯特當房仲，鮮少露面，伊森稱他為無臉男，我們好像只在那幢偌大潔白的屋子瞥過他那麼一眼，他的海軍藍西裝和亮晶晶的鞋子匆匆消失在其中一間房間。

伊森喜歡整我們的表哥，就像有些小孩喜歡折磨家裡的寵物。他對他們講些稀奇古怪的故事：如果他們能在水底憋氣一分鐘，就可能被他所屬的祕密結社招攬；鎮上有個連環殺手，專挑睡著的小男孩下手，目前唯一能有效避開他的方式就是連續三天醒著不睡。他會從班傑明房裡拿他珍藏的物品放到麥可的床底下，等他發脾氣，或是趁大人不在場，隨意打落其中一個男孩桌上的杯子。「你也太笨手笨腳了，班傑明，」他會這樣說，然後繼續吃東西。而伊森說的話大家通常都會買單——因為他較瘦削的身形、較輕的年紀，還有我堅定不移的支持。

父親從醫院來接我們時我們正要上床。伊森和我吵著要讀睡前故事，而佩姬決定我們要照年齡輪流：先麥可，再來班傑明，接著伊森，然後換我。三歲大的荻萊拉閒得無聊，從一間房跑到另一間房，很開心能醒著不睡。故事書的內容是關於海盜，而且明顯比父親的任何一個床邊故事更高潮迭起——就算麥可是用僵硬呆版的音調朗讀，伊森則是猛翻白眼（「雅莉珊卓都能念得比你好。」）輪到他的時候也一樣。

有機會在觀眾面前朗讀令我既緊張又興奮。在伊森快念到尾聲時，我的心跳噗通噗通、越來越快。我真的能念得比班傑明好，也許比麥可還好，而這就是我證明自己的機會。我清了清喉嚨，父親敲門時，我已經把書從伊森手上搶過來。

「又是個女兒。」父親對佩姬說，接著大聲喊我們過去。

「很晚了，」佩姬說。「八點了，查爾斯。他們已經換了睡衣，可以在這裡過夜。」

伊森和荻萊拉到門口找父親，但我抓著書待在沙發上。「換我了，」我說。「換我念了。」

「過來，雅莉珊卓。」

「反正也過了探視時間，」佩姬說。「他們可以明天再去見妹妹。」

「他們什麼時候能見妹妹，由我決定。走吧，雅莉珊卓。」

「就剩幾頁而已。」

伊森抬頭望著父親。「快點，雅莉珊卓。」他說。

「可是**輪到我了**。」

父親伸手把佩姬推開，沒脫鞋子便進到客廳，將我抓起來。我還拿著那本書，他輕輕鬆鬆把它從我手裡抽走、往牆上一扔。我越過他的肩膀，看見乳白色地毯上淡淡的泥土腳印，還有佩姬和她小孩站在他們家明亮耀眼的走廊，身影在黑夜中逐漸縮小。

▲

母親被剖腹了。我們一進到車裡父親便說。寶寶沒辦法轉到正確的位置，他們得幫她剖腹。我望向伊森，期待他能解釋一下，但他也一臉困惑。荻萊拉哭了起來。

到了醫院，我不想下車。我想像母親躺在冰冷的銀色檯子上，軀幹在房間裡整個被切開、攤開來。你能看見她的器官在運轉，有如昂貴手錶的錶面。新生的寶寶從內臟之間爬出，沾滿血液，滑溜溜。我在停車場裡握住伊森的手，猜想他會嘲笑我。他已經八歲，這種動作對他來說太幼稚。但他握住我的手，輕輕按了按。

當然實際狀況完全不是那樣。我們走過寬敞明亮的走廊，試著念出每棟病房的名字。到了產科病房，一名護士小心翼翼對我們說話，彷彿在面對受了傷的凶猛動物，然後才帶我們去找母親。她躺在床上睡著了，皮肉完好無傷，寶寶躺在她身旁一只小小的塑膠搖籃裡。

父親看都沒看寶寶一眼，他摸摸母親的頭髮和臉龐，將她喚醒。見到他後，她露出笑容。伊森、荻萊拉和我圍在嬰兒床邊。

「我不想要她。」荻萊拉說。

「妳太小了，根本都還看不見她。」我說。寶寶還在睡，我用一根手指勾起她完美無瑕的小手。

「她看起來就和雅莉珊卓一模一樣。」母親說，一股沒來由的驕傲感在我胸口擴散開，為此錯過朗讀的機會完全值得。我有一個新的妹妹，就和我一模一樣，總有一天，我會念書給她聽。

「我們要叫她依芙。」父親說。

▲

荻萊拉沒有改變對小依的看法。她當了將近四年的老么，對她來說，這個寶寶是篡位者，是她的王國裡一位不懷好意的侍臣，假扮成小孩偷渡進來。小依被分配到荻萊拉的房間，結果行不通。荻萊拉把寶寶的毯子拿來蓋，或偷放一些小東西要傷害那個小孩。她往嬰兒床偷塞了一隻叉子、我從學校拿回來的鉛筆、母親梳妝臺上的小鑷子。「那是禮物，」她堅稱，「給寶寶的。」

房間重新分配。我和小依同睡在嬰兒房，換荻萊拉去和伊森睡。

荻萊拉能成功擺脫責任，不是因為她像伊森那樣狡詐，而是因為她長得漂亮，和從前的母親一樣。這是不容辯駁的事實，就像葛瑞格斯先生要大家分享的那些事實。久了之後我也不得不接受。學校每年都會叫我們去拍照，包括家庭照。荻萊拉頭一次參與拍攝時，攝影師假裝弄掉相機。「多美麗的小女孩啊，」他說著「來、來——」一面遞給她一隻肥肥的泰迪熊，他剛剛拿這東西哄騙不大配合的學生。「——先拍幾張妳的個人照。」

攝影師又是湊近、又是拉遠，從各個角度給荻萊拉拍完一組相片後，指示我和伊森和她一起進入畫面。熊被荻萊拉扔掉，我把它從落滿灰塵的集會廳地板撿起來，但攝影師搖搖頭。「不行，」他說。「那只能給最漂亮的小女孩。而且反正妳年紀也有點大了。」

我父母叫大家來拍團體照。伊森神情漠然，荻萊拉一臉得意，而我抬頭看著天花板，脹紅著臉，拚了命讓自己別哭出來。

母親把照片放在廉價的超市相框，掛在客廳一個你不可能看不到的位置。荻萊拉被挑起興趣，要母親給她看她小時候的相片。「我們長得一模一樣！」她驚呼著，越過相簿上頭看我。「而且跟莉兒差好多。」

「我們的頭髮一樣。」我說。

「對，但臉不一樣，眼睛不一樣，手腳也都不一樣。」

還小的時候我總覺得荻萊拉很蠢，她的功課是公認的爛。「荻萊拉得更用功一點，」老師會這樣寫，或是「荻萊拉在這門科目的天賦相當有限，需要再多努力。」有次午餐，我聽見兩名老師談到她。「她顯然比不上伊森，」其中一位表示，而另一位點頭。「也比不上雅莉珊卓。」每當荻萊拉被指派作業，她就會把頭枕在雙臂，手伸過桌子想找父親。「我不懂，」她說，「為什麼我不能聽你講故事就好了。」此刻我想著父親說話時荻萊拉臉上謹慎的神情，以及她對母親童年歲月（遠早於遊行的那段時期）的欽羨，不禁好奇荻萊拉是否比我和伊森更聰明？——會不會，她才是我們之中最聰明的。

和小依睡同一間讓我抱怨了好一陣子。我不爽荻萊拉，也很失望自己再也沒有機會在睡前和伊森聊天，自從他分享了他對西部荒野的知識後，我們睡覺前會聊聊學校發生的事。嬰兒房裡堆滿父親以前處理過的東西：一臺電腦倒在床邊桌上，露出亮晶晶的內容物，它的電線在嬰兒床下纏繞扭曲。但小依是個挺嚴肅安靜的寶寶，我也漸漸開始喜歡她。就像母親所說，她長得和我一模一樣。要拉攏嬰兒與你結盟很容易，而我急需有人和我站到同個陣營。

我不再和伊森聊我的一天，而是悄聲越過房間對她說話。我在父親一個箱子裡找到手電筒，等老師准我們從學校帶書回家後，我便等到整棟屋子沉入黑夜，接著開始大聲朗讀。「她又聽不懂。」荻萊拉說。我沒理她。我不只是為了小依念，也是為了我自己。有時候，假如我發現她在嗚咽，會趁她真的哭起來前將她從嬰兒床裡抱起來。我發現我靠自己就能安撫她，全家第一個去照料

她的通常也是我。隨著日子過去，母親和父親漸漸都有了別的事要忙。

在週日和週一的某個時間點，我的手機響起。當我像這樣從熟睡中醒來，搞不清東西南北，會在剎那間以為自己人在荒林路。幾年前，K醫生設計了一個三點計畫處理這種突然醒來的狀況：身體朝天花板伸展，等待整個房間映入眼簾，回想前一天的每個細節，越具體越好。蘇活區隔著窗簾投出螢光橘的光暈，浴缸和書桌在黑暗中凝固成形。昨天穿的洋裝攤在地上、蓋住鞋子，彷彿它們的主人憑空消失。我想起奧莉維亞在計程車上，車子一邊開走，她一邊從車窗揮舞她的圍巾。於是我接起電話，臉上已掛起笑容。才剛過四點。我等待對方開口。

「莉兒，好久沒聯絡了。」

「荻萊拉。」我說。果然。

「我在倫敦，」她說。「我可以去找妳，妳住哪？」

「羅米利街，」我說。「羅米利聯排別墅酒店。妳想什麼時候碰面？」

「我沒多少時間，一個小時後過去——也可能更快。」

「什麼？」

「我去找妳，我要過去找妳。」

「現在是大半夜欸。」

「待會見。」

▲

我試圖把燈轉到微亮，卻不小心撞到頭上的開關。我踢開被單，神智不清地躺在床墊上咒罵荻萊拉、酒店的燈、在我腦袋裡排練的新手打擊樂團、威士忌學會、歪斜的地面、酷熱的倫敦、從床到淋浴間的距離，無所不罵。我讓冰冷乾淨的水流下，放任自己嘔吐，用前額靠著磁磚。荻萊拉。顫抖停止後，我把窗戶打開，坐在桌邊，針對荒林路的房子和隨附的現金資產寫下一張簡短概略的同意書，以供我和小依構想的社區中心建置使用。我讓簽署欄空白。我連荻萊拉現在改叫什麼名字都不曉得。清晨乍現的幾抹日光灑進屋內。我向櫃檯點了咖啡，將兩杯都喝光。她會要我等她。

她在來電後兩小時抵達，再打來問了一次我的房號，過了一會兒，腳步聲停在我門外，等了幾秒才敲門，而我站在木門另一邊，想像她站在空無一人的走廊整頓儀態的模樣。

父親在他的床邊桌上放了一本《聖經》，每當想不出晚上要講什麼故事，就會派我們其中一人去把它拿來。我們會吵著要聽自己最喜歡的那部經書，就像我們吵著聽父母的生命故事那樣。我喜歡《約拿書》，因為裡面有鯨魚；伊森喜歡《撒母耳記》，但討厭《列王紀》——裡面有個和他同名的人物，卻只是為了闡明所羅門比他更睿智。父親不管選什麼荻萊拉都聽得很開心，而他選的通常都是某則警世教誨。我暗想，她大概是靠這樣以掩飾她根本分不清哪部是哪部。

星期天，我們會穿上感覺不太舒服的正裝（有白色高領和收緊腰身），跟在父親後面走過小

鎮。我們經過其他更老的教堂，信眾穩定魚貫而入。接著經過鎮中心附近，那裡有我們受洗的那間簡樸石造教堂。最後，我們抵達一棟米白色的方形建築物，位置就落在工業園區前，門上罩著白色頂篷，有人在上面手寫：歡迎。

來門房教會的人不多。有一組相貌平平、身穿長版西裝的男子，人人彈著吉他。零星幾個母親在挑選餅乾和果汁。父親抵達時，她們和他揮手致意。許多寶寶在通道上跌來撞去，幾位沉默不語的寡婦坐在後排，享受音樂。其中有一位赫斯特太太，她雙眼失明，眼神永遠落在遠方某處——也就是高一百三十四公分的我的右肩後面。我們吵著誰要負責在禮拜結束後帶她去拿茶點。我們都很怕她，小孩總以害怕之名為自己的殘忍找藉口。

我的父母在門房教會算是小有名氣。我們一家人將整排長椅坐滿，老太太會趁我們經過時輕撫我們的頭髮，其中一位年輕媽媽曾問伊森，我們是不是得了白化症，對此他不屑回應。特定幾個週日，父親會客座主持布道，他人氣跟大衛牧師不相上下。大衛牧師得流感時，父親主持起他自己的週三晚間禱告會，之後也持續運作。

CG顧問在小依出生後就歇業。事實是，鎮上無人擁有電腦，就算放眼全國也沒幾個。「拓荒者，」父親對我們說，「總是死得最慘，爽都爽到之後過來的移民。」父親一直對宗教很有熱忱，但他也曾是商人和教師，以及女性樂於欣賞的男性。我們當時在學校學到圓餅圖，而我眼看著父親的生命成為一個被分割的圓。其他的身分消失，宗教占比則高過一切。

還有些誇張的戲劇效果。第一次有人跪倒在走道地板上時——我推測那就是聖靈充滿吧——伊森瞥向我，又飛快地將目光別開。我能感覺到他肩膀靠著長椅抽動。不過下一次、以及再下一次就

沒那麼好笑了。當父親跪在屋子前面，對著十字架張開他沉甸甸的雙臂，好似等著接受擁抱，我們也一樣笑不出來。荻萊拉很清楚知道該做什麼：她轉圈跳舞，一下子仰起臉望向稀疏零落的木頭天花板，兩隻小手緊緊握著。有時候，聖潔的淚水還會從她臉上滑落到頭髮。

我們第一次見到湯瑪斯・卓利就是在門房教會。某個週日，當我們魚貫而入，母親抓緊父親的手臂，對著教堂後方一名奇怪的光頭男子點頭。整個禮拜的過程我都在看他。他唱歌不如父親或那些彈吉他的人那般熱切，但他熟知每字每句，並在大衛牧師宣講時往前靠，閉上雙眼，笑得露出小小顆參差不齊的牙齒。布道結束時，他眨眨眼，和我四目交會，雖然我將眼睛別開，仍感覺到他笑得更加燦爛。

禮拜結束後，父親催我們離開長椅。「卓利！」他打了招呼，彷彿和那位陌生人早就是老交情。他在卓利耳邊悄悄說了什麼，讓卓利捧腹大笑。母親指揮我們在她後方乖乖排成一列。「看看這家人，」卓利對父親說。「看看這些孩子！我聽說了好多他們的事啊。」他和我握手，並將手掌擺在我頭上。他很瘦小，卻有一條條肌肉包覆住手臂，一股熱切而壓抑的力量在他體內湧動。

「又有一胎？」卓利問，雙手貼在母親的肚子上。為免傷及父親的自尊，她看向他，並跟著笑了起來。

回家路上，父親整個人激動不已。「卓利現在做的事情真的很棒，」他說，「他橫跨整個西北地區，是特別來看我們的。」他大笑著將荻萊拉高舉過頭。天空落下毛毛雨，我們沒有帶傘，寒意滲進我的衣服底下。秋天踏著艱困的腳步穿過荒野而來。我加快步伐，伊森跑過來加入，父親還抱著荻萊拉。現在，他握起母親搭在嬰兒車上的手，將她攬入懷裡。「我美麗的孩子們，」他說。

「我的家。」

卓利是黑潭的一位牧師，他的教堂就在中央大道旁邊，臨近父親以前工作的飯店。父親協助卓利在整間教堂安裝了全新的科技設備，有先進的投影螢幕播放影片和照片，以及效果絕佳的擴音器，都是父親從飯店那邊接手的。「那裡的氣氛，」父親說。「真是無與倫比。滿滿的電力。如果你想看看教堂的未來展望，去那裡就對了。」

假期定在二月底，就在新的寶寶要出生之前。卓利主辦了一整個週末的布道和活動，父親要去提供技術和精神支持。伊森、荻萊拉和我週一不會去學校。「這——」父親說，「這就是學習。」

我們在酒店會有兩間房間，他說，坐擁整片海景，是最好的房間。

我們從沒出門玩過，但行程一敲定，父親整個人都活了過來，好像只要想到這件事就能讓他徹底滿足、別無所求。他每天晚上都要喝酒，然後鉅細靡遺地描述那個地方。那裡有一座主題公園，他說，還有一座巨大的摩天輪。能夠一眼望見我們家。母親看著他說話，露出笑容，閉上眼睛，和他一同徜徉在那片應許之地。

她的懷孕過程不太順利，剖腹的傷口引起併發症，還沒多少時間復原，皮膚就再度被撐開。（不曉得在小依出生後等了多久他才向她求歡，她是否有在他進入她之前的幾秒，四肢並用地反抗，卻又安安靜靜地以免吵醒我們？）她給我們看生小依時那道工整而謹慎的疤痕，就落在她肚子下方，像是裙腰的印痕。現在，那道傷疤組織因為新增加的體重扭曲變形，母親大多時間都在房間裡，房門緊閉。「她需要休息，」父親說。「被海風吹的。她會沒事。」

我們出發前幾天，父親拿著一只牛皮紙包裹回家。「給我們家的禮物，」他說。荻萊拉撕開包

的名字。

裹，拿起一件紅色薄T恤，上面印有《彼得前書》裡的經文：願恩惠、平安多多地賜給你們。一組一模一樣的衣服落到地上，總共六件，我們每人一件，還有母親和父親的。T恤背後分別印有我們的名字。

「哇，」荻萊拉說。她無比慎重地將每件衣服捧在手心，像是祭品，將它們一一分送下去。

我們在週五傍晚天黑後出發前往黑潭。母親抱著咕噥抱怨的小依，這時候她通常在睡，或是被我抱著。「我們怎麼不早一點出發？」我問，但車內悄然無聲，父親也沒理我。雨下了整個下午，橙色的路燈把馬路照得閃閃發亮。荻萊拉輕撫著新衣服的布料，出神地用手指把玩著那塊聚酯纖維。伊森拿著一本課本、對著街燈，在黑暗中瞇眼看。真希望我也記得帶書來。

「我們到的時候，」父親說，「必須很安靜。」

我稍微坐起來。「我們到了嗎？」我問。

我們駛進濱海大道，大海冰冷空寂的氛圍自天空延展開。車子另一側則是嚇死人的五光十色：閃閃發亮的商場、在舞廳外排隊的男男女女、彷彿從旋轉木馬裡逃脫的霓虹馬匹，高掛夜空。伊森把車窗搖下來。角子機噹啷響。一位身穿馬戲團長套裝的胖男人招呼我們過去，他們門口掛著紅絲絨，沒有人在排隊。「妳有看到雲霄飛車嗎？」伊森說，越過座位拉我去看。「我要去搭那個。」

抵達飯店前，父親開離海濱，停在一條小巷子裡，前面擋了一輛車窗破裂的冰淇淋卡車。

「安靜，」他說。「記得嗎？」

我們拿了包包和嬰兒車，重量壓得我們腳步晃來晃去，跟著父親走進黑夜。海風吹拂到街上。這裡的街燈壞了，讓我看不見自己的腳。我站在某個軟軟的東西上，鞋子有點陷進去，然後我加快

腳步。父親帶我們來到一扇木頭小門，找出正確的鑰匙。接著我們走進去，來到飯店花園內。

我父親在黑潭的多切斯特飯店工作，他們至今仍在海濱營業。十三年後，當奧莉維亞的雙親帶我們到公園小徑上的多切斯特飯店喝茶，我看著自己在大片法庭鏡裡的倒影——香檳、絲絨洋裝、剛出爐並補滿的司康——然後想起另一間多切斯特飯店。那裡曾是我眼中全世界最好玩的地方。有一段時間，我以為自己會和小依回來這裡。我會說：這裡就是妳這輩子第一次度假的地點。我想像自己在海灘樂園跑來跑去，玩遍一個接一個的遊樂設施，贏得巨大的絨毛玩偶，在傍晚的海灘上吃炸魚薯條，喝得醉醺醺，鹹鹹的海風撲面而來。在用來計畫出差及週末和JP出遊的旅遊資訊網站上，我找到那間多切斯特飯店，但評論糟透了（「別來這噁心的地方」、「爛爆了」，最好的甚至是「還行，但需要大幅翻新」）。我看過那些照片，心裡曉得我記憶中的那個地方已不復存在。如果我們舊地重遊，也許我會發現它從來都沒存在過。

我們能從花園望進飯店空蕩的舞廳，桌子都蓋了起來，排在木製舞池周圍。夜空下的玻璃圓頂倒映在木地板上，當天氣更清朗，你就會像在月球上跳舞。我勉強看出舞廳上方有一小格、一小格的光，是房裡尚未入眠的旅客。父親也在看著他們。

「務必安靜，」他說。「你們知道吧？」

他打開防火門，讓我們進入狹窄的樓梯裡。

房間在飯店最頂樓，還散發著油漆味。暖氣調得很強。「看吧，」父親說。「全新的，才剛翻

修過。」伊森、荻萊拉和我把鼻子貼在玻璃窗上。父親信守承諾。你確實可以眺望碼頭，還有在夜裡緩緩轉動的巨型摩天輪。

「我得去睡了。」母親說。她從嬰兒車抱起小依，穿過連通門。她走路的時候開始會有點往前一晃一晃的習慣，每走一步都讓人想伸手去扶她，儘管我們都沒有這麼做。父親跟著她走。我們穿了新衣服，爬進被子底下，不斷耳語。荻萊拉晚上脾氣比較好，要我摸摸她的頭，把窗簾開著，我在入睡前告訴伊森。我想在濱海大道的燈光下入睡，看它們攀上我們的窗。

如果你看過荒林路的照片，一定也看過我們在黑潭碼頭上拍的那張。那天是週六早上清晨時分。我們都太興奮，睡不了太久。母親和父親在第一節禮拜前帶我們到海灘上，不太情願，但心情還不錯，我們跑在他們前面，溼冷的沙子拍在我們腳底，還有一大群海鷗自海面飛過。天空是淺淺的藍色，點綴著飛機雲和白雲。我們把腳探進浪裡，跑得很近，足以碰到海浪，並在浪打過來時大喊大叫。小依試探著離開我，朝伊森靠近了幾步，然後又回來。

我們走到碼頭時，荻萊拉攔了一個陌生人幫忙拍照。「T恤，」父親命令道。「我們要把T恤露出來！」氣溫低到接近冰點，我們一脫下外套和毛衣，就被颳過皮膚的冷風吹得叫出來。我們開懷大笑，就算在模糊的像素底下，你也可以從我們抓住彼此的方式以及我父母的表情看見。那是最後一次美好時光的紀念，也因此更令人不忍卒睹。

父親說得沒錯：卓利的教會有一種門房教會缺乏的能量。那和科技設備、座無虛席的長椅或擠

滿信眾的紅色厚地毯無關。是因為卓利，他帶有一種強烈的人格魅力，似乎能同時出現在講臺上、走道上，還握著你的手；他擁抱肚子鼓脹、蒼白病弱的小孩，好像是他自己的親骨肉。他低聲喝斥、流汗、吐口水。教會歡迎所有人，所有人也都來了。那些手頭寬裕的金主不顧父母意願，掃光他們的錢給卓利。還有那些顴骨凹陷、穿著跟鞋、巍顫顫的女子，一家子蓬頭垢面、小孩多到數不清的家庭。這些溫柔的人，等著承受地土。

在每節禮拜之間卓利安排了分組活動。母親和父親參加禱告會、策略會議和《聖經》研讀，伊森、荻萊拉和我則被送去兒童工作坊，地點是蓋在教堂旁邊的一間潮溼溫室，裡面全是鼻子黏答答、不知道在拍什麼手的幼兒。伊森在第一天後表示抗議。

「其他小孩那麼小，」他說。「他們甚至不會說話。」

我們正在走回多切斯特的路上，父親迅速往前走兩步，從後面絆倒伊森。我知道那個動作，賈斯伯路上幾個比較大的男學生也會用這招，我努力避開他們。

「你和雅莉珊卓的問題就在這兒，不是嗎？」父親說。「老覺得自己高人一等。」

伊森站穩身子，沒有說話。回去路上，我們能看到海灘樂園裡骨架似的軌道戳往天際。我看過週日的時間表，開始懷疑我們到底有沒有時間去玩雲霄飛車，或是父親老掛在嘴邊的摩天輪。回到自己房間時，我問伊森有沒有可能，也許週一早上？如果我們明天表現好的話？他輕蔑地看我，那個臉色通常都是擺給他同學或荻萊拉看，而我當下便明白沒希望了。

「別蠢了，」他說。「他們從來沒打算帶我們去任何地方，我們只是為了卓利和他無聊的教會才來的。」

我覺得自己快要哭了，別過身。

「我再跟妳說吧，」他說。「我甚至不相信那些玩意兒。卓利、父親、神，全部都是。如果妳認真聽，會發現他們說的話毫無道理。」

「別這樣講。」

「嗯，但就真的啊。」

「可是別在父親面前講，伊森，拜託。」

週日傍晚，第二節禮拜結束，當卓利擁抱過他的信眾，父親問他要不要和我們共進晚餐。「我們可以去看達斯汀有沒有位置。」父親說。

「這樣的夜晚，」卓利說，「再好不過。」他往父親背上一拍，在父親的襯衫上留下溼溼的手印。他的手指和荻萊拉的交扣，接著，他像個紳士一樣朝她伸出一隻手臂，讓她帶路。她掩住羞紅的臉。

「出發吧。」父親說。

達斯汀指的是多切斯特再過去、和另一間更豪華的飯店相連的達斯汀炭烤酒吧。餐廳空間很大，有兩盞昏暗的水晶燈作照明，粉色餐巾已塞入酒杯，每個座位都擺了小餐包，但只有少少幾位客人。只有另外一組家庭在用餐。當他們看見我們穿著一模一樣的衣服，兩個青少年彼此交頭接耳，露出得意的笑容。小依坐在地毯上，手指畫著難以理解的圖樣，我們則挑了個位子入座。母親擔憂地看了看菜單，但父親不理她。他點兩瓶酒，並推薦這裡的牛排。他是常客了。

「我們可以點東西嗎？」我問，父親噗嗤一笑。

「有什麼不可以？今晚很特別。」

我們之前只在母親生日時到餐廳吃過一次飯，各式各樣的選項依舊令我感到恐慌。我盯著菜單，期待它能提供答案。肉腸配薯片，還是達斯汀漢堡？護貝菜單的反光愁苦哀戚地映在我臉上。

「有時候，」卓利說，「我往教堂信眾看出去，你會看到有人在點頭，有人眼眶含淚，有人被聖靈附身。但你曉得——你在心底曉得他們大多都是懦夫。也許是為了音樂來的，或是為了從眾。但這個世界要他們做什麼，他們就會照做。」

卓利低頭，舉起酒杯。

「但你不是，查理，」他說。「我很清楚，我看得出來，你選擇與眾不同。有這樣的家庭——你大可打造自己的王國。」

在另一桌收拾的服務生看向我們，然後別開視線。

父親和卓利交談時看著對方，沒停下手邊動作。他們的牙齒被酒染髒。母親很渴望加入對話，歪著頭想聽他們在講什麼。我把小依從另一張桌子底下抓回來，拉到我的大腿上。我們用餐巾玩躲貓貓，直到餐點送上。我看到荻萊拉的漢堡從廚房送到她的餐墊，然後鬱悶地望向我盤子上那兩條軟趴趴的肉腸。

父親和卓利喝了一整晚，甚至到用完餐、已經沒人聽他們講話仍在喝。等服務生帶來帳單，父親從卓利那兒拿過來點著自己的現金——他鈔票少一張，母親拿出她的錢包。「妳應該會放我們走的吧？」他對女服務生說。「是吧？是吧？」

她禮貌微笑，從母親手上接過錢。「我再拿找零過來，」她拿來時，還帶了一小碗硬糖擺在荻

萊拉和我中間的桌上。「妳們吃看看，」她說。「還滿好吃的。」

「如果我們還想再喝酒呢？」父親說。「妳沒問我們想不想再喝一杯。」

「我們要打烊了。隔壁有一家酒吧——他們開到很晚。」

「好，好，我們懂妳意思了。」

我們站到外頭的濱海大道上。父親手裡還拿著酒杯，抱怨今晚結束得如此唐突。今晚，路上一片寧靜，漆黑的摩天輪一動也不動。差不多開始要下雨了，一對情侶匆匆經過，手握著手，試圖打開一把傘。我以為我們會向卓利道別，但他陪我們回到多切斯特，走上小樓梯到頂樓的那兩間房間。母親和父親都沒有要他走的意思，彷彿今晚已經彩排多次，一切都按他們計畫進行。「小傢伙們晚安。」卓利說。

「你們進去，」父親打開我們房間的門說。「進去，然後安靜，快。」

「雅莉珊卓，」母親說。「帶小依過去。」

「為什麼？」我問。

「她今晚待在妳那兒，把她放在嬰兒車裡——她會睡到早上。今晚不要搗亂，拜託。」

「為什麼他要在你們房間？」伊森說。母親微笑，用手捧著他臉頰。

「不要沒禮貌，伊森，」她說。「去吧，該上床了。」

我們的門一關，荻萊拉便爬到一張床上，再跳到另一張。「我不累，」她說。「我們能和寶寶玩嗎？」

「不行，荻萊拉。」我說。

「嘿，」伊森說。「妳們還想搭雲霄飛車嗎？」

我們自己搭了一座雲霄飛車，步驟如下：用桌子在兩張床間當橋梁，下坡的部分，我們把直立鏡朝下擺放，從伊森的床下滑向牆壁，用飯店的咖啡托盤從上面溜下來。你得在撞到牆壁的前一刻扔掉托盤，但這樣更是刺激。一個人滑了幾次之後，我們三人一起坐上托盤、直接撞上鏡子，摔到地毯上，我們躺在碎片中，又是呻吟又是竊笑，又是噓聲要對方安靜。隔壁房悄然無聲，沒人來找我們。

我們膽子更大了，伊森站在床上。「我要來講道，」他宣告，「內容如下：我乃天主。」

「閉嘴，伊森。」我說。

「我乃天主。」荻萊拉大喊、伸手抓他。他衝過桌子跑到我和荻萊拉床上，單腳跳來跳去。

「很抱歉，」他說。「妳不是天主，妳得當我忠誠的僕人。」

小依在嬰兒床裡扭動，準備要哭出來。

「停下來，伊森。」我說。

「或者妳可以當個瘋瘋病人，」伊森。「妳自己選。」

荻萊拉撲向他，又哭又笑，尖叫出聲。她一撲上伊森的床，他便衝上去進攻，兩人雙雙倒在床墊，床腳應聲折斷，床框重摔在地板。

有好長一段時間沒有半點聲音，我們似乎成功逃過這麼做的後果，可是接著腳步聲立刻自樓梯和隔壁房門傳出。打赤膊的父親出現在其中一扇門口，在他現身的同時，一位陌生人打開走廊那扇門。他身穿黑色套裝，胸前口袋繡著飯店的名字。他的名牌寫著：**奈傑・康奈爾。歡迎來到黑潭。**

「查理？」奈傑爾說。「你他媽的是在這裡面搞什麼？」

他看向父親，再看向我們其他人，視線停在壞掉的床，再轉到摔碎的鏡子上。

「他媽的見鬼，」他說。「你全家都在這兒？」

「房間沒有人用，」父親說。「我就想說——」

「但你不能這樣待在這裡，不能就這樣偷偷過來，不跟任何人講一聲就**住進來**，一毛錢都沒付。」

「我可以，」父親說。「而且我也這麼做了。」

我越過房間去找還在哭的小依，跪在嬰兒車旁。「沒事。」我悄悄說道。

「我得把事情報上去，」奈傑說。「還有擴音器也是。」

「隨你便，」父親說。「你就是個傻傻聽命的應聲蟲，奈傑，是不是？可悲的爛貨。」

他轉向我們。

「東西收一收，」他說。「立刻去。」

外頭真的在下雨了。我們沒時間穿外套，荻萊拉弄丟了一隻鞋，母親往前傾的身子活像一幅殘忍的諷刺漫畫。而卓利——卓利在哪？紅色T恤黏在我們身上，我們的骨頭之間感覺也有一隻隻冰冷的手抓著不放。我接在父親之後抵達車旁，將門打開，但他把我拉回黑夜。伊森和荻萊拉已在一旁的人行道等待，火線已然就位。

「我要打你們其中一個，」父親說。「但我會很公平。我很慷慨，就給你們來決定。伊森，是誰把床弄壞的？」

伊森直盯著前方。「荻萊拉。」他說。

「──荻萊拉。好。荻萊拉？」

「是伊森，」她說。她在哭。「我很確定。」

「這樣的話，雅莉珊卓，看來決定權在妳手上了。」

當我在夜裡受時差所苦，或在逐漸入夜的寂寥冬季週日想起這一刻，就像體內有一隻蟄伏已久的烏賊抽搐著甦醒，伸長身體、直達我的四肢，往上觸及喉嚨，往下探進子宮。那羞恥。

「是荻萊拉，」我說。「荻萊拉弄壞的。」

此話一出，父親便抓住她手臂。

「其他人，」父親說，「都上車。」

他跪在鋁箔袋和碎石子間，讓荻萊拉彎腰趴在他膝蓋上。他扯下她紫色的小褲子和內褲，死命地打了她五下。等她能站起來，已經恢復平靜。荻萊拉撥開眼前的溼髮，理好衣服，隔著車窗上一條條的雨水瞪我，瞪向我們其他人所在更溫暖、更明亮的地方。我記得她臉上的表情。我想，荻萊拉不管人在哪裡──無論是躺在另一張床上，或在消磨她自己的週日午後──肯定也會憶起這一刻。

「進來吧。」我說。

逃出來後，我只有從新聞報導裡聽聞荻萊拉的消息。其中這則是我最喜歡的：荻萊拉的心理學

家是一位年輕傲慢的男子，名叫埃克爾斯，每次出席都逕自坐在主位，並酷愛告訴K醫生他有多滿意自己病人的進展。在受害人量表上，荻萊拉已經不只是「倖存」，來到「超越」的階段。「個人而言，」K醫生說，「我很受不了這種分類法。」荻萊拉在母親的審判上做出極佳的被害人影響陳述，埃克爾斯則以此為基礎，準備在《心理學年鑑》上發表一篇終極鉅作級的論文，可望獲得世界各地的報導。刊出前一週，荻萊拉要求移除論文中所有提及她的部分。她重拾了她的信仰，準備重新出發，她將和上帝一同努力，而非埃克爾斯。

「挺不錯的地方，」荻萊拉說。「我猜腦袋聰明還是能填飽肚子。」

不管到哪裡，她仍然擁有我所見過最好看的相貌。她身穿白裙，塗了點口紅，還戴了令人難以忽視的十字架。她將外套脫下扔在地上，整個人躺在床尾的沙發，稚嫩細長的四肢垂到地毯。

「所以說，」她說。「妳過得如何？」

「我很好，如果可以晚一點再碰面就好了。」

「我接到妳電話的時候，」她說，「正在當志工。」

她用這種方式說出**當志工**，是故意想要我問她更多資訊。我卻只說：「喔。」

「妳好像有點語無倫次。」她說。

「我在和朋友敘舊，沒料到會接到妳來電。」

「聽著，」她說，「我人在附近，剛好方便。我要抽身其實沒那麼容易，可是妳聽起來又很急。」

她環顧屋內——尋找看看可以製造什麼麻煩——然後不知所措地看回我身上。

「是母親的事，」我說。「我應該向妳致哀吧我猜。我知道妳和她比較親。」

她大笑。她笑的時候我看見她牙齒缺了一塊，在左邊靠後面的地方。我們逃出來後都需要全面性的牙科治療，但我不記得她那時有那塊缺口。

「多貼心啊，」她說。「謝謝妳。」

「他們把她葬在監獄，我想說那樣最好。」

「還記得問我們意見呢。」

她閉上眼睛，吐氣。

「妳根本沒去探視過她，」她說。「對不對？」

「我週末有更重要的事要做。」

「當然當然，我很確定，妳總是有講座要參加。或是什麼？聚餐？」

她現在對著天花板講話，讓我看不見她的臉。

「她會問起妳，」她說。「她會一拐一拐地走出來，環顧四周，捧著肚子，好像還在懷孕似的。每次她見到我都一臉不敢相信我會來的模樣。我猜比起講話，她更喜歡做那些活動。他們為母親節或聖誕節或什麼東西辦的特別活動，她喜歡我們坐在那兒，然後——我不知道。我們身邊會圍繞著小孩，做做花圈啊，或是賀卡。妳知道的，一些手工藝。」

「手工藝？」

「手工藝。我們一人做一個，然後，她偶爾會提議我們做一個給小依，或是丹尼爾，或是其他人。但通常是給妳。」

「荻萊拉——」

「我知道，那種東西不符妳的品味。還有其他時候——她就只是想知道妳的近況。她想要妳在公司網站上的簡介頁面連結，諸如此類。監獄裡不能帶手機進去，我得抄下他媽的一整串網址。」

「妳為什麼要和我說這些？」我說。

她長嘆了一口氣，坐起身。「妳這樣恨他們，」她說，「都不會累嗎？」

「不大會，」我說。「不會。」

荻萊拉的被害人影響陳述是母親審判上最大的轉折。伊森的陳述簡短並充滿譴責，他沒有和母親視線相望；我的陳述由我爸在我去學校時宣讀；加百列的陳述由他養母發表，佐以一條淚痕斑斑的手帕。但是荻萊拉呢——荻萊拉給了群眾他們想要的。兩位警察站在她兩側，讓她更顯渺小。有人護貝她的講稿，它發出來的噪音在整間法庭迴盪。她愛她的父母，她說，他們想保護自己的小孩——行神的旨意。他們的確犯下慘烈的錯誤，但她認可他們的動機，也原諒了他們。母親在被告席上一癱，頭髮蓬亂，滿臉熱淚。報紙上形容荻萊拉滿懷哀愁，心中期待和解，即使在當時我看了都不禁笑出來。

她觀察我，眉宇之間帶著輕蔑的皺紋。「這對妳並不好，」她說。「這不健康。」

她微微搖頭。

「嘿，」她說，「有咖啡能喝嗎？」

大夜班的接待員在電話上聽起來頗為困惑。「沒有送過去嗎？」他問。

「有送來，」我說。「但再多兩杯。」

「您晚上想必過得不大好，格雷希小姐。」

「對，沒錯，謝謝你。」

荻萊拉審視著房間。她打開衣櫥，食指掠過那些洋裝和套裝；她拿起浴缸旁免費附贈的身體乳液擠在掌心；她讀起桌上的同意書，等我掛上電話。

「社區中心。」她說。

「有兩筆財產，」我說。「荒林路那間房子，以及兩萬英鎊——」

「慈善家，」她說，「雅莉珊卓．格雷希。」

「妳是接受還是不接受？」

「那是我們的家，」她說，「我很高興它能用來做這樣的好事。」

她還保持著那副洋洋得意的微笑。

「錢就比較有意思了，」她說。「尤其——妳說它是哪來的？」

我喜歡這對話的走向。比爾在我搭火車回倫敦時就用電郵傳文件給我，並立刻打電話過來。這筆錢是某科技公司的幾張股票售出後的所得，他說，那是父親幾十年前買的。「他當初如果多買個幾百張，」比爾說，「你們現在就都是百萬富翁了。」

過了這麼久才成功，他大概會說自己是碩果僅存的偉大先知吧。「拓荒者總是死最慘。」我對比爾說。

「什麼？」

「沒有，沒事。」

「這筆錢，」荻萊拉說，「應該由我們平分。」

「我的想法是，」我說，「這棟房子如果沒花錢改裝，基本上沒什麼用。我們要親自出資，讓市議會看出我們認真想做這件事。」

「這不是為了我自己，」她說。「雖然我知道妳是這樣想的。我現在結婚了，莉兒，他是個好男人，是個有份量的人物。他做事有他自己的動機。而這個——這個動機對妳我來說是發自內心，對他並不是。」

伊森在《電訊報》網站上發現婚禮的消息。荻萊拉的先生是榭拉塔披薩的繼承人，接手了一間來自梅登黑德、正往北部拓展的連鎖披薩店。婚禮在週五下午舉辦，不張揚。關於榭拉塔披薩，我只知道他們曾被揭發跨海捐款給反墮胎慈善機構，以及披薩味道普普通通。

荻萊拉躺在床上，一臂擱在眼睛上。

「怎麼說好呢，」她說。「我們是一家人，不是嗎？在荒林路的時候，母親和父親試圖要保護我們，而拆散一個家庭是有代價的，對吧？沒了那層保護，有些人雖能學會怎麼不靠它生活，但其他人無法。」

咖啡送到了，負責遞送的是一位新服務生，身穿整潔乾淨的制服——儼然是一位來自陽間的訪客。荻萊拉朝他嫣然一笑。「您真是救了我一命！」她說。

咖啡太燙口，我們捧著杯盤坐了一會兒。荻萊拉的頭髮落在臉龐兩側。

「就連我，」荻萊拉說。「一開始都很辛苦。頭一次要一個人待在陌生的環境，還沒有半個家人。母親來不了，父親又出了那種事。我也有過很多懷疑，但上帝在等我回頭。」

荻萊拉很有說服力。你若聽她講話聽得夠久，一定會欣賞她說服自己的方式。

「好，」我說。「那妳為什麼需要呢？——為什麼需要這筆錢？」

「是加百列，」她說。「他狀況不好。」

「他在哪裡？」

「慢點。妳沒資格說要關心就關心。」

她把咖啡捧在胸口，像是護著某個不願分享的事物。

「他在醫院，」她說。「一間私人醫院。我想他是走投無路了才來找我，他知道我會幫他。他沒事，我的錢大概夠付第一個月的費用。妳知道我不會求妳，莉兒，但妳得理解，我關心他，而妳也得負起責任——為了妳造成的改變負責。」

我的腦袋沉甸甸，被昨晚搞得不聽使喚，但開始運轉起來。

「在今天以前妳根本不知道有遺產這件事，」我說。「所以妳原本打算怎麼辦？」

荻萊拉順順頭髮，在秀髮後方露出淺淺的微笑。「上帝疼愛樂捐者。」她說。

「妳已經打算跟我要錢了，」我說。「是不是？」

「不然我來這裡做什麼？現在妳真的虧欠我一些什麼，這樣對妳也方便，我想。」

伊森一定不會肯對加百列伸出援手。他當上衛斯里學院校長才過幾週，那些文章和採訪刊出，便有人在大白天趁他和安娜參加募款餐會時闖進他們位於牛津的房子，一位目擊者看見一名男子扛著一臺唱盤和電視從正門出來。「我沒有報警，」證人表示，「因為那個人住在那裡。」

「那可能是任何人。」我說。

「拜託喔莉兒，」伊森說。「妳很清楚那是誰。」

我對荻萊拉點點頭。

「錢我有，」我說。「我們不需要動用母親留下的錢，我能負擔建議期間內的費用，只要妳簽那份同意書。但我想知道醫院的名稱。我得親自和他講話。」

荻萊拉垂下嘴角、皺起前額，姿態戲謔地模仿我憂慮的模樣。她小的時候也擺過這個表情，我心想。我們長得夠像，讓她足以模仿得唯妙唯肖，這正是最傷人之處。「妳真夠嚴肅的，莉兒，老是這麼認真。隨便妳啦，給我看要簽哪。」

她好像在學期初第一本練習簿上寫字的小孩，小心翼翼在文件下方以正楷寫下她的名字，然後我將那張紙拿過來檢查。

「我從沒改過我的名字，」她說，「但我每次都很驚訝妳也沒改。」

「醫院，荻萊拉。」

我把飯店筆記本拿給她，她寫下一間離倫敦約一小時車程、頗負盛名的精神療養院。這個嘛，我暗忖。這可要花錢了。

「如果我是妳，」她說，「我會盡快去找他。」

「為什麼？」

「因為加百列身邊那些狐群狗黨——我覺得不是只有妳會想要他的錢。」

她張望屋內，拿回她的外套，走到門口。

「但妳也不真的確定，」她說。「不是嗎？」

她走路一直都會內八。小時候那讓她散發某種嬌羞的魅力，但隨著年歲增長，父親漸漸不爽起來，只要見到她腳趾頭往內扭就會罵她。現在我只勉強看得出一點跡象。她肯定很努力矯正。

「我猜我和妳會在伊森婚禮上碰面，」她說。「值得期待一下。」

「在妳走之前——」

她原先站在陰暗的走廊，此刻朝我往回走幾步，步向清晨的陽光。

「妳不是真的這麼相信吧？」我說。「什麼他們愛我們？努力想保護我們？在發生了這一切之後？妳有試著逃走過，荻萊拉，我有聽到。妳和加百列。我聽到那天晚上他在走廊上發生了什麼事。我們受到的那些對待——」

她的臉色一變。

「我們各有自己想相信的事實，」她說。「不是嗎？尤其是妳。」

此時，她露出某種堅決的表情。好像站在游泳池最高的跳板決定跳水時會做出的表情。

「沒錯，」荻萊拉說。「妳喜歡裝得一副自己最懂。但我告訴妳我是怎麼想：我覺得妳是我們之中最可憐的。我們都還小的時候，經歷過那些……受到監督的聚會。他們為何要這樣保護我們？就是因為少女Ａ，我們之中最瘋的那一個。」

「錢的事情我會處理，」我說。「我會再告訴妳我們能負擔多久的費用。」

「妳記不記得我們最後一次講話妳和我說了什麼？」她問。「情況是怎麼演變成這樣的？我敢說妳連那都不記得了。」

「再見，荻萊拉。」

「我會為妳祈禱，莉兒，一直一直。」

「這樣啊。那謝了。」

等我確定荻萊拉應該已經離開飯店，便穿過大廳走到哈利街上。K醫生的辦公室離馬路有點距離，藏在一棵細長梨樹的樹枝後面。我從它的藍色門牌和門上有點歷史的石製門簷認出此處。哲學家、外科醫生、畫家暨詩人，卡爾．加塔斯故居，門牌上如此寫道。「我覺得妳應該把它拆掉，」我第一次過去的時候對K醫生這麼說。「任誰看了都會自慚形穢。」整條街仍深埋在陰影之下，我在建築物的樓梯上休息，讓呼吸回穩。我找到K醫生辦公室的窗戶，窗簾是拉上的。她還要好幾個小時才會到，不過她也有可能在旅行，或是放假。再說，今天是週一。我該去工作了。

再講一個故事。母親在滿座的法庭裡被判二十五年刑期。法官宣布判決時表示，母親的其中一位受害人提出了特別要求，想在她被帶離被告席之前過去找她——是荻萊拉，她敞開雙臂上前。伊森在法院臺階上打給我，痛罵整個過程有多荒謬，然後我在隔天不顧爸媽反對，買來每份報紙，讀遍上面的報導。一位法庭畫家描繪出擁抱的畫面：法官神情嚴肅，母親的臉被悲傷和潦草的鉛筆畫暈染，但荻萊拉在畫面上只露出她的後腦杓。她有可能在為已得到她寬恕的父母哭泣，也可能正露出笑容，迎接她高尚的、沒有母親的未來。

我們在那塊門牌上方的窗戶後面進行過很多次會談，那張法庭素描就擺在我們之間的桌上。K醫生似乎對此感到疲倦。「我沒有答案，」她說，「我有的只是一些能幫助妳去相信的東西。」但我執著了好一段時間。我不斷把紙翻面，彷彿荻萊拉的臉就在紙的另一側。

4 加百列（少年B）

黃蜂的季節來臨。計程車裡有一隻蟲在兩扇車窗間飛來飛去，直到戴弗琳往前越過我拿手機把它壓死在玻璃上。

「問題在於，」她說，「妳要不要去做。」

兩組基因檢測包擺在我倆中間的座椅，這是那天會議結束後有人拿給我們的。

「想像一下，」戴弗琳說，「如果有人告訴我我心臟不好，我會不會換別種工作？也許我會當個瑜珈教練，或搞搞園藝。」

「我不覺得妳會做任何改變，不過聽起來挺炫的就是。」

「這個他們最在行。」

整場簡報都是由 ChromoClick 的執行長暨創辦人傑克主講。他已經交代完背景：六年前，他以博士生的身分在ＭＩＴ工作，人還在實驗室就被生物學院一位博士前輩叫出去。傑克打算花一整天觀察酵母菌株，看它會不會產生變異，被叫出去的當下他才進行了兩個小時，很不想離開那兒。當博士一手擺在他肩上，他就知道情況不對，然後對方說：「小子，給你個劇透：不會發生異變的。別管那些酵母。」

對於前輩帶來的消息，傑克已心裡有底——他哥哥朝臉上開槍自盡。而傑克之所以心裡有底是因為他父親在此前也開槍自殺，他父親的父親也是。傑克是例外，那個突破萬難、終於發生的變異。他回到實驗室。

如今，ChromoClick 是全歐洲發展最快的基因檢測公司。他們的檢測報告能為個人消費者提供健康和血緣方面的詳盡分析，並資助了一個研究部門，研究傑克所謂的「大哉問」課題：如何消除遺傳系譜上根深蒂固的缺陷，以及那些缺陷要根深蒂固到什麼程度才會需要加以消滅。

「人們天生就有興趣瞭解自己，」傑克說，「而我們天生就有興趣幫助別人。」

「他們故事講得不錯。」我說。

「他們想賣個好的價錢。」

高速公路從昏暗的窗戶後方閃過。那天是那種又熱又悶的天氣，所有東西看起來都比平常更醜。戴弗琳拿起一個檢測包，對著光審視它的包裝，好像上面會倒映出她自己似的。

「失智症啊，」她說。「冠狀動脈繞道啊。」

我想起我自己的清單。

「我覺得我應該已經錯過檢測的時機了，」她說。「如果碰巧有什麼關鍵因素潛伏在我的DNA，沒多久就會自己跑出來。」

我們面前的天際錯落著大樓和起重機。「到倫敦以前，」我說，「我們應該討論一下合約草稿。」

戴弗琳沒在聽。還繼續瞇著眼盯著檢測包看。

「但妳還沒錯過，」她說。「妳還有時間轉行學園藝。」

結果JP打給我。夜班接待員每次接電話都是那副老娘不爽的態度，她打到我桌上的電話，告訴我有位男士在線上等我。

「誰？」我正在瀏覽一家看起來不怎麼樣的盤裝壽司店菜單，看到第二頁，打算要叫晚餐。

「我沒和人有約。」

「他沒給我真名，」她說。「只有縮寫。」

「啊，好，嗯，妳可以把他轉接過來。」

電話接通，JP清了清嗓子。

「莉兒？」過了一會兒，他開口。

「哈囉。」我說。

「哈囉。終於啊，妳得找個更友善的接待員。」

「我們不搞友善那套，我們講求的是鬥志。」

「沒錯沒錯，嗯，奧莉維亞說妳回來了，我只是想打個招呼。我有聽說妳母親的事。」

「我很好，」我說，縱使他沒問。

「好。妳何時回去？」

「看狀況。這邊有個案子要談，還有一些家務事要處理。也許再待幾週吧。」

「妳會想出來喝一杯或什麼的嗎，莉兒？聊聊近況也不錯。」

「我不曉得。這週末——我要去看我弟弟。下週頭幾天呢？」

「週一？」

「可以，週一晚上。我在蘇活區這邊。」

「好。我再來找個好地方。」

我能感覺自己的語氣像從前一樣軟化。我還是很想逗他笑。「我最近要求比較高了。」我說。

「我猜紐約住久了也難免。我盡量。」

「好。」

「好。」

於是好戲持續上演。我傳訊息給奧莉維亞表達我的不悅，然後點了健康快樂壽司餐盒。

我們家從來稱不上富裕，甚至不算小康，但我們並不窮困。貧窮像是窗戶上的常春藤悄悄進駐我們的生活，速度慢得讓你很難注意到它在動。但轉眼間，藤蔓就密布到我們再看不見窗外的世界。

父親開始出現奇怪的執念，如同發燒，儘管有些念頭未曾像退燒那般消退。他認為我們在浪費水，他說那是必需品，不是拿來玩的。於是他為我們每週的沖澡排出一張相當嚴謹的時間表。晚餐煮好後，他要負責盛飯，並且盛得謹慎無比、精心慎重。如果當天沒人不乖或頂撞他，我們每盤的份量都會一模一樣；如果有，犯錯者拿到的就會比較少。他重讀了《哥林多前書》，並決定我們該

更努力用自己的身體來榮耀上帝。於是我們晚上都在樓梯爬上來、爬下去，努力別笑出來。他感到無聊，在客廳裡洋洋灑灑計畫他光明的未來：他要架設網站，用來向全球各地的孩子分享《聖經》的真諦；他要自己去當牧師，取代大衛在門房教會的影響；他和卓利要去美洲，和該地廣大的信眾交流。

他花很多時間跟卓利待在我們家廚房，桌上擺著酒水，還有盤中肉汁淋漓的菜餚。他開車到黑潭參加卓利的週日布道，到了晚上，他會要求我們坐在客廳，專心聽他重述那些教誨。母親隨著他的語調起落點頭，伸出龜裂的手掌祈禱。荻萊拉在她身旁微笑。在幾個特別漫長的夜晚，我會試著與伊森對上眼。但他總看著父親，牙關咬得比一年前更緊，沒注意到我的視線。

伊森從小學畢業。不再獲得老師遊歷世界各地帶回來的工藝品或是每日事實。他就讀我們這個鎮和另一個鎮之間的一所中學，每年級有八個班，每天嘎噠嘎噠地走五個街區遠的水泥路去上學。他的制服採買出了些問題，於是他和母親分頭回家，兩人都不發一語。頭一天我目送他離開，荻萊拉、小依和我還在吃早餐。「為什麼伊森的外套沒有校徽？」荻萊拉在他離開廚房時問道。他甩上正門。

他會弄丟東西——英國文學課本、體育短褲。十一月下旬，他弄丟了外套。「弄丟就弄丟了唄。」父親說。他拿著一團電線和琥珀色的杯子，登上他的沙發王座。

「可是不能那樣吧，」伊森說。「你就是要有外套。要有外套才能去上學。」

「是你自己搞丟的。別來跟我們哭。」

「有沒有舊衣回收箱？」母親說。「或那類的東西？」

當晚上床前，我想起在達斯汀餐廳看著我們入座用餐的少年，還有他們交換的神情。那畫面經常出現在我腦海，每次都令我胃痛不已。不曉得有沒有其他人對我們露出那樣的臉色？可能我沒注意到吧。「學校還好嗎？」我問小依，想要轉移注意力。

「嗯哼，」她說。現在換加百列睡在她以前的嬰兒床，他的手腳太長，會碰撞欄杆，而她則睡在我床上。冬天，當我膝蓋以下幾乎冷到失去知覺，這樣睡很棒。「我們學到各國的動物。」

「妳最喜歡什麼動物？」我問。她快要睡著，但我不想讓思緒回到達斯汀那兒。我想和她在一起，待在這裡。

「海象，」她說。「住在北極的那種。」

「為什麼是海象？」

她很安靜。我蹭蹭她肋骨，讓她不滿地哼了哼。

「莉兒。」

她是第一個那樣叫我的人。在她還沒學會一口氣講四個字時，就已有喊我的需要，所以從此就這麼叫了。學校註冊上比較方便，父母往樓上叫我的時候也順口多了。再說，我家也不是完全沒有任何親暱的表現。

「我們不能明天再聊海象嗎？」

「明天？嗯，好吧。」

我肚子又痛了一下，於是翻身離開小依，踮腳走過走廊。浴室門鎖上了，我能隔著門聽見忍住哭泣時會發出的斷續喘氣。

「伊森？」我悄聲說。

我抱著肚子敲門。

「伊森？伊森，我要上廁所。」

他打開門把我推開，一手摀臉。「滾開，莉兒。」他說。

我在冰冷的小空間裡坐在馬桶上，檢視浴缸上一條條的黴菌、凝成一塊的肥皂，歪一邊的浴室地墊，還有夏天時赤腳留下的泥土印痕。達斯汀餐廳的少年沒錯，我們又怪又髒，我們就是個笑話，光是看著我們就讓人感到不自在。

我試著把身上擦乾淨一點，我會比荻萊拉和小依早幾分鐘出門上學，然後直接去殘障廁所。那裡和別的廁所隔開，就位於教職員室後面。我鎖好門，脫下學校背心和襯衫，靠在水槽上，將冷水潑到腋下和整個脖子，再抹上亮晶晶的粉色洗手乳。我拉了一大卷衛生紙，小心翼翼地擦乾自己，以免讓紙屑黏在身上。水槽上有一面凹凸不平的鏡子，我努力不要在鏡中對上自己的眼睛。有幾天早上，我被五年級的老師葛蕾德女士撞見我打開廁所門。葛蕾德女士總是拿著一堆作業簿、一杯咖啡和一只豹紋手提包，然後最後一個離開職員室。「妳今天早上感覺很殘障嗎，格雷希同學？」她會這樣問。又或者：「妳有帶身障停車卡可出示嗎？」但她從未告發我，而當我說出理由——其他間女廁都有人，或是我感覺不太舒服——她總是笑著揮手讓我離開。

生理期的問題就比較棘手。我十歲的時候初經來潮，本以為自己還有幾年時間做準備。我們在學校看過一支影片，告訴我們生理期實際上是怎麼回事：經血、經痛、生理用品。看上去乾淨又容易。而此刻我半裸地站在浴缸，困惑不已。沒人說過會有味道，或是血塊，也沒告訴你在一週只洗

一次澡的情況下要怎麼辦。我模仿學校影片裡的女演員堅定的語氣，試著安撫自己。這確實是個問題，而就像每個問題，它總會有解決辦法。現在我暫且用衛生紙墊在內褲上，並靜心祈禱。我不覺得上帝在這個領域能起什麼作用。我需要想個更好的辦法。

我的社交資本一向不怎麼樣，不過有許多東西能交換友情。我跑得夠快，在體育課的表現是全班前四分之一。我很聰明，但不張揚。我不在課堂上舉手，或給人看我的成績。我已經發現，如果我要當個聰明的小孩，就必須比伊森更機靈。我在一群用功好學的女生組成的社交圈邊緣徘徊，她們都在準備入學考試，想考上更好的學校。而我像隻樂於被踹的狗，忍受她們時不時的數落。如果你曉得自己最後會有得吃，很多事情都能夠忍受。

「為什麼妳從來不邀人去妳家過夜？莉兒？」艾咪、潔西卡或卡洛琳問（我回答反正我父母管太嚴了，我家也沒啥好玩）。或是：「我姊和妳哥同班，他人真的很怪。」（對，我會說，他真的很怪；接著我會感覺過意不去：可是他真的很聰明。）或者最慘的情況是我露出了馬腳。「妳上一次洗頭是什麼時候啊？」

那種輕蔑的態度讓我的計畫執行起來更方便了。某個週日午後，艾咪辦派對慶祝她十歲生日，我步行穿越小鎮去參加。溼熱的夏日裡到處是蒼蠅。我揹著學校書包，穿我用來上教堂的裙子，還有一件母親以前的襯衫。我的牛仔褲和T恤穿不下了，現在換荻萊拉穿。我們坐在他們家的花園裡啜飲果汁，而我看著女孩們幫彼此塗指甲油。現場的人數不夠湊對，艾咪的母親這麼說，所以我得等等等。我想像自己塗著紅指甲（還有亮粉）回家後父親會做出什麼表情，然後微笑。「謝謝您，」我說，「但我怕我應該是會過敏。」

等艾咪母親把蛋糕拿出來，其他女孩開始唱歌，我便溜進屋內，上樓進浴室，並將門鎖上。我檢視那乾淨的磁磚和浴缸旁邊的盥洗用品，考慮要不要爬進浴缸放滿水，滿到從門底下淹出去，直淹到樓下，淹沒這整棟蠢房子——不行。那不是我來這裡的目的。我打開鏡後和水槽底下的櫥櫃。藥膏、藥丸、清潔用品。他們正在外面切蛋糕，我聽到有人叫我。浴室一角有個用緞帶綁著的乾淨草編籃。我解開緞帶、掀開蓋子，裡面像寶庫似的放著紙盒裝棉條和衛生棉，一排又一排，有的淺紫，有的粉藍，有的則是粉紅色。我想像艾咪和她媽媽在博姿藥妝店裡挑選要買哪一盒，心中的怨恨讓我更加大膽。我拿了一份說明書，以及每盒各一半的量，把它們塞進我的書包，然後沖了馬桶，回到派對上。

週日早上，我搭地鐵到路線的最北端，離開地下道，把市區拋在腦後。搭到最後整個車廂只剩我一個人，乍現的陽光讓我不停眨眼。車站裡的咖啡鋪沒開。**週一再見！**擺在窗上牌子，並以漫畫無襯線體寫道。

我前天晚上和比爾通過話。他似乎老在戴弗琳有事找我時打來，害我們每次講話，我聽起來都比實際上更不知感恩。他說他和市議會談過我們初步的構想了。我停止瀏覽 ChromoClick 報告，把腦袋從螢幕別開。

「嗯，那結果如何？」

「他們不太買單。」

「不太買單？」

「如果妳問我，」比爾說，「我覺得他們比較想把它給拆了。一提到哈洛費德大家會想到什麼？你們七兄妹站在花園裡。妳母親一過世，就有人在到處撿好料。拍房子的照片給節目什麼的當素材。他們提到妳哥前幾天寫了什麼東西。我猜整件事都讓他們感到疲倦。」

我能理解。伊森有把文章傳給我，篇名是〈莫忘你終有一死：死亡讓我們記得的事〉，剛剛才登在《電訊報》上。黑白附圖中，伊森坐在薩默敦那棟房子裡，往外眺望花園，還有賀拉斯趴在他大腿上。文章我沒有讀，但我回覆了他的訊息：你家廚房看起來超讚。

「我們是這樣想，」比爾說。「我們去現場提案，妳會表現得很出色，莉兒。妳曉得自己在做什麼，他們會知道這不是某種——某種虛榮的表現。他們會知道妳努力想成就的是什麼。」

我將額頭抵在窗玻璃上。從建築物那邊漸漸轉暗到只剩光照的這一邊，我可以想像自己人在紐約，等著度過閒閒無事的週末。

「於此同時，」比爾說。「妳家人怎麼樣了？」

我租了一輛車開往奇爾特恩。那片田野被太陽摧殘了整個夏天，現在毫無生氣、坑坑疤疤，宛如廢金屬。醫院開在兩處集鎮間，結果我兩邊都去了。有一個隱密的出口匝道，我從馬路兩側都沒發現。在第一座集鎮，我找到一間路邊的咖啡廳，停下車子，已被這天搞得足夠了無生趣。「妳開過頭了，」服務生語帶戒備。她就是那種會吹噓這件事的人，她會和下一個客人講，今晚和姊妹淘喝酒時也會講。到了今晚八點，我就會在她口中變成一個回鍋住院的神經病。「明明有一個綠色標誌，妳不可能錯過。」

醫院的車道先是穿過林蔭，接著來到開闊的草坪。潔白無比的皇宮活像童話故事裡最終的目的地，就這麼靜候在路的盡頭。這裡原先是浪漫主義作家羅伯特·溫德漢姆的鄉村別墅。我週五晚間躺在床上，上網讀他描寫自己在這裡的花園度過的夜晚時光，來訪的有貴族和大使，還有拜倫勳爵。樹林外緣有幾座水妖雕像，設計成會在黃昏時移動，據稱那裡有人舉行過異教儀式，也擺設過大量美酒和佳餚。醫院網站上對這些軼事隻字未提，雕像也都不在了。

一群菸客聚集在入口處，努力往陰影靠，舉止和花朵成對比。裱框的公告說明內部在去年經過翻修，並塗上有益身心健全的顏色——所謂健全就是白底加上一抹粉彩，以及接待處的粉色襯衫。

「哈囉，」我說。「我來探視我弟弟加百列。」

「姓氏是？」

「加百列·格雷希。」

「加百列現在恐怕不方便。」接待人員說。

「不方便？」

「他有其他訪客。」

「誰？」

「這部分我無法透露。」

接待員友善地微笑。

「我能一起進去嗎？」我說。「我費了好大工夫才過來的。」

「我們的規定是一次只允許一組訪客。」

「真的？」我說，接待員繼續微笑。

「很歡迎您在此等候。」

所以我等。菸客不情願地離開，身後留下菸味。我拿一本無聊的雜誌翻了幾頁，內容似乎是關於房屋和整容；一臺老舊的電風扇在櫃檯後面轉，吹動接待人員的頭髮。

半小時過後，一名男子經過我，走路的姿態像是要去某個更重要的地方。他的皮膚在接待處的燈光下顯得蒼白病氣，帶有生肉的光澤，衣服領口和袖口都有髒汙。他從我上方經過時露出微笑，好像和我很熟，好像一直在等我出現。他有潔白無瑕的牙齒，大抵完好無損，那是他最後的健康資產。「和平常一樣，」他對接待人員說。「感謝您。」

接著他人到戶外，遮擋著午後陽光。

「換您了，」接待人員說。「他會來這裡見您。」

加百列心不在焉地穿過走廊。他的面容乾淨蒼白，保養得很好。我這個弟弟彷彿經過大體化妝師的打理後煥然一新，他穿著棉褲和不成對的襪子，還有一件好長好長、扣到頸部的襯衫。他抓著袖子，好像怕袖口會掉下來。他在我旁邊取下眼鏡，注視我眼睛附近，然後露出微笑，目光飄來飄去地試圖對焦。

「被妳找到了。」他說。

「荻萊拉幫了點忙，」我說。「你感覺怎麼樣？」

「這問題在這裡很危險的。我們可以出去嗎？」

「我不曉得。可以嗎？」

「我不是要妳幫我逃出去，如果妳擔心的是那個。」

我們站在一起，然後我對他伸出手臂。我很驚訝他願意接受我的幫助、靠在我身上。我們像一頭笨重的巨獸一同走過走廊，進入陽光底下。「麻煩請勿踏出草坪盡頭。」接待員說，這使得加百列笑了起來。

「真的會有人逃出去嗎？」我問。

「顯然有。我聽說整片森林滿滿的屍體——那些悲苦迷惘的靈魂——妳知道的。但我覺得他們通常是叫計程車。」

「你想坐下來嗎？」

「不，我們散散步吧。」

「走一圈？」

「試試看。」

他頭髮幾乎掉光，最後幾撮毛髮是剃掉的。他從一邊口袋拿出厚重的太陽眼鏡，再從另一邊拿出一條口香糖。「別看我太久，莉兒，」他說。「是因為藥物，我他媽的爛成一團。」

不曉得他和我對太陽眼鏡的看法是否相同——我們幼稚地認為戴上就能隱身消失。我的太陽眼鏡留在車上，現在我願意讓他看見我，暫時如此。

「妳是來參加伊森的婚禮嗎？」他問。

「不是，是因為母親。婚禮還要好幾個月。」

「挺好的是吧，」加百列說，「他這麼幸福。」

他大笑起來，但沒有什麼惡意。加百列的笑聲一向帶有自貶的成分，讓人不太想和他一起笑。

「有別人來看你。」我說。

「對。一個朋友，他不時會來。荻萊拉也是。」

「很高興看你們還保持聯絡。」

「就斷斷續續的，過去幾年，她努力讓我留在正軌，而過去這幾週——她對我很好，莉兒。只要妳習慣那一套上帝什麼鬼的。她對我很好，在醫院裡——我是說真正的醫院——她是我唯一想到能聯絡的人。我整個人慘到不行，而她完全見怪不怪。」

「嗯，要嚇到荻萊拉可不容易。」

「她丈夫和她來過幾次，」加百列說。「但他每次都待在車上等。妳知道他叫她什麼嗎？——『蟑螂』，存活到最後的地球霸主。」加百列大笑。「是她跟我講的，」他說，「好像那是這世界最至高無上的讚譽似的。」

「蟑螂。」我說。

「對。而且他說得對。她會比我們所有人都活得更久。」

我們停在草坪上的第一張長椅，他坐下來的動作和老人一樣，持續檢查椅子是否還在原地。我最後一次看到他的時候是在電視上，他還是個少年，被安排站在倫敦的天際線前方。

事實上，加百列在早年是最成功的案例。他被安頓到一個普通家庭，有合適的雙親和一個新姊姊；他的完美結局至今仍公開在 YouTube 上任人欣賞；他準備入讀中學的模樣上了ＢＢＣ新聞臺；他在一集《倖存者》節目上對著攝影機說話；在《需要幫助的孩童》，他收下一位名氣普通的足球

員送的生日禮物。加百列掛著那歪斜的笑容，緩緩踏進晨間電視臺的攝影棚，除了要接受具名的深度採訪，還要上一集名為《關鍵辯論》的專題節目，演繹一件被細心打理過的出土文物，而那天早上的節目主題是：「兒童虐待：我們能討論種族嗎？」

「你打算告訴我你感覺怎麼樣嗎？」我問。

他誇張地大大嘆了口氣。

「這地方的問題就在於，」他說，「我談自己談到都快煩死了。」

加百列的新父母考森－布朗夫婦清楚強調他是個特別的孩子，所以，經過將近兩年的一對一家教，以及在真正的電視上露面至少三次，開始上學後的一切都令人失望。他的心理學家曼笛曾建議他的養父母，他可能會需要額外照護，或可能難以適應學校的生活節奏。曼笛準備了滿坑滿谷悉心設計的轉移注意力技巧，但老師都沒時間使用。「他會沒事的，我想，」加百列的新母親說。「如果你有盡到職責的話。」

「重點在於，」曼笛在他們開學前最後一次會談中說，「要記得我們學到的溝通方式。如果你感覺其中一種狂怒快要跑出來，就起身離開那個房間。跟老師說，或是打給我。」

「狂怒」始於荒林路，儘管要到後來加百列開始和曼笛進行治療時，這種狀況才被定下名稱。他可能正被鎖在床上，或是在花園裡運動，然後出現某件小事——屋內的一隻蒼蠅，或是小依笨手笨腳晃過去擋他的路——就會在他顱內激起一股不斷升高的壓力。他既無法克制，也無法忽視，那股壓力會持續累積到他爆發。他會在鎖鏈的綑縛下劇烈扭動，直到手腕留下破皮滲血的印記。他會把自己整個人往地上摔，用頭去撞地板。有一次，他咬了父親的手，死命用力咬，希望自己能夠咬

穿它。雖然他為此受到嚴厲懲罰，卻也知道自己還是會再犯。

他本以為狂怒在他離開荒林路之後便會結束，但沒有。有時候他在考森－布朗家中發作，那裡不幸地有許許多多的易碎物。考森－布朗太太收藏了一組水晶動物，還有一組婚禮瓷器陳設在古董櫥櫃上方（加百列後來要查它們值不值錢，結果查出那是假的）。有一次（令人難以原諒地），他在《早安英國》的更衣室裡發作，當時一位負責跑腿的工作人員堅持從加百列手上拿走他從恐怖屋帶來的遺物，得在進棚前先做清理。

但他和曼笛在這件事上努力過了。他的新房間角落有一座小帳棚，每當狂怒發作，他就會縮回那裡。他在裡面放了一盞投影夜燈，還有考森－布朗夫婦在他首次踏入家門時送的小熊，熊身上穿了件印有「倖存者」的T恤。不在家的時候，他會在壓力上來時找個安靜的地方。他必須想像那座帳篷，還有海底哺乳類動物在帆布上緩緩移動的模樣。

「這不容易，小加，」曼笛說。「往前幾步，又會往後退幾步。只要你前進的方向正確，那麼幾次失足就沒什麼好羞恥。」

但學校可不只是幾次失足。上學第一天，你得用好笑或有趣的小事對全班介紹自己，而他的初次亮相也很成功：他開場就列舉了自己具體上過哪些節目，並分享了幾個他家人的重要背景資訊——於是成為全場的焦點。但老師打斷他。「謝謝你的分享，加百列。」她說。但是從她的表情看來，他知道自己不知怎地說錯話了，於是他有些難堪地回到座位上。

狂怒來得越發頻繁。有時在學校，他會決定不去想那座帳篷和裡面那盞幼稚的小燈，而是專注於父親對他做過的事，還有想到曼笛因為和某個蘇格蘭人結婚，不得不終止他們的會談，或是考

森－布朗太太讀不了他自傳的第一頁。等他回到現實，他會環顧著周遭一圈孩子驚懼的表情，並以此為樂。

快樂，那就是他從中得到的收穫。狂怒讓他闖出了一點壞名聲，代表他被他那個年級的特定一群人接納——孤兒、怪咖、叛逆分子，以及黏在他們旁邊的脆弱少女。他們自稱是「這幫人」，首領叫吉米．德萊尼，他有三個刺青。謠傳他在去年地理課校外教學時上了一位實習老師（儘管沒人曉得是不是真的，加百列就更不可能知道）。週末，他們會聚在公園，或是看那天晚上誰家沒人，就去窩在他房間抽點大麻菸，或是輪流摸當天在場的女孩。加百列不夠酷，也沒多大利用價值，無法成為團體核心，但他喜歡午餐時有人能坐在一塊兒，而且他們對他的故事也挺感興趣。他喝醉時，會把能講的一切拚命講給他們聽，但不管他講了什麼，吉米都會逼他再多說點。「你何不殺了他？」他這麼問到父親，以及「你那老爸是否真是個變態？」他們就是考森－布朗夫婦會討厭的那種小孩，而這點加百列也很喜歡。

在家，他這事業陷入困境。考森－布朗太太遊說出版社和電視公司，並聯絡地方紅人，問他們有沒有興趣見見她兒子。脫困一週年時大眾的興趣有稍微回升，母親受審時也是，但整個故事看來已接近尾聲。很可惜，加百列也不再長得像是那張相片的孩子——入圍世界新聞攝影大賽，被員警抱在懷中，從荒林路帶出來，骨瘦如柴。現在他只是個戴眼鏡的細瘦少年，有著母親乾巴巴的皮膚，以及顏色一天比一天深的頭髮。

他能察覺考森－布朗夫婦對他逐漸失去興趣。這過程並不殘酷，而是一種漸行漸遠，好像有些人把兒時玩具擱在一旁那樣。最初被領養時，考森－布朗夫婦喜歡在他們舉辦派對時有他在場，而

那其實也稱不上什麼派對，而是街坊鄰居之間輪流參觀別人家的聚會。他們會塞給他插了小牙籤的起司和一碗洋芋片，把他送到客廳，要他去「跟人交際」。但自從勞森夫婦來吃晚餐的那次，他們就改叫他待在自己房間。

勞森夫婦住在同條街唯一那棟五房的屋子，還有一輛二點五升引擎的車。加百列有點危險地坐在備用的椅子上，吃的份量比其他人多出一倍，在屋邊的空間陪坐了九十分鐘。鮮蝦雞尾酒盅、新住處的交通車流、威靈頓牛肉、其他人的小孩，他邊吃邊聽。終於，吃焦糖布丁時對話有趣了起來。勞森夫婦講起他們那個老愛玩命的兒子，現正困在日內瓦一家醫院，左腿脛骨打上一片二十五公分長的金屬板。

「我們只規定他怎樣你知道嗎？」勞森先生說。「『乖乖待在滑雪道上。』結果呢？害我們得跑到瑞士、在骨科過聖誕節，要命。」

「這麼突然才要訂那些飯店，」勞森太太說，「那價格真的是——」

「我也有金屬板，」加百列說，使得整個對話倏地喊停。他碰了碰下顎，轉頭給他們看。「這裡。」他說。

他解釋說他被送醫時咬合嚴重異常——他喜歡表現自己曉得一些他們不認識的名詞——左下顎的生長中心受損，導致他半邊臉和另一邊長得不一樣。當時，加百列和曼笛去X光看片箱檢查受損情況，一同坐在桌旁，聽一位口腔顎面外科醫生（就是專門治療嘴巴的人）向他們解說加百列的顱內構造。看到自己骨頭的感覺很微妙，牙齒比你想像的還要長。結束時，加百列問他能不能術後回來看下顎裡的金屬長什麼樣。「看，我們這兒有個醫生啦。」外科醫生說，然後不到一週，病棟裡

所有人都稱他為格雷希醫生。

「在醫院過節其實還不錯，」加百列說。「復活節的時候，他們辦了一個大型的尋找復活蛋活動。聖誕節應該會挺酷的。」

所有人都停止用餐，勞森夫婦垂下目光，考森－布朗先生緊張又嚴肅地笑了一下，然後拿起他的湯匙。「你說的那些飯店——」他說。「要多少錢？」

考森－布朗太太在走投無路下建議加百列去找個經紀人，即使她自己一位也不認識。「還有，」她說，「你得想想自己打算朝哪個領域發展，加百列，不管是電視還是自傳，或是像瑪蒂達那樣。」

瑪蒂達是考森－布朗夫婦的親生女兒，一度，她生來就是要當芭蕾舞者，接著在發育過度後成了西區劇院的主演。然後，因為無法駕馭所需的音域，她到體育場巡迴演唱會上擔任伴舞。最後，她在郵輪上當編舞家，盡可能離家越遠越好。她每次待在考森－布朗家，看著加百列的眼神都混雜著不安與同情，並且想辦法避免和他獨處一室。他當時以為她是害怕，不過現在，他到了她當時的年紀，就明白了她那樣做是因為羞愧。

「妳會建議他怎麼做？」瑪蒂達從加勒比海回家過聖誕節時，考森－布朗先生問道。當時眾人正坐在那兒共進晚餐。瑪蒂達看看加百列，再看向桌子，然後聳肩。

「我覺得我給不出什麼專業建議。」她說。

「妳肯定可以，就從自身經驗來**給點建議**吧。」

「那樣的話……我覺得他應該試著讓自己快樂些。」

「但他的故事！」考森－布朗太太說。「他的故事必須分享出去。」

「我認識一個人，」瑪蒂達說，「他在倫敦，是幾個明星的經紀人，不過不是什麼大咖就是了。而且據我所知，他名聲不是特別好。」

「看吧，」考森－布朗太太說。「我覺得這建議很管用。」

「如果你真的想，」瑪蒂達對加百列說。「我再給你他的電話。」

她在可可郵輪的筆記本上寫下姓名和電話，然後他在腦中重複了一次：奧利佛・艾爾文。

「你自己保重，小加。」她說，揑揑他的肩膀。在新年時，她要啟程去聖露西亞，而他腦中愚蠢莫名地閃過一個念頭，想問她願不願意帶他一起走。

「這幫人」首次要他假裝狂怒是在一月某次模擬考時。「我們需要的——」當他們在禮堂門口等待，吉米說，「是一件情有可原的事。」他笑著審視他的狐群狗黨。「一個足夠創傷的情境。」

「有人有武器嗎？」加百列問。沒有人笑，但所有人都看他，然後再互望，他才意識到他們先聊過了些什麼——圈內人才懂的笑話——而他錯過了。

「你感覺怎麼樣，小加？」吉米問。「你覺得生氣嗎？」他笑著往加百列肩上一拍。「我真的很不想考這鬼東西。」他說。

走廊上的門打開，學生拖著腳步進去，抓著透明的塑膠鉛筆盒。時鐘高掛在教室前方。

加百列的位置在後面。他把下巴枕在雙臂上，觀察一排排的腦袋瓜。那些乾淨、運作正常的腦

子，在裡面等著進一步指示。吉米在靠近前面的地方轉頭找到他，然後眨眨眼。題目卷已在桌上，監考官指示學生開始作答。加百列暗忖著什麼樣的時機合適，以及他是否真有辦法故意在這裡這麼做？演出這詭異又私密的劇碼——亦即他和曼笛花了好幾個月努力控制的狀況？

考試時間兩小時。他等到半個小時過去，意思意思猜了幾道題目，也沒心情再寫下去。時鐘每轉一刻，他的機會就少一些，如果時間過太久，答案卷可能還是會被收去改。到了四十分鐘，他站起來，速度之快，使得椅子翻倒在地。接著，等每張臉都轉向他，好戲就上場。

他逕自撲向後面的桌子，座位主人尖叫衝走。他垂著舌頭跌坐在地，開始重擊地面，彷彿地板會裂開，並且終於將他吞噬。他嘶吼著咆哮出所有他曉得的髒話，然後，見老師上前，他就迅速翻滾開來，像甲板上的一條魚，又踹又咬，想抓住任何觸手可及之物：桌椅支腳、退後的學生，在某個時間點，還有一只凱蒂貓鉛筆盒，被他猛地朝靠近的師長扔去，使得整組七彩顏色的ＢＩＣ魔術簽字筆散落在大廳。

他們一共花了四個人來壓制他，然後像走迷宮一樣帶著幾分怒氣、搖搖晃晃地把他帶去見校長。學生排排站在走廊上看他經過，接著人群中飄出幾個掌聲。「了不起。」吉米無聲說道，加百列露出微笑。

那次考試後，他開始應人要求表演發作。他在休閒中心和電影院表演，在「這幫人」拿著幾手啤酒的同時在超市表演，在考森－布朗夫婦為了特殊節日而預訂的昂貴餐廳門口表演。有時候，他當下很難判斷自己究竟是受狂怒所苦，或是在假裝發病，他很難分辨自己的疾病和吉米的要求的分野。當學校暗示加百列總在特別剛好的時機屈服於狂怒，考森－布朗夫婦就會怕，學校還拿民事訴

訟和媒體來威脅他們，考森－布朗先生的律師稱之為「雙管齊下的報復」。學校知悉加百列在年底就會走人後，同意再多忍耐他幾個月。

正式考試時，他被隔離開獨自應考。他知道的答案不多。學年結束後，「這幫人」到鎮上一家管得沒那麼嚴的酒吧外頭聚在一桌，接著他喝到超茫，眼前只見吉米的臉在桌子主位那側飄浮成雙。

他答應考森－布朗夫婦會去找工作，可是好幾個月裡他每天早上起床出門，然後在路上閒晃，什麼工作都沒去應徵。他到「這幫人」成員家中串門子，他們大多已開始上大學或當學徒工作，很少讓他進門。考前瘋狂抱佛腳的吉米突然轉念，決定自己或許還會想去念大學。他在念些很嚴肅的科目，占去所有時間，而加百列每次打過去他都不在家。加百列在鎮上更大的超市裡值起夜班，這代表他可以白天大部分時間睡覺，不必思考要去哪裡度過那幾個小時。

兩年後，他在考森－布朗家的晚餐桌上享用千層酥皮鮭魚派，配上店裡買的維多利亞海綿蛋糕，邁入十九歲。「我很不想在今晚提出這件事，」考森－布朗太太說。「但我們得知道你的未來計畫，加百列。」她帶著鼓勵的表情轉頭看看先生，他也點頭。

「你也知道，」考森－布朗先生說，「我們一直很大方。」

也合理啦，加百列暗忖。半輩子以前，他在領養程序中的初訪週末第一次踏進這間屋子，當時坐在鬆軟的皮沙發上，聽著自己會多受到歡迎。加百列誤以為那些米白色的整潔房間都屬於他。他看向印有英國鄉村景色的木頭餐墊，以及那些水晶動物和沒人能彈的鋼琴。他一樣也不會留戀。那天晚上，他找出瑪蒂達的筆記本，坐在他的帳篷裡，打給奧利佛・艾爾文。

奧利佛‧艾爾文的辦公室和加百列預期中不同。它位於東倫敦一間布料批發店樓上，等待室裡有一名戴黑色方形太陽眼鏡的女人，拿了一張衛生紙塞進塑膠鏡片和皮膚間擦眼睛。奧利佛的祕書十七歲大，指甲上還有修正液，她要加百列稍候。這裡沒有書報能讀，於是加百列環視屋內。裱框的相片裡，奧利佛和其客戶回望他。每個人他都不認識。

在原定會面時間的四十分鐘後，祕書請他進去：奧利佛可以見他了。沒有人從那間辦公室出來。他起身，拉直領帶（那是考森－布朗先生的，當天早上他花了半小時打了又拆、拆了又打），拿起他過去一週整理出來的履歷，開頭放了他的相片，上頭寫道：「哈囉。我是加百列‧格雷希，一名倖存者。」

奧利佛的外表像是肥皂劇裡的演員，或是圖庫裡的人物，好看但過眼即忘。他的辦公室瀰漫昂貴古龍水的香氣。「有些東西可以省，」幾年後，奧利佛會在床上這樣對加百列說。「但西裝和鬍後水不行。」加百列從來不曉得哪些東西能省，因為奧利佛身上沒一樣東西便宜。他手上戴著向他的錶商買的勞力士古董錶，鞋子和錢包是米蘭製的。他會點菜單上年份最早的酒。加百列進來的時候，他身穿一套紫紅色的西裝，坐在桌邊，手在蘋果筆電上打字。他沒有抬頭。

「我們應該是有約要碰面。」加百列說，而奧利佛眨了眨眼睛。

「加百列，」加百列說。「加百列‧格雷希。」

「當然，」奧利佛說。「好！加百列。那麼，介紹一下你自己吧。」

加百列雙手遞上履歷。奧利佛接過去，翻了幾頁，接著扔在桌上。

「我說了：介紹一下你自己。」

他還有什麼好損失？於是他從荒林路開始講起。他發現奧利佛真的在聽他說話——有時點點頭，有時嚇一跳——於是他受到鼓舞，在桌前坐下接著說。他重述所有吉米想聽的細節，亦即那些故事中最可口吸睛的部分，然後連皮帶骨拱手交出。他講完後興奮不已，旋即又感到無比赤裸。他低頭看著自己大腿，等待奧利佛發表意見。

「你肯定是比考森－布朗家那女孩有趣得多，」奧利佛說。「這我承認。而且也在我的業務範圍內。我代理過好幾個受害者——恐怖攻擊、驚險事故、一些實在很慘的情況，他們表現得也還不錯。」

奧利佛皺起眉，手指盤算著某個關鍵要素。

「我就跟你老實說了，」他說。「如果你就是幫其他人脫逃的那個小孩會更好，就是逃出去的那個人。但這我們也沒辦法。雖然我還是能想到一些機會。我再看看能怎麼辦。」

他們在談生意。看看他：十九歲的加百列．格雷希，正在大城市裡和自己的經紀人說話。他們談到加百列肯或不肯參加哪種活動？（「你對黏液的接受度多高？」奧利佛問。）有沒有任何辦法聯繫上少女A？（沒有。）奧利佛會有幾成分潤？（就算是對當時的加百列，這感覺都像他媽的搶劫。）

他跟考森－布朗夫婦一起享用鹹派和法國香檳當慶祝。

他的工作大多和真實犯罪主題集會有關。在他開始巡迴分享的第一年，他會上臺演講，但後來

他比較常被派去三星級飯店大廳的一張桌子，坐在自己的名牌後面，幫各式各樣的東西簽名。與會者對他家人熟悉的程度既令他印象深刻，也令他感到不安。有天晚上，一名女子拿給他一件髒兮兮的小T恤，聲稱那是依芙的。他往後一縮，很快又冷靜下來。他如果神經兮兮，奧利佛絕對不會欣賞。他無從得知那東西是不是假的。他想了一下自己存放在考森－布朗家閣樓的一紙箱童年物品，有那麼一瞬間，好奇起那些東西會值多少錢。

到了秋天，當大家開始想到萬聖節，他就變得搶手多了。這些場合比較有挑戰性。在真實犯罪集會時，他感覺人們在等他：當他開口，將有一陣噓聲傳過屋內。萬聖節的場子更為吵雜，沒幾個人知道他是誰。他去大學、去貧瘠小鎮上的夜店，看向穿著光鮮亮麗的群眾，知道他們大多和他同年。他們跟他一樣，在警察進入荒林路那棟房子時也是九歲大，因此不大可能對整個事件有多少印象。他通常被派上去講個五分鐘，介紹下一組樂團，然而很少講滿他被分派到的時間。「你要講得再嚇人一點，」一位學生代表指示他。「不要搞得那麼憂鬱。」

他原以為這種生活會更吸引人。飯店房間大多乏善可陳，啤酒也是溫的，而且通常在下雨。他本來期望能去倫敦，或是到國外接受記者訪問，或對著滿座的禮堂進行分享。他原先認為自己的故事能啟迪人心。最終他也確實去了倫敦，但不是去啟發大眾。他搬去倫敦是因為他愛上了奧利佛。

一切從十二月開始。加百列正要結束工作時，奧利佛發來一封沒有內容的郵件。主旨是：我們得談談。他們在倫敦碰面，到一間加百列從沒聽過的名人主廚餐廳用晚餐。奧利佛看起來不太好，貼著太陽穴的頭髮溼漉漉，在古龍水底下還有另一股像是食物放久了的氣味，加百列認不出那是什麼味道。酒水一上，他們才剛開始用餐，奧利佛就切入正題。「你得多方發展。」他說。

「抱歉?什麼?」

「你得學點新把戲，」奧利佛說，而加百列繼續愣著一張臉，不安地看著他，讓他放下酒杯、嘆了口氣。「我們這麼說吧，」他說。「現在是十二月。沒人會想請兒虐事件的倖存者去他們的耶誕派對。」

奧利佛建議加百列接下他所謂比較「一般」的工作。他有很多客戶，他說，他們都需要更有彈性才能撐過年底。奧利佛願意加收一筆額外的預付金來促成此事。

「我本來以為我可以，比如說——鼓舞人心。」加百列說，而奧利佛噗哧一笑。

「你是個好孩子，小加，」他說，「但你鼓舞不了任何人。」

一道道菜彷彿永無止境，不慌不忙被端上桌。等他們終於步出餐廳，加百列解釋說他得離開了，返家的最後一班火車再半小時就要開走，他不曉得怎麼回尤斯頓。他整頓飯幾乎都在努力別哭出來，同時渴望迎接自己終能這麼做的一刻——那丟人、私密、且想必終於近在咫尺的一刻。

「你不需要那樣。」奧利佛說，彷彿在徵詢同意似的小心翼翼勾住加百列的食指，接著是中指和拇指，最後是他整隻手；兩人十指交扣。奧利佛跌跌撞撞地轉過來面向他——他喝了兩瓶酒——將頭往上仰，直到他近得讓加百列難以看清。

加百列只有在他朋友房間裡和興致索然的女學生接過吻，奧利佛的力道讓他很詫異。他擺在加百列兩頰上的雙手，還有探入加百列脣間的舌頭，以及稍後嘴抵在加百列陰莖上的節奏（在奧利佛朝南面向倫敦塔橋的房間裡，和加百列想像的一模一樣，甚至黑色床單和觸控式照明都如出一轍），都散發著一股頑強的堅定。奧利佛睡著時，加百列站在窗邊審視這座城市——他打不開智慧

窗簾，只得撥開簾子往外看——並同情地想起吉米．德萊尼睡在他的大學宿舍裡，還有報告要寫。

在那之後，加百列只回到考森－布朗家一次。他回那兒拿走從荒林路保存下來的個人物品，以及房間裡喜歡的東西。他留下帳篷。考森－布朗夫婦資助他幾個月的房租，讓他在肯頓租一間套房。他猜是為了再也不必和他同住。「就這樣了，」考森－布朗先生說，「真的就這樣了，加百列。」而加百列歡欣鼓舞地想：沒錯，就是這樣了。

此刻他累了，軟軟地癱在長椅上，沒有力氣回醫院。我跑到接待櫃檯，拿來一張輪椅，協助他坐到輪椅上。林蔭離草坪更近了。

在我們到他的病房以前他都沒再講話。他從輪椅上站起來，我把它推到外面走廊，以免他晚上得盯著它看。「妳會再過來嗎？」他問。

「我可以待在附近，」我說。「我明天再過來。」

我不知道要怎麼提荒林路房子的事。看著他坐在床上吃力地脫鞋，讓人很難跟他提出任何要求。

「荻萊拉告訴過你遺產的事嗎？」我問。

「她有提到。她說有那棟房子和一點錢。」

他躺下來，摸索著被子。

「她對我講了妳的構想，」他說。「社區中心的事。」

「那你覺得怎樣？」

「我需要點時間，」他說。「來思考我的選項。」

我停下來，困在病床和房門之間。這向來都任人擺布的加百列。

「那個訪客，」我說，「今天稍早那位。和他有關嗎？」

我在床邊握住他的手。我有意要安慰他，卻也想讓他維持清醒。

「那是奧利佛嗎？」我說。接著說：「小加——他對你做了什麼？」

他正面躺著，雙手在被子上抽動。他睡著了，或是不想理我。

我坐在草坪上重新計畫這個週末。全郡到處都有B＆B，每家都以植物為名，而且全數客滿。我找到一間空房，位在一座啥都沒有的小鎮上，只有教堂和酒吧各一。然後我頂著炎炎午後天氣開車過去。媽和爸本來要在星期天來倫敦拜訪，他們得再等等了。比我預期的還要麻煩，我傳訊息說。要在療養院多待一天。

我的房東帶我到一間連通她家房子的房間，端給我一小盤餅乾和手寫的 WiFi 密碼，要我別用過頭。「謝謝您，」我說。「太完美了。」我想到羅米利酒店。那乾淨、寬闊的空間，還有出於謹慎而指派的門僮，無不令人倍感舒適。「我和小孩待在外面，」她說，「很歡迎妳過來找我們。」我們各自禮貌微笑，很清楚我不會去。

我打開我的筆電。桌子看出去是一座燦爛明亮的花園。陽光掠過橡樹，在草坪上散開。我吃著餅乾，埋首工作，看我的房東和她的小孩玩。她是個演員：先演一隻恐龍，然後演一位公主，現在

則是一座橋，讓他們從底下匆忙爬過。被扔在一旁的道具四散在花園。某方面而言，荻萊拉講得沒錯。我實在是個有夠嚴肅的小孩，就連我的遊戲都需要人全心全意投入其中。我試著想像自己到花床上，加入孩子，接下我被指派的角色——感覺起來毫無說服力。他們會看穿我，不讓我參與演出。

有些事還是別強求吧。

我再多看了一會兒，便闔上筆電，走去酒吧。

那天晚上，一個下午以來喝的酒，還有這間陌生、溫暖的房間，讓我的腦袋糊成一團，我夢到自己在羅伯特·溫德漢姆的一場派對上。長長的白桌擺在草地上。所有人都在：荻萊拉、加百列、小依、伊森和安娜。所有人都好好的。我坐在ＪＰ旁邊，他正說著某件引人入勝的趣聞，而我靠向他。派對一片吵雜，我努力想跟上他講的內容。酒杯噹啷作響，我們後面那桌人尖聲大笑。我對他們噓了一聲，想聽清那個故事，卻完全無法專注，過一陣子我放棄了。小依在我對面咧嘴笑，感到無聊。她偷偷離開桌子、穿過花園，往草坪接壤森林的地方去。我跟著起身。等我離席，她已經轉進樹林。我呼喚著她，但她沒聽見。不久後，她便在樹木間消失無蹤。

我們搬去哈洛費德的荒林路上時我十歲，在葛蕾德女士的班上。加百列需要一張床，伊森則開始遊說父母給他一個自己的房間，父親對門房教會失去興趣，找到一個地方成立自己的教會，叫做

「生命之屋」。每次談起教會，他就會用拳頭建築講壇，用手指鑿出走道。只有荻萊拉和我表示抗議。「我有朋友，」荻萊拉說。「爸爸，別逼我離開朋友。」

「我們不能至少等到夏天嗎？」我問。「等到學期結束？」

賈斯伯路小學所有老師中，我最喜歡的就是葛蕾德女士。她不會鼓勵我在班上朗讀，也不會公開表揚我。那年稍早，十月，她要我在午餐時間到教職員室一趟，她說我的每週閱讀報告讓她刮目相看，會不會想要有額外指定讀物呢——私底下的，不用有壓力，諸如此類——以免我太無聊？週五午餐時，我們坐在教務處隔壁沒有對外窗的會議室，討論她推薦我讀的一切。葛蕾德女士通常會拿出某種點心之類的東西，要我在談話時幫她一起吃：比方一大盤水果，或是一盤她烤的燕麥餅乾，那看上去總是遠超過一人份，讓我很好奇她怎麼會覺得自己能把它們吃光。

葛蕾德女士和母親講過話以後麻煩就來了。當時母親來接荻萊拉和小依，她穿著泛黃的白裙，拿著書包和加百列一起站在操場上，葛蕾德女士問她有沒有空講個話，其他人也跟著進去，加百列在桌椅間晃來晃去。他把小蠟筆從罐子裡拿出來，咯咯笑著拿下書櫃上的書。他有張機靈淘氣的臉，還有露出牙縫的笑容。他會拿走陌生人超市推車裡的東西，他們也會笑著原諒他。

「他真可愛，是吧？」葛蕾德女士說。母親點頭，重心從一腳換到另一腳。

「我們真的只能待一下，」她說。「我們得回去。」

「是好消息，」葛蕾德女士說，「所以不會花太多時間。我只是想聊聊雅莉珊卓今年表現得有多棒，真的是非常優秀，各個科目都是。英文、數學、科學——在其他一些學科的入門表現上也是。她這學年的表現目前來說是無可挑剔。」

荻萊拉翻了個白眼，小依朝我露出笑容。母親因為那些稱讚點點頭，引頸等待對話的重點登場。

「我呢，」葛蕾德女士說，「會推薦您和格雷希先生了解一下這一帶幾所比較優秀的中學，諸如它們的獎學金方案。還有一年半的時間——我知道，但早點開始考慮也不會有任何損失。這些獎學金很多都取決於家庭的經濟狀況，這部分我當然是無從評論，但我可以整理一份可能的清單，或是向您和您的先生說明一些選項。怎樣方便都行。」

「這樣啊，」母親說。她看向我，好似我知道什麼但不肯說出口。「您說的是雅莉珊卓？」她對葛蕾德女士說。

「沒錯。」

「好，嗯，感謝您。」

「我們是不是該找個更方便的時間，」葛蕾德女士問，「再約碰個面？」

「我不曉得那有沒有可能，」母親說。「我們幾個月後就要搬家了，搬到哈洛費德。」

「喔，」葛蕾德女士說。「我不知道這件事。」

她同樣看向我。

「如果這有點幫助，」她說，「其中有些方案還是——」

加百列轉葛蕾德女士桌上的地球儀轉得太快，害得地球砸到教室地板上。他僵住了，像個犯錯的卡通人物，在大人走過去時整個瑟縮起來。

「沒事的。」葛蕾德女士說，但母親已經越過教室，她打了加百列的手，將他抱到懷裡。

「您看，」她說。「現在實在不方便。」

我們一起走回家。當時是十二月初，但有些房子已經開始擺出裝飾。荻萊拉和小依跑在前面，指著她們最喜歡的聖誕樹。我和母親的吐息在空中交融。「妳也知道，」她說，「我沒有上文法學校，最後不也都好好的。」我看著嬰兒車上的棕色膠帶，還有街燈下母親的頭髮，一整片乾枯的白髮從她側臉往後。現在來看就沒那麼多光落在她髮間了。

「如果我是妳，我不會對妳爸提這件事，」母親說。「雅莉珊卓，他有別的計畫，更遠大的計畫。」

「多少試試看，」我說。「總無妨吧。」

荻萊拉和小依停在這條路上最大的一間房子外頭。他們窗戶內有一間裝飾華麗的娃娃屋，屋裡正在過聖誕，那些迷你小孩朝著樹底下的禮物奔去。那家人中的父親躺在扶手椅上，我在房間和廚房裡尋找母親，卻發現那個迷你小人不見了。

「真美，」小依說。「對不對？」

「走吧，」母親說。她在我們前方，拳頭在嬰兒車的扶手上敲打。我在她還沒出發前趕上去，逼她不得不看著我。

「至少讓我試試看。」我說。

她彷彿為我感到羞恥似的別過視線，露出淺淺的微笑，於是我猜這和父親沒有半點關係。

「我說了不行，」她說。「不是嗎？」

葛蕾德女士沒有放棄，不過也沒再努力爭取母親的支持。我們每週五的討論變得越發熱烈。妳得考慮這可能會如何被其他人詮釋，她說。不要只說妳喜歡——那樣是不夠的——告訴我為什麼。

她推薦的讀物變得更多元：她會帶來有關歷史、宗教、羅馬帝國和古希臘的書。我們能在一個小時內解開錯綜複雜的謎團、遊走在海馬群中，為一隻育兒囊裡裝著卵的雄海馬擦亮珊瑚。「我們還有多少時間？」她會在我們回到這間小小的隔間時問我，然後我講出她頭上時鐘的時間，雖然說，她看起來似乎不大在乎我的回應。我感覺她想問的根本不是這個。

「雅莉珊卓，」父親說。「妳有客人。」

他站在樓梯底端。我剛剛拿著《狐狸爸爸萬歲》越過樓梯口要去刷牙。我的儀式是把牙刷咬在嘴裡，拿任意一本書讀個三頁。

「什麼？」我說。「誰？」

「妳何不下來看看？」

他一手往客廳一揮，有如介紹一齣新登場的怪奇表演的主持人。我把書留在水槽旁，快步下去找他，進入樓下的燈光和剛用完的燉菜氣味中。

葛蕾德女士站在房間中央，戴著毛帽、穿著牛角釦大衣，整個人潔淨得不可思議。這是我第一次意識到她在學校以外的地方也存在。她有她的夜間時光，她的床，還有她上床時會想的事。她比在教室裡矮一些，但父親就是會這樣，他會令人畏縮。我雙手交叉在睡衣前，因為衣料磨舊了，薄到能透過布料看見乳頭。

「莉兒不需要在場，」葛蕾德女士說。「我是來找您的。」

「喔，我們家沒有祕密。」

她努力把視線放在我們身上，卻不時飄向堆在房間角落的垃圾袋、舊衣服和鞋子，還有幾個玩壞的布偶從裡頭滿出來。母親的毯子堆在沙發上，沾滿泥土，硬成一整塊。

「哈囉，莉兒。」她說。

「嗨，」我說。我不太信任這個版本的她，不想和我說話的夜間版本，然後我說：「您在這做什麼？」

她看向已經綻開笑容的父親。

「妳還記得獎學金的事嗎？」葛蕾德女士說。

「記得。」

「我想和妳爸談談那件事——還有其他一些有的沒的。不是特別重要，妳完全不必擔心。」

父親懶洋洋坐在沙發上，往空坐墊示意。葛蕾德女士坐在邊邊上，彷彿不想和我們家有肌膚接觸。她坐在那兒，絞扭受寒而呈紫白的雙手。

「如果妳不希望她聽到，」父親說，「我也沒關係。」

葛蕾德女士用某種哀傷而勉強的神情看我，好像在傳遞某種訊息，例如她知道什麼我無法理解的知識。「我很抱歉，莉兒，」她說。「但我需要和妳父親私下談話。」

「那好吧。」

「嗯，明天見，莉兒。」

小依睡了。我開著燈躺在被子上保持警醒，努力不要睡著。葛蕾德女士是我認識最聰明的人之

一，我心想，但也是最愚蠢的人之一。她在那兒和父親坐在一起看著我的模樣，好像替我感到害怕，卻不懂得她其實該為自己感到害怕。

我始終不曉得葛蕾德女士和父親討論了什麼，但我們在一週後出發去哈洛費德。我放學回家，發現家人在廚房裡，父親站在那裡，將掌心攤在桌上，母親在他身旁。「我們有一棟房子了，」他說。「我們自己的房子。」

荻萊拉臉上發生一場小地震，從顫抖的嘴脣和眼角開始。「我討厭你。」她說，五官跟著皺起。

「那麼快？」我說。

「情況讓我們沒得選擇了，」父親說。「所有人都動起來。」

有幾次，打包的行為很像是在為這間屋子、以及我們在此度過的童年驗屍——這邊，在父母床底下的那些毯子，母親就是在那上頭生下伊森。這裡，是一本始終沒還給圖書館、關於美國舊西部的書。這兒是沒洗過的酒瓶，裡頭住了好幾群細瘦的黑蒼蠅。等我們把家具從蛀空的凹洞裡挖起，才發現家中最病入膏肓的一面。我床底下的地毯軟軟的，團團鼓起，還有一坨坨黴菌長到床墊上；嬰兒床底下有爛掉的睡衣，每件都被我們之中的誰穿過，從不曾洗淨。母親和父親房間的牆壁破了洞，當我們把手指攏上房子的傷口，就能感到外頭的空氣滲進屋內。

我在母親的衣櫃底部發現一本被太陽晒皺、近乎碎裂的筆記本。我從中間頁數翻開。上面的手寫字很笨拙，是小孩的筆跡，但我認不得。第十七則報導，上面寫道。我在週六午後到布朗普頓太

太的小屋拜訪。她人在花園裡，正好有心情聊天。我微笑。來自黛柏拉的報導。母親在新聞界的聯絡人名單就記在那頁背後。他們現在應該都退休了，我暗忖。有些人或許已經死了。她有打給他們過嗎？感覺不大可能。那本筆記本不是被藏起來，比較像是被遺忘。我把它扔進垃圾堆。

我在賈斯伯路小學的最後一天，和艾咪、潔西卡和卡洛琳緊緊相擁。「我們都會很想念妳的，」她們邊說邊擦著乾巴巴的雙眼。（我為她們未來的諮商提供了上好的軼聞，成為一則充滿羞愧、天真和懼怕的故事。多年後，每次多冒出一位與我家密切往來的消息來源，我都會想那是不是她們其中之一。）葛蕾德女士拿出一塊蛋糕讓全班分享，上頭用糖霜畫了一本翻開的書，還寫著祝妳好運，莉兒！我切開蛋糕，裡面一層層五顏六色。我想像葛蕾德女士在溫暖小屋的廚房中戴著隔熱手套、身穿睡衣，然後我讓自己在其中徜徉片刻，享受烘焙的香氣，沉浸在一輩子週五午餐時間的聚會裡。我還沒完全原諒她突然到我家拜訪，但在吃了蛋糕後，我決定自己應該試著那麼做。

她在那天最後幫我把桌子裡的東西清空到塑膠袋。我盡可能拿了所有能帶得走的練習簿，然後把書包揹到肩上。「還有一個東西。」她在教室門口說，遞給我一份用報紙包裝的禮物。

「我應該現在打開嗎？」我問，然後她笑出來。

「莉兒，妳想什麼時候打開都可以。」

我摳著透明膠帶，把包裝紙往後折。裡面是一本全新、附插圖的精裝希臘神話。

「那是妳的最愛，」她說。「對吧？」

我不知道該說什麼。我點點頭，翻到那本書的中間，上頭有一張冥界的圖畫，卡戎正撐著船送波瑟芬妮過冥河。她從幽暗的水彩畫中回頭望著讀者。

「謝謝您，」我說，盡可能在包包裡騰出空間把書挪進去。葛蕾德女士點點頭，接著俯身又快又用力地抱了我一下。她鬆開我時一臉詫異，彷彿其實無意那麼做。

「妳自己多保重，」她說。「好嗎？」

「好。」

「去吧。妳媽媽在等妳。」

我出發穿過學校走廊，經過明亮的展示作品和班級照片，經過校外教學和家庭和「我在暑假做了什麼」的手寫記述。我走到盡頭時，就在通往操場的門前，我轉過身。葛蕾德女士仍站在教室門邊，雙手抱在身側看著我。我揮手，她也朝我回揮。

哈洛費德位於三處突岩底部，稱不太上一座城鎮，而是荒野間的排水口。歡迎標語指出它在奧地利有一座姊妹鎮，叫利恩茨，我們每次開車經過，我都會好奇姊妹鎮這回事是怎麼談攏的？有人真的從利恩茨來訪、了解一下自己究竟把什麼東西納為家人嗎？

某個週六，卓利認識的某人開貨車載我們搬家。母親不太舒服，於是父親、伊森和我把我們的東西搬到車上。「做最後檢查，」父親在讓我們上車前說，伊森和我走過一間間空房，鮮少交談。我們只留下垃圾和泥土。房東在五年後把我們搬走時的相片賣給報社，藉此賺回清潔費。那些悲傷又汙穢的空間，就如同絕大多數以低解析度拍攝的空房，讓人能輕易想像裡頭發生過什麼駭人聽聞的事。

我們在薄暮中開往哈洛費德，雲朵垂掛在山丘上。我們經過老舊的工廠，經過那些細長的煙囪，以及不時出現的破窗。這兒的主街還在營業，有一間二手書店和一間準備打烊的咖啡廳。滿頭灰髮的男士站在酒吧前，領口都翻了起來。

「我們家在附近嗎？」小依問。

「再五分鐘，」父親說。「可能十分鐘吧。」

他指向他將要蓋新教會的地方。那裡是一間殘破的服飾店，人型模特兒還癱在櫥窗裡，但人流將會很不錯，他也完全能把那些模特兒修復成雕像——當作表演的一部分。我們現在駛到城鎮外頭，在河邊轉彎，經過一座腐朽的水車和一間車庫，開到荒林路上。頭幾間房子是悉心照料、聚集在一塊的小屋。但隨著一面往上爬，屋舍彼此分散開，可見各有不同。有一座黑漆漆的穀倉和一間平房，後者由一臺生鏽的機器看守。小依打開貨車窗戶，數著門牌號碼。「下一間！」她大喊。

十一號的房子蓋在離馬路有點距離的位置，有著髒髒的淺米色門面和一個車庫，後面還有一座花園。就是一間非常普通的房屋，正如他們後來所說。

父親是從卓利的教會一位老年成員手上買到荒林路的房屋。她不再有辦法照料花園，或是一鼓作氣爬上樓梯。商談過程由卓利主導。這是可讓全家人住的房子，他說，而她很開心能賣給我們。

房裡還擺了她的家具。桌椅和床鋪蓋了起來，樣子奇形怪狀。我們跟著父親走過一間間房間，在他掀開簾幕之前盡情瞎猜：是一艘船。一具屍體。一頭海象。我們在荒林路用第一頓晚飯前，父

親拿了一塊家具遮布弄在頭上，一邊哭號一邊跌跌撞撞跑進廚房。他說餐前禱告詞時臉上掛著大大的笑容，手擺在母親大腿上，那塊布還披在肩膀。

晚餐後，小依和我把東西拆箱。我們的東西在搬家的箱子裡，和其他人的東西全混在一塊。裡面有一堆樣式呆板又不合身的衣服——很不幸，我們都穿過。我們輪流把它拿在身上比給對方看。我們和加百列和荻萊拉交換T恤，並直接將衣服扔過走廊給他們。我把希臘神話那本書包在一件毛衣裡，一部分是不想被父親發現——裡面有異端神祇的故事，根本是在褻瀆上帝——另一部分是不想被荻萊拉發現，否則她就會想辦法弄壞，或占為己有。我等安靜下來後偷偷把那包東西拿去伊森房間。

伊森有他自己的房間，但沒有多少物品能放，舊東西在裡頭明顯怪異。窗臺上有好幾個塑膠的門徒像。他在牆上掛了一張人體骨架的海報，六年級科學課上拿到的。父親已經徵用地板一角來放他的布道筆記。「我猜他希望我去讀。」伊森說，用腳趾把它們推開。

「我給你看個很酷的東西，」我說，並把書拿出來。「葛蕾德女士買給我的，」我說，「但我們可以一起讀。」

伊森碰了碰書封，但沒翻過來看。

「這是給小孩讀的，」他說。「我怎麼會想讀那東西？」

我盯著他，等他拿下面具，他卻只是面無表情地回看我。

「你喜歡那些故事，」我說。「我就是因為你才知道那些的。」

「那又給我帶來了什麼好處？如果我是妳，莉兒，我會把它扔了。」

小依的反應就好多了。我們得多等一個月另一張床才會送到，所以那天晚上，我們頭一次一起在我們的房間裡、在陌生人的床墊上，躺在彼此身旁，把書拿在我倆中間。我伴著屋子的韻律開始讀：流經牆壁的隆隆水聲、後院樹木的嘎吱作響。新搬來那種輕飄飄的重量讓地板載浮載沉。「創世之初，」我讀道，「空無一物。」

我曾期待情況在哈洛費德會有所改變，我誤以為只要沒人認識我們，就代表我們有機會成為任何自己想要的樣子。

卓利經常無預警出現在家裡，拿著一件工具，或是和父親在廚房餐桌吃飯。對話一開始偷偷摸摸，他們會在我們晃進室內時互使眼色。但到了晚上，聲音會傳到我們房間裡。他們用一些像是「機會」和「開始」的詞。母親扮演起女主人的角色，端出可口的菜餚，為男人倒酒，挑掉指甲縫裡的麵皮。有幾天晚上，我聽到桌邊出現第三個聲音，比較溫和、沒那麼肯定。伊森開始和卓利用力握手打招呼，並稱他作「先生」。

伊森也加入父親和卓利作弄加百列的行列。他們找他幫忙做些虛構的工作或祕密任務，而那最後都讓他惶惑不已。「拿著這個釘子，」卓利上樓到一半時說。「可別弄掉了——你家的房子全要靠那東西支撐。」一個小時過去，加百列還在那兒，拳頭裡堅定地抓著那根釘子。冬天，伊森派他到花園去找前屋主埋藏的寶藏。他、父親和卓利圍在廚房窗戶邊。「妳看，莉兒，」伊森邊說邊叫我過去。我不理他。日落時，加百列灰心喪志地回到屋內，整個人凍得慘白，掌紋都是泥土。他們

大笑的時候他也笑了，一副好像一直都在狀況內的模樣。

等我有辦法躲開卓利和父親，我就徹底實行。我還是會提早出門上學，讓自己來得及沖洗；放學時，我會不疾不徐地收拾桌面。我會去接荻萊拉、小依和加百列，然後一起散步回家，在書店和水車及荒林路路底兩匹髒兮兮的馬前方停下來，牠們會一臉狐疑地觀察我們。母親沒有到過新學校，她和父親在討論要再生一胎，因此要保存精力。

而且學校生活不算太糟。我們搬到哈洛費德最令人訝異的影響是：我交了一個朋友——真的朋友。她在幾個月前來到哈洛費德，戴著牙套，操南方口音，幾乎就和我一樣格格不入。卡拉喜歡看書也喜歡聊書，她還在集會時演奏小提琴，她羞怯不安地站在眾人前面，直到拿起樂器。她演奏時身體會跟著搖擺，因此總被其他小孩嘲笑，而演奏結束時她會露出一種大夢初醒的表情。卡拉從不在我講話時偷笑，也沒有人能對她偷使眼色。她似乎不在意我在教室裡很安靜，只有被老師直接提問才會回答。儘管如此，我在她面前講話依舊很小心。我父母在外工作，我說，當我描述荒林路的房子，也講得很模稜兩可。

「我知道！」她說。「靠近路底，有馬的那間？」

我點點頭，不做直接回應。卡拉嘆了口氣。「我怕死馬了。」她說，而我微笑。

我在哈洛費德過得比荻萊拉好，她不明白自己為何不再是班上最受歡迎的女孩，但加百列比她更慘。那消息從低年級傳到我耳裡，說加百列很笨，很好作弄。低年級是用一盒盒的字卡來學習閱讀，加百列班上大部分人都念到了第六盒，裡面包括「海豚」和「企鵝」等字彙，加百列還困在第二盒的「貓」和「狗」這些無聊的家畜。換到他念的時候，他會把紙卡拿在眼前十幾公分的地方，

過程中其實有很多地方有機可乘。你可以從遠處戳他，像是鬥牛場上的公牛，他大概也沒辦法認出你是誰；你可以在學習單上寫他的壞話，就算你在他面前揮，他也讀不了。

「我搞不懂，」卡拉說，越過操場審視著他。他正在一位廚房阿姨旁邊徘徊，似乎等著某人攻擊他。「妳可以說是全校最聰明的女生。」

我推測那就是我不得介入的原因。我在哈洛費德小學為自己建立了不甚穩固的社交地位，因為有了朋友，同儕也不得不尊敬我的才能，所以我的日子過得好一些。夜裡，我要麼念書給小依聽，要麼聽伊森講話。週末時，我們聚在生命之屋教會，或打磨長椅，或彩繪牆壁，或祈求成功。我就只有那麼點時間讓自己感覺正常。看到加百列在午餐時獨自一人，或是坐在廚房讀同一盒單字，用手指描繪那些字母讓我感到安心。倘若一個人待在陌生人的房間，我完全沒辦法安心。

下學期期末，小依和我在學校草坪等荻萊拉和加百列。老早過了回家時間，最後幾位家長拿著學校書包牽著小手散開來。

「也許他們走了。」我說。

「為什麼？」小依說。「他們每次都會等我們的。」

「那，我們要去找他們嗎？」

她在草坪上攤開四肢，瞇眼望著陽光。「妳比較近。」

「妳比較小。」

她朝我扔了一把草。「妳脾氣比較差。」

接著，她視線從我身上移開，轉到我肩膀後方，然後板起臉。「小莉兒。」她說。

校長正越過操場走來，因為穿了高跟鞋，她停在草坪邊緣，示意我們過去。

「發生了一件很嚴重的事。」她說。

事情是這樣的：荻萊拉在前一晚把父親的《欽定版聖經暨參考條目註釋》放進學校書包。在下午遊戲時間時，她從衣帽間衣架上取出那本大部頭，走向欺負加百列欺負得最凶的傢伙。「給我讀讀這個。」她說完，把書往男孩臉上砸。他一邊眼球破裂、牙齒鬆脫。父親在路上了。

我們在校長辦公室外頭的椅子上等他，這兒坐的通常是全校最頑劣的小孩。加百列抓緊雙手祈禱，流著鼻涕懇求；荻萊拉則昂起下巴，肩膀往後挺，照父親喜歡的那樣坐著。「妳做了什麼事？」校長一關門我就說，然後她猛然轉向我。

「趕出褻慢人，爭端就消除。」她說。我不禁好奇她是否也是這樣對校長說。

父親人到之前，其聲先至。他的腳步聲沉重、不慌不忙，每步都將他帶至你料想中更近之處。當他來到門口，荻萊拉起身，準備迎接他帶來的一切懲罰。在這方面他同樣不疾不徐。父親繞過她，給我鑰匙，然後敲了敲辦公室門。

「出去。」他說。

我們靜靜排成一排往廂型車走去，沉默地坐在裡頭。幾分鐘後，學校的門打開，父親小心翼翼穿過操場，經過攀爬架和小小的兒童長椅。他關上車門，握住方向盤，但沒有啟動引擎。

「下一次，」他說。「把復仇這件事留給上帝。」

語畢，他開始大笑，笑聲宛如巨吼，父親拍打方向盤，讓整輛車為之顫動。荻萊拉笑了，一開始不太肯定，接著就笑得十分開懷。她被停學一週，還要寫一封正式的道歉信，但她在家裡能大肆

慶祝，活像一位歡天喜地的小小正義天使，迷你的拉貴爾。不用上學的那幾天，她獲准到生命之屋教會去給十字架上漆，同時父親站在她身後，把整件事告訴了卓利。

我被衝進花園的小孩吵醒，於是提早到醫院。加百列在用早餐，不許訪客打擾，所以我坐在他窗邊的椅子等待。他的房間往外看是停車場，完全沒半點裝飾。這一點一點的各種保護，堆積成這個沉悶無趣的地方。每個角落都有圓弧，每件家具都固定在地上。一小群幼童在護士護送下經過窗戶下方。其中一個女孩一手抱著小熊，另一手推著輸液架。

「他們有兒童病房，」加百列說。他讓門開著，自己躺回床上。「打從一開始，」他說，「我們就該去那裡才對。那樣我們可能還有機會。」

「我們沒有發瘋。」我說。

「喔，拜託，莉兒。我們怎麼可能不發瘋？」

「奧利佛今天會來嗎？」我說。

「我不知道。怎麼了？」

「他每天都來嗎？」

「他需要我。妳不懂，莉兒。」

「對，我不懂，所以解釋給我聽。」

加百列此生最快樂的幾年就此展開。即使到現在——即使知道他們結局會如何——他仍對這段時光心存感激。奧利佛介紹加百列給他那窩龍蛇雜處的邊緣人朋友，他們住在市區漆黑的套房和工人社區。布雷克在蘇活區有一間攝影工作室。克莉絲則是加百列第一次到倫敦時，在奧利佛的等待室裡哭的那位女孩。「天啊，」他們重新認識時，她說，「那天糟透了，」琵帕曾出現在《老大哥》（*Big Brother*）裡，「第六季。」她說，這資訊對加百列來說沒啥意義。加百列注意到他們很多人過去都和奧利佛合作過，但現在都沒有了。

▲

他們在夜裡碰頭，很快就創造出自己的傳奇故事。有一次，他們一大早跑到布雷克的工作室，穿上為當天稍晚某皮件雜誌拍攝準備的服裝，在他的相機前昂首闊步。有一次，加百列和荻萊拉被好幾家夜店轟出去時，他整個人掛在她身上。他們一點也沒醉，只是什麼事不好幹，竟在那裡分送瓶裝水。他隱約記得自己試圖和她聊起他們的遭遇——他那段時間的記憶全模糊得亂七八糟。但每次他提起，她就會將一根手指點在他脣上，要他噤聲。「我們現在先別聊那個，」她說，然後在他手機裡留下她的號碼。有一次，他們在週日午間還醒著，開奧利佛的奧迪駛過M40高速公路，洗劫伊森的家。當一名鄰居在外頭看見加百列，伊森的電視在他懷裡，格雷希家的招牌白髮在夏日陽光下閃耀。那人對加百列揮手，而加百列向他點點頭。他們回家路上一邊捧腹大笑，一邊由各自的視角重述那一刻。

（「如果你偷的對象是神經病，」加百列問，「那還算偷嗎？」我說：「算。」）

所謂的多方發展和他預期的不同。奧利佛第一次到加百列住處就和他解釋過。那時他只有一張床墊、一臺烤吐司機、一臺電視和一張扶手椅。他們在門口地板上做愛，因為他等不及。「我在努力了，」奧利佛說，「而且其中有些工作不是很容易。」他一隻手埋在加百列頭髮裡，另一隻沿著他的臀部撫摸至胯下，先往下再往上摸回來。「有些可能會有失尊嚴。」他說。

加百列想討好他，於是微笑。「尊嚴不算什麼。」他說。

奧利佛保證這只是暫時。「接下來，」他說，「你的事業就真的能有起色。」

不。這工作和他預期的不一樣。

——其中大多是要他等人。他開車送嬌小沉默的女孩到旅館，然後等她們出來。他被丟在沒有家具的空房子，等跑腿的送什麼東西過來。他人到克羅伊登一間破舊套房，把一個包包交給一名男子，對方長得像剃光毛的貓，並邀他進去、將門鎖上。「我想要你為我跳支舞。」男子說。

「你說什麼？」

「就一小段，然後你就可以走了。」

接著出現第二名男子，他朝前面那位笑了笑。加百列從那笑容判斷他們彼此相熟。第二名男子身上有某種特質，比起前面那位更令加百列害怕，他在屋內走動，舉止之中有種權威感。他檢查過包包，從冰箱裡拿出一瓶啤酒，然後躺在沙發上。

「這是負責跑腿的男生？」他說。「奧利佛的人？」

「對。他要為我們跳一支舞。」

第二名男子笑了起來。「我們的朋友奧利佛啊，」他說。「你告訴他我們很期待和他敘敘舊。」

加百列逃出房間，鎖上門，把笑聲關在身後。他衝進一條昏暗的走廊，奔向外頭的夜色。等他終於回到自己套房，抖著手打給奧利佛，對方道歉，說那些人不太好應付。不，他應該不必再見他們。奧利佛在電話裡聽起來嘶啞又含糊，好像才剛醒來，而加百列感覺自己體內也有什麼東西正要甦醒，某個他以為早已消失、卻只不過是陷入長眠的東西。

於是好景不常。

加百列聽說奧利佛財務有困難。他經常問加百列，方不方便再跟考森－布朗夫婦拿個幾千鎊。「讓他們感覺自己差勁透頂，」他說，儘管加百列很清楚這行不通。有一回，他向琵帕和克莉絲哭訴他在康登的套房有多糟──長在床框後面的黴菌，還有外頭人車的噪音，以及淋浴時那少得可憐的水流量，讓你永遠只能一次洗一隻手或一隻腳。他表示他是多麼羨慕奧利佛在泰晤士河畔的套房，兩位女子則挑起眉毛，面面相覷。

「就我所知，」琵帕說，「奧利佛根本身無分文，帳面上一清二楚。」

「講真的，小加，」克莉絲說。「點收薪水時算仔細。」

即便如此，當奧利佛在某日上午七點拖著兩只ＴＵＭＩ行李箱喜孜孜地出現在加百列家門口，他還是很詫異。

「我如果在這裡借住一段時間，」奧利佛說，「會不會很麻煩？」

「當然不會。」加百列說完，從門口跳起來撲進奧利佛懷裡。

「那些他媽的房東，」奧利佛說，加百列沒想到會被他抱得如此用力。他們回到床上，一個月後，隨著奧利佛的西裝進駐他的衣櫃，窗臺上出現越來越多他的盥洗用品，加百列愉快地做出結論，奧利佛所謂的「一段時間」短期內都不會結束。

奧利佛的生意陷入困境。「都是社群媒體，」奧利佛說。「人們覺得什麼都可以自己來。」他放棄他在阿爾德門的辦公室，改在加百列的套房角落以筆電辦公。加百列每次經過，奧利佛好像不是在看色情網站就是在逛網拍，而加百列知道那也算得上是在找資料。再說，加百列在他們關係中的角色，因為奧利佛陷入低潮而獲得了新的重要性。他不再是那個受惠於奧利佛的人脈和魅力的小跟班。他可以支持奧利佛，就像奧利佛曾經支持他那樣。

而加百列也肯承認：奧利佛需要很多的支持。後來他才發現，奧利佛對酒精和古柯鹼成癮，而加百列基本上對奧利佛成癮。接著，他無可避免地也染上了奧利佛自己的癮頭，起初是為了奧利佛的認同，後來則是因為他戒不掉，就像一般常見的那樣。

日子是那樣漫長。他在上午十一點醒來，感覺反胃噁心，睜眼前就感到一股懼怕，怕自己到八點前都無事可做。在狀況比較差的早上，他一起來就會流下一坨鼻血到腿上。他和奧利佛會喝幾杯螺絲起子迎接新的一天。「和那些紐約客一樣，」奧利佛說。然後晃到運河邊的酒吧吃午餐，或是穿過攝政公園，途中買個幾瓶酒。奧利佛向他一位巴恩斯伯里的舊識買古柯鹼，如果他們覺得有必要——也就是其他方法都沒用時——他們會沿著河畔遊蕩，遮住眼睛避開那些玻璃帷幕大樓與王十字一帶寬敞明亮的空間，到那裡的國宅去。然後他們會回到家裡，或是社區農圃裡他們最喜愛的位置，醒來，接著就到晚上。夏天醒來外頭還是亮的，所以加百列不介意，但到了冬天，黑暗會讓他

受驚，失去時間感的迷茫會讓他恐慌。他因為這樣丟了好幾份工作，他也很清楚，那些客戶再也不會和他或奧利佛合作了。

套房裡永遠都有噪音從外面傳進來，無論何時都有人在街上吼叫，或是警鈴，或是高跟鞋踩在人行道上的噪音。還有開往倫敦市的公車，車開過去時加百列能看到頂層乘客的臉，他們的臉孔隔著塗鴉和水氣扭曲變形。他宿醉時會坐在沙發扶手上看著那些人，計算當天還剩幾個小時，等著流逝的時光結束。

最慘的是，狂怒回歸。第一次是在套房裡。門鈴在他們睡覺時響了，一位送貨員在門口和加百列打招呼。「艾爾文先生？」他問。他拿來一大堆包裹，加百列得分兩趟才搬得上樓。加百列和奧利佛一起拆箱，裡頭全是華美服飾、印花圍巾和柔軟的白襯衫，還有一大堆絲質領帶，奧利佛開到一件皮夾克的時候大笑出聲。「我還記得吧，我猜，」他說，「這些是我在嗑嗨的時候訂的。」

加百列喘不過氣。

「我想說，到時清醒後除了禮物我還會想要什麼呢？」

狂怒席捲加百列，速度之快，他甚至來不及回想該如何克制。他只記得自己在地板上，用腦袋猛撞地毯，看著上方奧利佛從面露笑容扭曲成恐慌。加百列感到一種異樣的滿足感在怒火之下擴散開來，直到狂怒退去仍久久不散。包裹全被退了回去。

加百列付不起房租，也供不起他和奧利佛的癮頭，於是開始欠債。到後來，奧利佛得把他的手錶、西裝、半瓶古龍水給賣了，就連套房隨附的家具也賣出，那甚至不是他們的東西。剩下來唯一值錢的就是荒林路的那些舊物。

加百列以為自己成功抵抗了奧利佛變賣舊物的提議，他抵抗了好幾週，但那不太可能：酒精讓他柔順服從，隨意就能任人擺布，而他一天到晚都是他媽的醉醺醺。奧利佛已在專賣真實罪案紀念品的網站上註冊了帳號。他們用地方圖書館的電腦將品項列出（噢，奧利佛的筆電也拿去賣了），然後再一同確認用詞。

來自正版恐怖屋，獨一無二真品：

專屬您個人的格雷希恐怖屋紀念品。可選品項有：

——加百列．格雷希的毛毯（可參考此相片，由埃薩克．布拉赫曼所攝，曾入圍多項重要獎項）

——加百列．格雷希的日記（寫於七到八歲之間），約二十頁

——荻萊拉．格雷希於監禁期間寫給加百列．格雷希的信件，兩頁

——五張從未公開的家庭照片

——查爾斯及黛柏拉．格雷希的家庭《聖經》

如有需要，均可附上物品認證。整組全包折扣可另議。

他們腳踝交纏、睡在一起，等到早上奧利佛有辦法活動後，便走回圖書館確認競標狀況。

「我的老天爺。」奧利佛說，他甩開雙臂環住加百列的肩膀。

個別品項有收到一些高額的競標——比如有人出價幾百英鎊收購那本日記，但有位匿名買家出價兩千五百英鎊收購全套商品。

「我一直密切追蹤你們的故事，」奧利佛朗讀附註文字，「並時常想到你們。」他鼻子哼了一下，但還是樂得很。「聽起來你還是有粉絲的。」

競標在六天後結束，物品以三千英鎊多一點的價格出售給同一位競標者。奧利佛離開圖書館去找他的藥頭，加百列則帶了一堆信封回到套房，打開床邊桌抽屜的鎖。他少少那幾樣東西都收在這裡，靠近他睡的位置，避開奧利佛的視線。現在它們要被保存在另一間不同的屋子裡，一間他無法想像的屋子。他讀著自己對荒林路那段時光費勁寫下的文字紀錄，字母跌出格線，歪歪扭扭疊在一塊兒，堆積在頁底。不開心的一天，他寫道，還有荻萊拉很漂亮，以及今天跑了很多步。他一向不擅表達，當時如此，現在亦然。沒人像他兄弟姊妹教導彼此那樣地教過他。他發現自己在哭，於是把日記塞進信封裡。水漬可能會讓價格掉個幾百英鎊。該去慶祝一下了。

那晚是他這輩子喝得最醉的一次。去和奧利佛碰面的路上，他買了半升的伏特加，到酒吧時已經整個人軟綿綿，掛著笑臉。當他剛走下樓梯、步入午後陽光照不到之處，有那麼一刻，整個夜晚就這樣映入眼中：奧利佛在這裡，手攬著一位加百列不認識的女子，還有早已玩開的眼神與笑容。加百列知道，不管什麼事物落在他面前都難逃摧殘，同時他也清楚，他不會再想起他床上那些信封——應該說，他不會再想起任何事情。

幾個小時後，他在一間陌生的房裡醒來。

他摸索著找他的眼鏡，右眼看出去的世界一分為三。

一條毛毯沾著他的汗水，在床上亂成一團，還有一隻貓坐在門口。「哈囉。」他說，那隻動物轉身，踩著輕快的步伐離開。

他的衣服在地板上——這倒不尋常；現在是白天，這也很不尋常。他跟著貓走進一條空蕩的走廊。三扇門關著，但有一扇門打開來，通往一間髒兮兮的小廚房。旁邊有一塊吃了一半的生日蛋糕，窗戶那兒有幾隻瀕死的蒼蠅。他用手接水喝，試圖回想昨晚。通常，他的腦子只有辦法想起一些飄忽游離的回憶，要過好幾天，有時要好幾週——輪廓才會明朗。也許他在興頭上對陌生人講了他父親對他幹的那些事，或是奧利佛想在酒吧裝闊，結果卡片刷不過，讓加百列出於同情上前幫他付錢。但今天，他什麼都沒想起來。他聽見其中一扇緊閉的門後傳來腳步聲，突然感到一陣令人反胃的急迫恐懼，趕忙來到唯一那扇有門閂的門，跌跌撞撞走下漆黑的樓梯，來到馬路上。

他的影子拉得很長，時間大概是午後。這兒有維多利亞式建築——薄紗窗簾和剝落的白色門面，附近空無一人。路牌寫著ＳＷ２。他的錢包和手機都不在身上，但鑰匙還塞在口袋裡，被他當護身符一樣抓著，長途跋涉回家。

他隱忍著淚水，帶著乾燥的舌頭和腫脹的喉嚨走了將近三個小時。等他在酷熱的夏日黃昏回到套房，他哭了出來，旋即喘不過氣。他縮在門邊把臉別開，不讓下樓去康登尋歡作樂的人看到，並努力思考要和奧利佛說什麼。奧利佛的心情變幻莫測，什麼都可能：他可能火大，因為加百列昨晚讓他出醜；漠不關心，因為他才剛醒，還穿著睡袍；或是，正如加百列從蘭貝斯橋到西敏市一路上

想像的那樣——害怕，但很快就會放下心。他會把加百列擁入懷裡，兩人睡在一塊兒，直到他們要再出門為止。

但套房裡鴉雀無聲。

這裡只有三個房間——臥房、浴室，兩具爐臺都生鏽的起居空間，所以不難看出奧利佛不在。他掛在臥房欄杆上的衣服不見了，他們倆共用的盥洗用品也是，還有廚房櫃子裡最後幾份存糧也消失無蹤。加百列前一天準備好、包著荒林路物品的信封也消失了。他感覺第一波恐慌湧上，努力想抑制。它們在這裡的，在某個地方。他找過床底下，他打開烤箱，甚至把浴簾拉開，悲慘地盯著發黑的浴缸。他自言自語，發出類似母親在孩子生病時安撫的聲音。他在沙發上找到一張字條，寫在特易購的收據背面：對不起。我愛你。

狂怒襲來時，他沒去想曼笛或海中的哺乳動物，或是他那該死的帳篷。他歡迎它，宛如歡迎一位老朋友，他碩果僅存的友伴，並動身將他觸及的一切事物摧毀殆盡。他扯壞地毯，拳頭往水泥地上猛捶；他掀翻他們同床共枕的床鋪，打碎面對馬路的唯一窗戶。等套房全毀，他拿起奧利佛留在廚房的東西——只有剪刀和削皮刀，也許是對他的最後一擊——開始摧殘自己。

「結果現在，」我說，「他回來了。」

「他是來道歉的，莉兒。他當時狀況很糟。」

「但這也太巧了。」我說。「不是嗎？你入院好幾週，他竟然在這個時候出現——就在聽到母

親的消息後？」

他在枕頭上別過臉不看我。「妳不認識他，」他說。「妳什麼都不知道。」

「報紙上都有消息，」我說。「網路上也有。他可能在任何地方看到。」

「我們可以一起好起來，他自己說的。他準備好試試看了，同時——那筆錢，那筆錢對我們幫助很大，莉兒。我們可以找個地方棲身，某個安靜的地方，在鄉下，他說的。就我們兩個。」

「這件事——小加——我想你可能得自己想辦法。」

我從包包裡拿出文件，擺在他床邊桌上，好讓他能在醒來時看到。

「我把這留在這裡。」我說。

我等了一會兒，說：「考慮一下吧。」

奧利佛穿著昨天那套衣服倚在車上等待，臉上掛著勝利的笑容。他經過我往門口去，而我則想著返家的火車，想著放空休息，想著這份被我推遲的重擔，想著荻萊拉在操場上拿《聖經》打人。

「嘿，」我說。「嘿——」

他停住腳步，朝我走回來。他的身體在近距離下看起來乾巴巴，縮在衣服底下。他的額頭和髮梢沾著汗水，看起來很像某種夜行動物，對陽光的耐受力就只有這麼短時間。

「我是莉兒，加百列的姊姊。」

「我知道妳是誰。」他說。

他誇張地長嘆一口氣。

「你們全都是同一副模樣，」他說。「好像你們的某部分還一直在挨餓。」

「你怎麼可以這樣？」我說。

「我怎麼樣？探視有難的朋友？」

他回頭往醫院走了幾步。「你利用了他，」我說。「但我可以講得再白一點。就是：你敲詐他。你現在都還在敲詐他。」

「聽著，」奧利佛說。「沒有我也會有別人。加百列——他老是需要別人。」他想起了什麼——大概是某次出醜的確切畫面——然後輕笑。「他就是那樣與眾不同。」

「他是與眾不同，他活了下來，他差一點就逃走了。」

我的聲音在顫抖，感到怒火如淚水噴湧。不能在這裡，也許等到火車上，在搖晃的廁所，在沒人看得到的時候。

「那和監獄差不多，」我說。「你覺得自己到時候也能那樣與眾不同嗎？」

我抓住他的手腕。感覺就是這樣，我暗忖。緊扣著你的手，讓你不舒服。而你——靠你那雙白淨的手和一口好牙，還有自以為是的架勢，是存活不下去的。

「關於法律程序，」我說，「還有另一件有趣的事。哪怕是再小的訴訟，都會留下公開紀錄，就算沒告成也一樣。用這種方式找人還挺方便的。」

他洋洋得意地朝我笑了許久，還帶著一絲自豪在其中。

「我看得出妳是怎麼逃出去的，」他點點頭，覺得自己說得沒錯。「妳和我——我們大可聯手

賺個一筆。」

他在內袋摸索，變出一張紙。那張卡片帶著微溫，邊角磨舊，但我能認出他的名字，還有打凸的「經紀人」字樣。接著他走過我身邊，進入醫院。我在柏油路上等待，看他走遠。當我抬頭看向加百列的窗戶，見到他如殘月半遮半露的臉低垂，同樣朝我看來。

開往車站的途中，我想著加百列未來的日子會如何，也在想我經常思考的一件事：如果K醫師被派去照顧他，或其他任何一個人，而不是我，他的人生會如何。她的取徑很不一樣，從一開始她便承認這一點。在我們逃出來的幾年間，她在專業領域上變得十分知名：她參與了最高法院的案件，在TED的演講有將近兩百萬的點閱數。當然，她提到了我，但永遠只以「少女A」代稱。演講的主題是「真相，以及坦露的方法」。

她在六年前的七月結束我們的療程。前一週，我剛以第一名的成績從大學畢業，戴弗琳公司的職缺確定屬於我。一整個月份都點綴著陽光與告別，如今，剩餘的夏日在我面前展開。我要回家跟媽和爸在一起，在他們的花園裡，躺在彈跳床上讀書。我在接近傍晚時來到倫敦，被這裡的炎熱和雜亂搞得不甚愉快，感覺像在面對最後一道障礙，之後才能獲得幾週自由時光。我是那天的最後一位約診。

K醫生的等待室在一條鋪有地毯的宏偉樓梯盡頭，她會親自來迎接每位病人。她的鞋子還是好看極了，而且一向喜歡以印象深刻的方式亮相。這一次，她一手拿著一瓶香檳，另一手拿酒杯，敞

開雙臂走下樓梯。我起身會見她。

「恭喜，」她抱住我說。「喔，莉兒！恭喜。」

她不像平常那樣帶我下樓去她辦公室，而是領我穿過一扇防火門，走下逃生梯，到一座被建築物陰影遮蔽的小庭院。我們坐在人家不要的牛奶木箱，她拔開軟木塞。「我喜歡這麼想像，」她說，「想像卡爾就是在這裡作畫。」

「所以用的都是中性色調嗎，」我說。「這倒是第一次聽說。」

她問起畢業典禮，問及克里斯多夫和奧莉維亞，問我暑假的計畫。接著，她別開臉，看向紛雜不齊的排屋住宅，以及其間露出來的一道道天空，然後微笑。

「我覺得我不需要再幫妳看診了，莉兒。」她說。

「什麼？」

「經過九年了，」她說。「其實不只九年，從在醫院的第一天算起。妳記得嗎？——抱歉，妳當然記得，但妳或許不曉得我當時多緊張，我年輕又緊張，對自己講的每一句話都充滿憂慮。等妳開始工作就會明白我的意思。剛起步時，什麼鳥事都能讓人擔心。現在呢——看看我們。這也算是某種成就的證明吧，我想。對我們兩個都是。」

「妳看起來從來不緊張啊。」我說。

「那太好了。」

「不過妳確定嗎？就這樣結束？」

「沒錯，」她說，「我確定。妳成功了，莉兒，妳和我，還有詹姆森夫婦。我知道有些日子真

的很煎熬，有些事情光聽就難受。可是我們走到了這裡。妳接下來的人生在前方等著妳。」

她那天下午就開始喝了，她的喜悅背後有某種我不曾見過的狂熱。那年秋天，當我開始念法學院，讀到她被派往哈佛當訪問學者，讓我思索她是否正是在那天得知此事。這樣說來，便不只是她盡了對我的責任，而是反之亦然。

「當然，決定權在妳，」她說。「妳想要我們持續約診多久，我們就能繼續多久。我要說的只是，這不再是必要了。」

「感覺這時機也剛好，」我說。「我想。」

我們聊到入夜，甚至聊到香檳都已飲盡。我和她說爸考慮退休。「但這樣一來，我對人性徹底失望時，」她說，「要打給誰好？」我告訴她，畢業典禮結束後他和媽走過草坪時，他慢吞吞地落在後面哭，趁著那額外的幾秒鐘擦眼睛。「那個嘛，」她說，「我是一點也不意外。」

我有股怪異的渴望，想各方面都講個完美結局給她聽，所以我另外還告訴她我兩週前在一場大學舞會上認識的男子。當時是清晨四點，花園裡供應早餐和當日報紙。他站在我和奧莉維亞後面，排隊要拿培根三明治，我們往前移動的同時，食物看起來明顯要見底了。我試圖計算量還夠不夠我拿，但實在太醉，也累到不行。「差一點點。」他說。

服務生遞給我最後一份三明治，並給他一份素食漢堡。

「我猜妳應該沒想分別人的意思，」他說，那長長的鼻子歪了一邊，吃東西的樣子好像餓了好幾天。他衣領敞開，晚禮服夾克不知去向，而我能看見他的肩膀在襯衫壓出的形狀。

「不太想。」我說，然後咬了一口。

「這待客之道也太差了，」他說。「我可是為了它才從倫敦過來。」

「來給我們平民百姓賞光？」我說完立刻反悔。我知道開玩笑和酸言酸語不一樣，但我總在說出口後才分辨得出來。他嚼著一大口漢堡，笑臉依舊，聳了聳肩。

「你聽起來不像倫敦來的。」我說，算是賠罪。

「最近才去。但小心點，妳一旦離開這裡就得嚴肅一些。我是建議不要啦。」

「他叫尚・保羅（Jean Paul），」我對K醫生說。「但他不是法國人。妳不覺得這很怪嗎？」

「我覺得他父母可能很怪，」她說。「一定。」

有些事我沒和她說。隔天下午，在我們分開休息過後，我帶他到鎮上全天候營業的早餐咖啡廳。那是我們的第一個祕密笑話：培根三明治。那天晚上他在我房間，問我是不是平常就不愛跟人分享。「我這不就把床分給你了，」我說，「也許你該小心點。」

「讓我猜猜：你是獨生女。」

這我沒料到。「對，」我說，提醒自己他比我大，而且已經是個大律師了。我大概不會再碰到他，這個謊言既不會需要維持，也不必多作修正。他笑了。

「我也是，」他說。「要我分享根本做夢。」

K醫生將我的坦露之舉當成作球，感覺自己應該有所回饋。她朝我靠過來，近得我都能看見她粉底下的毛孔和細紋，並聞到她從喉嚨打了一個小嗝，散出暖呼呼的香檳氣息。我從沒料到會看見她如此凌亂的模樣，後來也不曾再看到過。「我跟妳講個祕密，」她說，「就是妳逃出來的那天晚上。每當有這種事情，警方就會列一份名單，我想有點像是從業人員的名人錄，收錄他們合作過最

優秀的心理學家。而像荒林路這樣的案子，每個人都想擠進那份名單。當然了，他們只需要幾個人而已，我也知道我是名單上最後一位。我和刑偵督察共事過幾次，而他是這樣說的：『妳是我們的一步險棋。』但他們在半夜一點開始聯絡我們的時候，我是唯一接了電話的人。我當時在工作……應該吧——我不太記得了。總之，他們打給我的時候我要求——我很堅持——要他們讓我負責妳。」

「我？為什麼？」

「少女A，」她說。「那個逃跑的女孩。要有誰真能走出來，那肯定是妳。」

要二十分鐘後才有到倫敦的車。週日傍晚的鄉下車站，全世界最孤獨的地方大概就是這裡了。我在車裡等待，不想一個人待在月臺。我似乎應該在火車進站前和誰通個話。小依與往常一樣立刻接起來。「莉兒，」她說。「妳聽起來不太好。」

「嗯，」我說。「是不太好。」

「等一下，」她說，接著她旁邊的聲音變小。

「很抱歉，我只是——」

「別傻了——妳不需要抱歉。妳還好嗎？」

「我找到加百列了，」我說。「但他病得好嚴重，小依。我不知道他會不會簽那些文件。」

「他不肯嗎？」

「我不知道，他很困惑。」

「別放棄他，莉兒。伊森、荻萊拉……他們總是很清楚自己想要什麼。加百列也會有他想要的東西。」

「可是問題就在這裡，我不忍心直視他。然後我就想到他更小的時候，在我離開他的時候他是個多好的孩子，大半輩子都無憂無慮。」

「好了，莉兒，沒事的。」

「我不曉得是不是沒事。看到他——妳就是會回想起那些事情，不是嗎？那些妳平常沒辦法想的事。」

「我會過去，」小依說。「我可以過去找妳，然後我們一起想辦法。我們可以一起去房子那兒。我這個月隨時都方便，看妳工作什麼時候談好。」

「不行啦。」我說。

「讓我去，莉兒，已經過這麼久了。」

「不要，小依，我沒事。」

「別說了，」她說。「我會跟妳一起過去，我會回家。」

她掛斷後，我看向鏡中滿臉微笑的自己。光是想到她回國坐在副駕駛座上，就讓我露出笑容。她說了，在哈洛費德待幾天。這和我們計畫要去的公路旅行有些落差。我看著火車進站、停車、離站。附近沒人要搭車。加百列不簽名的話，我們做的一切全是白搭。房子會被拆掉、出售，或是被周圍的荒野入侵。我啟動引擎，把車子調頭。

▲

生命之屋教會在我上國中前的暑假完工。父親在主街徘徊了兩週，發傳單宣傳盛大的開幕活動，向任何願意聽的人宣講上帝之愛。他在夜晚走過住宅區的街道，張貼傳單；他說他到鎮上的其他教堂，藏了幾疊傳單在長椅底下，希望那些教會的成員會察覺到上帝正指引他們去別的地方。開幕前夕，他指示我們穿上去黑潭度假時的紅色T恤。我的那件胸口緊繃到令人難堪，伊森的那件則從肩膀的地方裂開。我們在廚房集合時，父親一臉嫌惡地打量我們。「你們兩個有什麼毛病？」他問。後來我們獲准改穿別件簡樸的白色衣服。

卓利從黑潭過來。小依剪了一串串的紙天使掛在窗戶上。母親從房間下樓來，一路烘焙到晚上。她已經隔了很長一段時間沒有懷孕，父親以醫生般的自信之姿吩咐她休息。她出來時，整個人好像床單的一部分，白皙而笨重。

我在睡前晃進廚房，自願幫她忙。她被海綿蛋糕、鮮奶油環繞，眼神鎖定碗裡的湯匙。「這對妳來說不會太大材小用嗎？」她雖這麼說，但沒有拒絕。廚房的燈泡很亮，還是沒有燈罩，我得以看見她手肘和喉嚨上頭的牛皮癬。我一接過碗，她便離我遠遠，縮了起來，抓緊自己的袖子。

「還有其他要做的嗎？」我說。「這個做完之後？」

「另一塊要灑糖霜。」

「留給小依弄吧，我八成會搞砸。」

我們的倒影懸在廚房窗戶，臉上沒表情，又彼此相依。

「新的學校，」她說。「如何？」

「還行。我們在賈斯伯路已經學到很多，再不然伊森也跟我講過。」

「妳成績還是第一嗎？」

我抬頭看，她把身體轉向別的方向，挑著烘焙紙的邊角。「我不知道，」我說。「大概吧。」

「一定要維持第一。」

我把鮮奶油抹到海綿蛋糕上，母親把第二塊蛋糕擺上去，猶豫著收回顫抖的手，遮住眼睛。

「拜託了，天主，讓這次成功吧，」她說，我則意識到自己從沒聽過她那樣禱告，彷彿上帝就在廚房。

隔天早上八點，我們拿著裝飾品和糕點到生命之屋教會。我週末時有來過一次，把油漆塗好，我很喜歡新木頭的味道。我邊將氣球綁到講臺上，同時能看出父親在這間店鋪的空殼中創造了某個簡樸又莫名美麗的東西。光線自老舊的玻璃窗照進來，灌入走道。房間後方有一座整潔的木製吧檯，上頭被母親擺滿了糕點。

儀式預計在十一點開始（「讓他們慢慢進入狀況，」父親說），但到了開始前五分鐘還沒有半個人來。我們技巧性分開來坐在前面兩排。伊森每隔幾秒便轉頭往門口看；過了一會兒，他起身撫平襯衫，到外頭加入父親的行列。我能斷斷續續聽見他們和路人的對話，時而溫和，時而譏諷。兩位青少女嘻笑著溜進來，各抓了一把母親的燕麥餅乾。她們坐在後排靠近門口的位置。一位老人加入她們，還有一位從對街酒吧來的醉鬼。不知怎地，這寥寥無幾的人群，這些見證父親出糗的觀眾——竟比空無一人來得還糟。

十一點過一刻，父親踏上勉強湊合的講壇，清了清喉嚨。他從來都不需要麥克風。我聽見伊森悄悄坐到我旁邊，但我沒看他。我知道父親很重視這件事：當他和我們眼神交會，我們有沒有全神貫注。「歡迎來到生命之屋教會。」他說。

當天深夜，我睡不著的時候聽見廚房裡有人。我將被單從身上拉開，伸長腳踩上比較不吵的地板（現在我對它們夠熟悉），穿過走廊和樓梯。我期待廚房裡的人是伊森，這樣我們就可以聊聊那天發生的事。到樓下後，我站在黑暗中，看見父親在廚房餐桌旁。他一手拿著酒，另一手比劃著，嘴唇在動，但沒有出聲。他在講當天的最後一場布道。我想了很久要不要加入——到現在我還是會想。我還挑選出了幾條可能提供他慰藉的經文。但我回了房間。那天晚上，十一歲懵懵懂懂的我還不曉得該說什麼。

這座宮殿在夜空下呈粉橘色。這一次，我沒有把車停在線內，或和接待人員講話，或等人叫我。我氣喘吁吁來到加百列的病房門口，一位護士緊跟在後。

「社區中心裡，」我說。「會有戒癮的設施和活動，這會附在提案的條件裡。」

加百列穿著醫院睡衣，坐在窗邊的椅子上。「我就想說妳會回來，」他說。然後對護士表示，「沒事，我認識她。」

「可以辦聚會，」我說。「自由參加的活動，什麼都好——任何你覺得有幫助的都好。」

「聽起來很棒，」他說，手指和拇指在空中比劃出一面牌子的模樣。「加百列·格雷希出資贊

助。」他說。

「沒錯。」

「妳覺得我會有辦法參一腳嗎？我可以去那邊分享——如果可以有幫助的話。」

「也許喔。等你好起來，離開這裡，你想做什麼都可以。」

「妳覺得我可以？」

「我知道你可以。」

「不管妳用了哪招，」加百列，「都奏效了。」

「什麼？」

「妳走之後，」加百列說。「他沒有過來。他只請一位護士傳話——向我道別。他真的愛過我，莉兒，以他自己的方式。」

也許吧，我暗忖，以他自己的方式。

加百列起身穿越這間小病房，彷彿置身於黑暗那樣一邊摸著家具一邊走。他從床邊桌上拿起文件交給我，我看到他已經簽過字了。

「今天下午妳在外面的樣子，」他說。「讓我想到荻萊拉。」

「我才沒那麼嗆，小加。」

「你們談了什麼？」

「沒什麼有趣的，主要是法律。」

「荻萊拉有她自己活用書本的方式，」加百列說。「而我猜妳也有妳的。」

5 諾亞（少年D）

當天深夜，我一面等戴弗琳的電話一面打開瀏覽器書籤，確認本週末的比賽結果。星期天，克雷格佛斯鎮十七歲以下等級的青年板球隊全員出局，共得九十七分，鎩羽而歸。狀況不太好的一週。我的游標停在比賽結果旁邊那個「聯絡我們」的網頁連結。

「好了。」我對自己喊話，接著晃去廚房。我前方的走廊燈有如某種日常魔法那樣亮起。現在是凌晨三點三十分，我盛了一碗穀片和黑咖啡回到我的桌子。戴弗琳沒打來。游標還停在「聯絡我們」上頭。

我只有在好多年前聽過一次克雷格佛斯的地名。當時我二十歲，才剛考上大學。我和爸媽吃完晚餐，媽在樓上準備上床休息，爸和我各坐在沙發兩端，雙腳在中間相碰，看著報紙的不同欄位。他拿著一杯威士忌靠在胸前。

我沒真的專心看報，而是在腦中勾勒著一個我思考了一陣子的問題。我計畫了好幾種提問路線，有些被我否決，有些擱置，等待正確的時機。我判斷今天就是放手一試的時候。

「不曉得其他人有沒有去念大學，」我說，眼睛還盯著報紙。「我是說，除了伊森以外。」

「我不知道，」爸說。「希望有吧。但這本身就挺困難的，比方說妳——妳有好多進度要補。」

我翻過一頁。「我想荻萊拉應該也是差不多的情況，」我說。「但其他弟妹還比較小。你覺得諾亞會嗎，爸？」

「諾亞狀況不一樣。照理說，他不會留下任何記憶。他也過得比你們其他人都輕鬆，以當時在那房子裡的狀況而言，他很幸運。」

「他在哪裡？」我問，爸停下閱讀，看向我。

「莉兒。妳知道——」

「我只是希望我也能夠想到他。就這樣。」

樓上傳來馬桶沖水聲，我知道媽很快就會下樓來說晚安，再一次恭喜我。她一向嚴守專業分際，保護病人隱私像在保護國家機密，她不會喜歡我這樣打探。

「我知道的不多，」爸說，「只知道他過得不錯。收養他的家庭住在一個小鎮上——好像叫克雷格佛斯吧。」

我注意力回到報紙上。他靜止不動的樣子十分異常，彷彿沒在讀報紙了。

「怎麼樣？」我說。

他搖搖頭。

「沒事。」

接下來幾週，爸顯然很後悔自己說溜了嘴。隔天早上，他身穿睡袍，拿著茶點來到我房間。

「感覺像要收買我似的。」我邊說邊在床上坐起來。

「我昨天睡得不好，」他說。「我不該告訴妳那件事，莉兒。妳得跟我保證絕對不會利用那項

資訊做任何事。」

他說不出諾亞的名字。爸爸把碟子遞給我，在床尾坐下。

「換作是別人，」他說，「我會希望妳乾脆忘掉算了。」

「我什麼都不會做，」我說。「真的。我只是想知道他後來怎麼了。」

「不會寫email、也不傳訊息？」

對我爸來說，網路和我的智商加在一起等於無所不能。我有很大可能那天下午就開始和諾亞視訊。

「不會。」

他綻放笑容。「也不能飛鴿傳書喔。」

「不會的，爸。」

有一段時間，我確實信守承諾。但大學時期，我經常上網搜尋諾亞和克雷格佛斯，不過是出於一種習慣性的好奇，就和我會看天氣或關注法律界動態一樣。我習慣了每次都會出現三個結果：一篇威斯康辛州立大學的布萊德利．克雷格佛斯所寫的神學論文，內容是有關《創世紀》的深入研究（而且我覺得寫得還挺好的）。克雷格佛斯小學預備班的課表，裡頭包括「《聖經》與其他宗教故事之欣賞討論。（例：〈諾亞方舟〉。）以及二〇〇四年夏天於克雷格佛斯公園搬演的業餘製作《憤怒的葡萄》，演出人有蓋瑞．哈里森和諾亞．喬德。

我思考了一下這幾個選項。他的家人可能搬到別的鎮上，甚或其他國家。他們可能改了他的名字。

第四個結果出現時，我人在紐約，二十八歲。當時已過午夜，我正在等洛杉磯辦公室的文件，走廊上沒剩幾個人。我在搜尋欄打上一成不變的字詞組合，按下輸入鍵。網頁上方出現新的連結。點進去是克雷格佛斯鎮十五歲以下等級青少年板球隊的隊員名錄。副隊長是諾亞．柯比。

我靠回辦公椅上，交叉雙臂。克雷格佛斯的諾亞．柯比。我點擊截至目前的比賽結果頁面。該頁面已有好幾週未更新，但到七月中為止，該隊的戰績是兩勝五敗，以及一場因雨取消。艱難的一季。如果有人探頭進我辦公室，問我為什麼在哭，我應該答不出來。我不知道。

我上中學前的那個暑假，我們生活在父親的宰制下。放假第一天，我們手忙腳亂地下樓要吃早餐，卻發現廚房桌上有一個璀璨動人的金黃色包裹。

「裡面是什麼？」荻萊拉問。包裹上綁了一個蝴蝶結，大小相當於一臺小電視機，或是一大堆書。

「乖乖聽話，」父親說，「六個星期。」

「然後我們就能把它打開？」

「這要求不過份，」父親說。「是吧？」

那是個凝滯陰溼的夏日。父親在生命之屋教會前面，為空無一人的聽眾席賣命揮汗。懶洋洋的蒼蠅聚集在窗戶，找不到入口。荒林路的花園浸泡在雨水中，穿過沼澤是我們大部分遊戲裡少不了的步驟。父親出門時，我們會爬過圍籬，在荒野上分頭翻找羊骨和蛇蛻。有幾天，我們膽子最大的時候，會計畫去荒林路底的那條河出任務。我們排成一排、靠牆移動，等被推派去把風的人——通常是加百列——在轉角處對我們確認前方無人。在水車的陰影下，我們用靠近河堤的紅茶色河水洗

澡。等我們回到家，那包禮物就在廚房桌上審視著我們。

母親的子宮還是空的。那是父親的說法。看著她，我就想到她衣服底下陰涼而漆黑的洞穴。她成為一幅怪異而稀有的景象：在打開的門縫間一閃而過的白色睡衣，或是上樓退回床鋪的龜裂雙腳。每天晚上，我們排成一排進到父母的房間，在父親的旁觀下和她親吻道晚安。她碰了碰新露出的骨骼，好似退潮後的岩石。「又變小了，」她說。「像你們還是小寶寶的時候。」

之後會再有一個孩子，父親說，但我們必須做好準備。我們得付出相應的努力。一週接著一週，他調整家裡的規定，像是根據我們其他人聽不到的聲調來調音。我們只能夠洗手，而且只能洗到手腕。生命之屋教會改在週日辦三場布道儀式，而非原來的兩場。我們要表現自律。

孩子會來的。

我手上有一條線，區隔出皮膚開始變髒的地方，像是倒反的晒痕。教會長椅的邊邊在我脊椎頂端留下了瘀青。我們分配到的食物份量縮水，而且當父親和卓利一同用餐的那幾天，他什麼食物也不會幫我們準備。一想到我秋天要去五地中學上課，身上被汗水和泥土弄得滑溜溜，身材還是全年級最小的，我就不禁胃痛。指定閱讀書單上的書只有半數在圖書館找得到，我甚至連制服都沒有。從小學放學回家時，我看見哈洛費德的學生。那些女孩一副精心打扮的模樣，穿著引人遐思的制服。她們光鮮亮麗、成群結隊行動，宛如另一群截然不同的物種。

到了九月，我們全成了拾荒者。我們嗅聞那包裹，想聞到一點食物的氣息；我們探進櫥櫃，尋找冰箱後面的剩菜。父親什麼都不肯丟，代表裡面永遠有著某些發霉或難以辨認的物品。問題只在於你有沒有餓到敢嘗試吃下肚。

這變成了我們的遊戲，我們稱之為「神祕濃湯」。這名字來自我們第一次找到的東西：放在冰箱底部抽屜裡被保鮮膜封起來的混濁物體。小依用一根手指沾來舔了一下，然後點頭。

「其實還挺不錯的。」她說。

「但那是什麼？」我問。她聳聳肩，給自己拿了根湯匙。

「神祕濃湯。」她說。

任何東西都可以是神祕濃湯：擺在檯面上，軟爛萎靡而長滿翠綠色絨毛的起司、包在主街的外帶包裝紙裡；被父親扔在廚房桌上的炸雞屑屑；自搬家後就沒拆開、擺了一年的玉米片。我在記憶中把荒林路的各種食物編錄成百科全書，它們太珍稀可貴，值得儲藏在回憶裡再次反芻。

新學期開始前一週，父親人在黑潭，於是我們在廚房分頭翻箱倒櫃。加百列翻找母親曾用來放蔬菜的抽屜，放聲尖叫，他手裡抓了一球軟趴趴的東西出來，丟到廚房桌上要檢查。

「那才不是神祕濃湯，」荻萊拉說。「那好噁。」

加百列把手往她臉上揮，讓她尖叫著躲開。

那東西看起來可能原本是顆馬鈴薯。形狀像拳頭，有幾塊軟塌的黑斑，表皮還長出一團團綠色的東西。

「把它丟垃圾桶。」我說。

「妳拿去丟。」荻萊拉說，而就在我們五個圍著桌子的那一刻，父親打開了廚房的門。

「這是怎麼回事？」他說。

他回來的時間早得不合理。他把我們留在家裡，要我們在自己房間整理有關決心的經文。他拉

了一張椅子坐下，開始解開靴子的鞋帶。

「是誰找到的？」他說，而加百列帶著介於恐懼和驕傲的表情說：「是我。」

「你又是在哪找到的？」

「沒有，就蔬菜櫃裡。」

「你是想做什麼？為什麼要翻蔬菜櫃？」

「我們——我們只是在——檢查。」

此時父親起身脫下襯衫，穿著白色背心坐回椅子上，衣服在肩膀和肚子的地方繃得緊緊。他雙手垂在椅子後邊，不甚滿意地審視著眼前景象。

「你要是這麼餓，」他說，「怎麼不把它吃了？」

眾人在桌邊背脊僵挺、咬緊牙關。加百列咯咯笑，然後看見我們沒人在笑，倏地轉為抽氣。他睜大眼睛，像在哀求一樣來回看著我們兩人。我低頭看自己的腳，然後看向荻萊拉，她也做出相同的動作。

「我不想。」加百列說。

「所以你不餓。」

「我——我不知道。」

「你要是不想挨餓，」父親說，「就把它吃了。」

他坐著、等著。

加百列伸出一隻手，握住那球軟軟的東西，泥狀物體從他指縫擠出來。他從桌上將那東西拿起

來，打量了許久。接著，他蹙著眉，將它拿到嘴邊——我們全都目瞪口呆。父親從椅子上站起來，大步繞過桌子，往加百列背上一拍。神祕濃湯從他手上摔落，掉到廚房地板上。

「你不是真以為我會逼你吃下去，」父親說。「對吧？」

反過來，他拿起桌上的金色包裹，把它帶出房間。

新學期開始前夕，我醒來發現有人在房間門口。我一開始迷迷糊糊，以為是父親。那個人蹲在地上，在門口摸摸弄弄著什麼。但等人影退後到走廊燈光下，我便看見那是伊森。

自從我們搬到哈洛費德我就沒聽過他在晚上哭。他把頭髮剃得精光，身高和父親一樣，他似乎再也沒有弄丟東西了。當他晚上到廚房加入父親和卓利，我聽見一種十分造作、前所未聞的大笑聲透過地板傳上來。他甚至還在僅有家裡人出席時，在生命之屋教會演講過。他主持了一場激昂且真誠的布道，主題是子女孝行，而我想起五年前在黑潭那個什麼都不信的男孩。

我把房門開了個縫，想看他留了什麼東西：一套中學制服。一件標準的套頭衫和裙子。褪了色，但還很乾淨。大小剛好。

隔天早上，我停在他房間門口。「謝謝你。」我說。他蹲在化妝鏡前面，檢視脖子皮膚。他沒有看我。

「你從哪裡弄來的？」我說。

這時他才抬起頭，露出好奇而輕蔑的神情。我在好多陌生人臉上看過那個表情，但在伊森臉上，甚至多了一股殘暴的質地。

「我不知道妳在講什麼。」他說。

五地中學的學生來自哈洛費德及其周圍的四個小鎮，其中三個鎮的名字也是以「費德[3]」作結，而最後一個鎮叫做多德橋，是在命名日投票表決出來的。這所中學有一座寬廣的水泥操場，四周有三面是教室，一面是木製禮堂。那座禮堂是由某位不太知名的皇室成員所建，想必曾令校方自豪不已。但如今建築物已經被荒地的雨水洗得烏漆抹黑，還充滿體育課的異味。上中學的第一天，我旁邊坐的是卡拉。大人向我們這兩百多名十一歲小孩保證，我們即將展開生命中最美好的七年。我判斷自己沒必要擔心頭髮或是破了洞的鞋子。要在這裡變隱形並非難事。

「哇喔，」卡拉一等迎新致詞結束後便說。她抓過我的手，擺放在我身體兩邊。「妳變瘦了。」

她看上去有些害怕，但主要是讚嘆。

「還有妳，」我說，「妳晒黑了！法國好玩嗎？」

我們對過課表。我們有三堂課同堂，希望那足夠讓我們黏在一塊兒。剛入秋時是這樣沒錯：我們每節下課和午餐時間都會在學校禮堂外的同一個地方碰面，縮在木牆旁吃三明治。我們沒多少話題能填補午餐時光，但卡拉從家裡帶了書：隨便哪本她正好在讀的書，以及多的一本給我。

有幾次，我注意到她的目光從書瞥向我的午餐盒，並挑起一邊眉毛。兩片麵包夾薄薄一層果醬

或隔夜的冷湯，是能餵飽誰？我則反過來看她午餐吃什麼。有好多種各式各樣的東西：沙拉或塞滿餡料的三明治、另放一個保鮮盒裡的蔬果、滿滿一條的巧克力餅乾。我還沒辦法決定要不要問就已經開口：「可以給我一個嗎？」

第一次的時候卡拉很大方，不過隨著次數增加，她就沒那麼大方了。那個學期又過了幾週，當她打開一條三入裝的佳發蛋糕（散發一股黑巧克力配橘子醬的香氣），並轉頭看向我，把盒子緊抓在胸前。

「妳不要再盯著我的食物看了，」她說。「看得我很毛。」

一週後，我走向禮堂時看見卡拉和另一個女生——安妮・穆勒——坐在一塊兒。卡拉拍了拍她旁邊的空地，我在她們身邊坐下，不過肚子已經開始提心吊膽。我到的時候安妮講話講到一半，雖然她有揮手，但沒有停下話頭和我打招呼。她的午餐是花生醬奶油三明治、多力多滋（酷藍口味），和一根裝在香蕉造型盒子裡的香蕉。

「他們根本就是搞不懂，」她下結論道。「他們一點都不懂。」

「安妮的父母很莫名其妙，不讓她穿耳洞。」卡拉說。

「妳還沒穿過對吧？」安妮說。她越過卡拉，同時激動地咀嚼著食物。「所以妳爸媽和我一樣扯嗎？」

我打開我的兩片麵包——今天只塗了乳瑪琳——並先撕一小塊來吃。「我想是吧。」我說。

3　原文為field，即土地或地帶。

安妮恰好在鈴響前離開。一等她跑去找她的置物櫃，我便望向卡拉、等她解釋。她正在包包裡翻找下午的課本，漫長的幾秒過去，她才和我對上眼。

「怎樣？」她說。「妳討厭所有人，不代表我也得和妳一樣。」

我感覺一陣悶悶的熱氣從領口湧出，蔓延過臉頰，讓我變得殘酷。「但我歷史課和安妮一起上，」我說。「她很蠢。」

「是有一點，」卡拉說，「但至少她會邀我去她家玩。」

我們夏天的辛勤自律有了回報。母親在秋末懷孕，父親和她恢復了肢體接觸。晚餐時，他們並肩而坐，引述《詩篇》第一百二十七篇，並笑著聽我們說話。他們不時放下刀叉來握手。我看向我越發單薄虛弱的手足，他們坐在桌邊，感覺就像那兩人從我們身上各取了一小塊肉，創造出某個新生物。

JP選了一間名叫格瑞夫[4]的酒吧，和我的飯店隔兩個街口。

「這名字也太有病了，」我在他提議時說。

「那是波爾多的一個地名，莉兒。」

「講得好像你知道一樣。」

「當然啊——我看了他們網站之後就知道了。」

我比他先到。在那之前，我拿了一瓶紅酒，一邊讀比爾對計畫申請書的指示，一邊在羅米利酒

店泡了一個小時的澡。浴缸上嵌了一塊木質托盤，專門服務這種需求。

鬧來無事的一夜。

格瑞夫位在地下，就在一條黑色金屬樓梯下方。每張桌子中間都擺了一盞銀行燈。我把酒單拿到昏暗的綠光底下，點了干邑白蘭地和香檳。JP在我喝了半杯時走進來。我先是看出他駝背前傾的步態，接著認出他因為穿起來很像特務才買的風衣。

我用了各式各樣毫無理智的方式來愛JP：有如火葬柴堆上的黛朵、亞歷山大的安東尼、或發情的母狗。在我離家上大學以前，媽坐在我床上，一隻手輕撫蓋在我腿上的被子，試圖解釋愛情這回事。她似乎很有把握我已經知道性的部分。至於愛嘛，她認為，可能就不同了。我在被子底下全身發熱，而且我知道不能把它踢開，不然她會以為我覺得尷尬。

「關鍵在於，」她說，「妳永遠都要保有自尊。」

回想起來，她的忠告很窩心，而且好一陣子都滿有用。高中的我怪到無法吸引多少目光（我長相還行，但腦子實在有病），不過我在大學時就夠有趣。我在文學以及我從沒去過的國家（多虧葛瑞格斯先生）兩方面表現之好，能引人注目。我研究奧莉維亞的風趣和克里斯多夫的樂觀，精心研讀街拍穿搭部落格。我穿緊身的深色系衣服，掛著練習出來的笑容。儘管我沖了澡、噴上CK One

4　原文為Graves，意指墳墓。

香水，我身上仍散發出某種可能很需要人拯救的氣味——男人最愛這味了。

有時候我會想起他們：那些嘗試拯救我的男生。他們彷彿參加一場詭異的選秀大賽，競相透過性愛、晚餐、又或是在最後一次尷尬生硬的約會時去「熊熊工作室[5]」拯救我。這些男生頭腦聰明、學歷出色，注定有優秀成就（或至少是良好的成就）。他們在我腦中大搖大擺，有著躊躇試探的雙手及擔憂的蹙眉。他們問我為什麼絕口不提家人，小心翼翼撫摸我手術的傷口，表示他們並不害怕。在特別的日子，他們會帶來親手寫的信和有絨毛的手銬。他們舔舐我肌膚上不對的位置，手指像量體溫一樣探進我體內。他們嘗試改造我。好好躺下，他們會說，我和其他人不一樣——他們每個都一樣。最終，他們會生氣又失望。也許我終究沒那麼神祕。為什麼妳非要提出這麼奇怪的要求？為什麼妳要我傷害妳？為什麼你不跟我說妳的**遭遇**？也許我就只是個婊子。

接著ＪＰ出現，而我準備好我的自尊，精心裝盤，端到他面前。

我大學後的暑假幾乎都待在倫敦。爸會在週五下午送我到車站，然後我坐在火車的同一個座位上——一小時又十七分鐘的時間——心裡的小鹿緊張亂撞，牠們長著尖牙利爪。先是熱烘烘、搖搖晃晃的車廂，然後是月臺的陰影。越過第一波人潮後，ＪＰ就等在倫敦橋站的柵欄後面。我喜歡在他要看到我之前先看到他，看他在人群中搜尋我這張臉。我們每次見面都像重新來過：我們會害羞來害羞去個二十分鐘，在對方講到一半時打斷，想講的話太多又太少。我們搭地鐵到他在德博沃瓦的公寓，手牽手從安吉爾走過去。當他聊起他這一週過得如何、聊他的朋友、聊他的週末計畫，小鹿便漸漸打起瞌睡，沉入夢鄉。他的公寓有幾扇面向西側、長形的玻璃窗，所以傍晚的光線會以整齊的線條落在地板上、書架上、床上。他反對任何的擺飾，地板上永遠什麼都沒有。

我盡可能記得在快抵達倫前在火車上小便，這樣我們一進屋，他就能在任何他想要的地方上我：沙發或桌上，或是一路做到房間裡。這樣的性愛總是粗野、衣衫不整又匆忙，向來持續不久。「我需要插進去。」他會這樣說，而我很喜歡這種渴求感，好像那是一件不管我喜不喜歡，他都不得不做的事。他一高潮，我們就會脫掉剩下的衣服——剩一邊的襪子，或是被推到胸部上方的胸罩——然後一同躺在床上或地毯上。他用一隻手肘撐著身體，並朝我伸出手，他會笑得瞇起眼睛，幾乎要闔上。

「告訴我，」在我們剛開始共度的某個週末，他一邊對我說，一邊動手撫摸我。「告訴我妳想要什麼。」

我肚子朝下轉過身趴著，頭枕在手臂上。

「我想要你傷害我。」我說。

「再說一次。」

我聽話照做。笑容在他臉上浮現，好似太陽緩緩升起。「太幸運了。」他說。

我在大學的最後幾週認識ＪＰ。當時我設想他家人應該很好相處，而且和他一樣愛乾淨。我設想他父母俱在，擁有一間位於倫敦附近的房子。他會有機會滑雪、學某種樂器。他語調輕柔，不帶

5　build a bear，一家主打客製化的玩偶品牌。

地方口音，出手極其大方，加點的酒水和晚餐和我返家的火車錢，都堅持由他出。如果我拒絕，打開行李就會發現剛剛好的金額被藏在我的鞋子裡，又或是從某本書裡飄出來。

幾個月後，我發現實情和我設想的不同，雖然我知道ＪＰ會很感謝我這樣想。畢竟那是他花了一生心血追求的效果。他母親住在里茲，他每年拜訪她三次，回來時總是悶悶不樂、疏離寡言。她家堆滿了俗氣的擺飾及全套的廚房用品，讓他難以忍受。不管電視接著播什麼他都被逼著看，腦袋簡直要受不了。但他很好安撫，我會在他的沙發上或桌子上等他，有時候用他指定的姿勢，有時故意要給他驚喜，他走進公寓便會露出笑容，直接讓包包掉在地上，解開皮帶。「還是家裡最棒了。」他說。

每次我注意到ＪＰ在看我——從附近酒吧的吧檯走回我們這桌，或是從他桌子那邊笑容燦爛地轉過頭——我就會想到他對我可能有什麼樣的誤解。我告訴了他媽和爸的一切。他知道他們住的小屋的格局、我爸最為人稱道的事蹟、我年少時期對他們有哪些不滿。對其他人而言，我的記憶從十五歲才開始也許很奇怪，但ＪＰ也不愛提他自己的童年，我要略而不談就容易多了。我們有的是話題：他的案子、奧莉維亞和他前輩分分合合的戀情、我即將開始的工作、我們應該帶哪些書去克羅埃西亞才能同時滿足兩人的口味，以及克里斯多夫老實真誠（我們都同意，這算是一個人身上最糟的特質）的新男友。只有少數幾個陌生國度我們都不想造訪，「過去」就是其中一。其他能聊的話題還多著。

▲

在我意識到我得讓他見爸媽之後，謊言就撐不下去了。我們已經在一起一年多，計畫要搬離各自的公寓，找個新地方同居。我很確定，如果我要求，媽和爸會幫我撒謊，但我一想像他們在薩塞克斯的花園輕推著提醒對方別說溜嘴，就不希望害他們必須這麼做。

「妳如果要說，」奧莉維亞說，「那就去說，不然妳會把自己搞瘋。」

「但不是應該等正確時機嗎？」

「拜託，莉兒，這種事是沒有正確時機的。」

如今我下定決心，這個念頭便在我工作時籠罩著我的辦公桌，伴著我搭計程車回家，夜裡站在我們的床邊，看向他的手錶。

我等到夏天某次國定假期。我們帶著幾罐琴湯尼，搭週五晚上的火車到湖區。我們在午夜前抵達民宿，到了早上，眼前浮現明媚的風光，還有黑色陰影在其中增添層次，這幅美景彷彿是一夜之間大功告成。

我們開始走第一段路後，我等了一公里半，等著離開道路，開始爬上坡。我想起K醫生以前教過我，在你不用看著別人的時候，困難的話題會比較好啟齒，於是，我等到我們走上一條兩邊長著蕨類、寬度只容得下一人的狹窄小徑。

「我覺得，有件事我也許應該告訴你，」我說。

「噢，聽起來會讓這個週末有個很好的開始。」

「我是被收養的。」

「嗯，被妳在薩塞克斯的父母收養？」

「對。」

「妳當時多大？」

「比你想像得要大。十五歲。」

「天啊，莉兒，所以——妳知道妳親生父母是誰？」

「知道，」我說，察覺我們之間的舒適感鬆動起來。就是現在，我們正一起站在真相的邊緣。

我只對他講了當時新聞報導提到的部分。我講完後，他沉默片刻，而我在腦中求他轉過頭，好讓我看見他的臉。「天啊，」他說。「莉兒，我很抱歉。」接著，一方面因為現在才上午十點，也因為他一向嚴肅不了多久。「妳應該今天晚點再跟我講的，這樣我們不用等太久就能開喝。」

他轉向我，攬我過去。「我們可以等妳想聊的時候再談這件事，」他說。「但如果妳不想要，我也不介意。」

我們沿著小徑往上，艱辛地走了一段時間，直到路窄得容不下兩人並排，於是他再度走在我前面。ＪＰ就在那裡：他前傾的身軀，輕便的行囊。他再度走在我前面，離我越來越遠。我猶豫不決了好幾個月，他卻能把我袒露的心聲就這麼丟在背後的小徑，像是扔掉果皮或果核。等我們爬到山頂，他已經討論起午餐了。

那天晚上，做愛之後，我們躺在旅館的床單上，彼此隔得不能再遠，只有手碰著手。沉默往四面八方蔓延，以至於房間裡微小的人為噪音——馬桶沖水聲，或是他手機的音樂——聽起來都如此響亮又令人難堪。我閉上眼，醒了過來，感覺有什麼不太對勁。「來。」我說，並從地板上撿起被子。他在被子底下轉向我。

「我感覺更糟了，」他說，「關於我對妳做的那些事，我們一起做的那些事——在聽到妳告訴我的事情之後。」

「為什麼？那是我想要的啊。」

「對，但還是一樣。」

「我要說，不管如何，這兩者間沒有任何關係。就算有——」

「嗯？」

「又有什麼要緊的？」

「我不知道。」他說。

周圍太暗，我沒辦法解讀他的表情。我朝他的面容伸出手，摸他的頭髮，然後觸到其中一邊耳朵的凹處。他靠過來。

「當我不在家，」他說，「又需要有些事情想的時候，妳知道嗎，我很快就會想到妳。我們在我的公寓，妳看著我，然後——妳告訴我妳想要什麼。妳說那些話的方式遠超過我的想像。當然，我也很害怕。」

「很好。」我說。

我們再過幾秒就要睡著。

「我對很多事感到羞恥，」我說。「但不是這件事。」

▲

我原先以為JP當時沒和我坦誠相對，認為他很快就會心生好奇，開始問問題。我錯了。JP對道德和法律深深著迷，卻對過往的傷痛毫不在意。他接受我的告解，不帶任何激動或評判，成功麻痺了我，讓我感到徹底安全。不只因為他愛我，這點他已經說過，而是因為我真有可能和K醫生保證的一樣，把過去完全拋在腦後。我也可以是快樂的。

我們擁有了我過去只敢暗自盼望的那種生活。我們在週間工作，在十點、十一點、或半夜回到家，把握那天最後珍貴的幾分鐘在床上聊天，有時候一聊就聊到隔日。相較之下，少睡一小時和早晨的昏昏欲睡似乎不算什麼。我們在週末和朋友碰面，或在週五深夜去到歐洲，疲憊又興奮地降落在波爾圖或格拉納達或奧斯陸。我買了明信片給小依，回家後在我的桌子上寫，內容通常枯燥或惹人生厭，專門寫來逗她笑。明信片上有挪威的高速公路，或是給羊駝喝水用的出水口。有時候，我抑制不住感性的一面，挑了一張晚霞底下，阿爾罕布拉宮牆上剛點燈時的相片。妳記不記得，我說，我們在地圖集裡看過它？

我多傻啊，竟以為我們可以這樣生活到永遠。在一起兩年後，JP的母親來倫敦拜訪，代表著他的過往歷史抹著珊瑚色的口紅、踩中跟鞋來到門前。他為我們三人在梅費爾一間時髦的地下酒吧訂了晚餐桌位。他們有清酒的酒單，還有小菜。一見到JP的母親，我就知道根本不該選在這裡。她在餐廳裡抱怨椅子多難坐、菜單多複雜，還有桌子照明多差。「我想吃的東西，」她對服務生說，「根本就看不清楚。」服務生拿來一個可以夾在菜單上的小手電筒，而JP皺起眉頭。

食物送上來後，她在每道菜裡挑啊挑，各挖一小匙，然後在她的盤子上撥來撥去。JP靜靜地吃，一點也不樂在其中。「真好吃。」我說完又盛了一份。

「妳胃口真好。」JP的母親說，而我聳了聳肩。

他母親住在尤斯頓一家旅館，我們招來一輛計程車，停在那個地址。JP和我下車向她道別。我們吃飯時下了雨，街燈底下有一攤攤映著光的水窪。建築物本身是灰灰的奶白色，還有花籃垂在入口兩邊。「這裡很舒適，」JP母親說，「就是房間熱了一點。」

「生日快樂。」我說。我們看她搖搖晃晃地穿過馬路，在旅館門口踩到一塊鬆脫的地磚，於是一攤水濺到她鞋子上。

我們鑽回計程車，JP在後座躺下，頭靠在我大腿。「真他媽的折磨，」他說。

「唉唷，」我說。「她沒那麼糟啦。」

「她糟透了，」他說。「妳不會是第一個這樣說的人。」

「她還行吧，」我說。「你知道，我曾經覺得拿著菜單點餐是我能想到壓力最大的事。」

「但現在不是了。」

「嗯，不是。現在不是了。」

JP坐起來。「而那讓我——」他說，「又更愛妳了。」他伸出一隻手，讓我朝他俯身。「妳知道，終有一天，」他說，「我們會一起創造出我們都有資格擁有的那種家庭。」

致命的一擊出現，比我要求過的一切力道更猛。他的話滲過我肌膚，流進組織裡。我很訝異他稍後替我寬衣時，竟然看不到那些話留下何種痕跡；我很訝異在他眼裡，我沒有任何不同。

▲

件，有個歷史悠久的法律原則，叫做買者自慎（Caveat emptor）。比方說，你出售一個房地產物件，有堅實的牆壁、新建的屋頂、牢固的地基。這些你都知道，房子是你自己蓋的。

每年春天，你的花園都會長滿植物的粗根，生長得很快，肥大飽滿的紫色莖幹冒出來，長著心形的葉片。整個夏天，那些莖幹以每天十公分的速度持續生長。你試圖從莖的位置砍下，它就在一天內又長回來。你試圖從根的地方斬斷，不到一週，它再次長了回來。於是你請人來看。

那植物是日本虎杖。現在，它的根應該已經穿過你房子的地基，往下長了至少三公尺深。不用多久，你的房子就會被它摧毀。只要地底還有一小段莖，它就會再重新長出一整片。移除它的費用則高得令人卻步。

你應該向買家揭露房子底下有虎杖入侵嗎？如果他們問你——那麼沒錯，當然要。但買家又需要問得多具體呢？舉例來說，如果他們問到環境方面的問題，或是汙染物質——那怎麼辦？買家不是應該要交代清楚嗎？你會怎麼回答？只要想到他們搬進你空蕩蕩的房間，開展他們的人生，而那植物就在底下蠢蠢欲動，你會有何感想？

有那麼一秒，JP看我的樣子好像我已成了陌生人。接著我稍微揮了揮手，他的表情便軟化下來。

我的穿著經過精心挑選，並且遵守克里斯多夫的兩條建言。（「答應我，」他這樣說，「這規則我們永遠不能拋下。」）我身穿一件金色的絲質背心（行李箱裡我唯一記得JP以前很喜歡的東

西，能讓我想到他）、一條有著粗重扣環的皮裙（他記不記得呢？當他不想費事解開腰帶、於是將它推上我腰部時衣料在他手裡的觸感，以及推擠時的阻力？）香奈兒的衍縫高跟鞋（我比我們最後一次見面時更有錢了，整體來說也過得很不錯）。

「哈囉，」他說。「抱歉我遲到了。這個客戶——嗯，我們邊喝邊聊吧。」

我們的對話比預期來得禮貌多了，雖然我也不該感到訝異。我們都不喜歡深入而有意義的情感揭露，所幸彼此還有許許多多的共同點。那有點像是和前同事聊天，既有真心好奇的問題，也有足夠的八卦來娛樂彼此。他跟我談他的客戶（此人的嗜好是把文件送進碎紙機）以及他在公海上開的會議。他禮貌地問起戴弗琳——他老覺得她很粗俗，又不如她自以為的那樣聰明。他以前的一位法學教授過世了，JP回學校去參加葬禮，還有續攤的晚餐聚會。每當有人問起他的職涯，旁人會插話說：你知道嗎，我一直覺得你看起來比較像夜店保鑣，而不是律師。

「對不起，」他說。「我讓妳無聊了。」

「說到無聊，」我說。「我有個法律問題，要問你。」

「法律問題？」

「我沒開玩笑。」

「我相信妳沒有。妳付得起我的費用嗎？」

「不曉得耶。你定價實在高得不合理。」

我伸手要拿我的酒，但杯子已經空了。

「假設你今天是一個執行人，」我說，「遺囑執行人。」

「妳母親的遺囑？打個比方。」

「打個比方。這個人留下了一間房子，給目前仍在世的子女。但其中一位在很小的時候就被領養，已經是好多年、好多年前的事了，他年紀小到不會對當時留下任何記憶。技術上來說，他也是在世子女之一，但他甚至自己都不知道這件事。」

「莉兒。」他邊說邊搖頭。

「你會需要告訴他嗎？」

「我不知道該怎麼回答這問題。」

「拜託嘛，」我說。「你會怎麼做？」

「妳想做到滴水不漏？」他說。「那沒錯，妳需要。」

「但是——」

「但是什麼？」

「但是你不覺得我應該這麼做。」

他拿走酒杯，聳立在我面前；他的身體朝向酒吧，而臉轉向我。「那部分，」他說，「就不在我預付金涵蓋的範圍內了。」

ＪＰ在法庭的樣子我見過一次，雖然我從未告訴他。我每次提出我可能會去旁聽他的聆訊，得到的都是回絕。這個案子以他的標準來說沒那麼重要，是公益服務的案子：他代表一位年輕媽媽出庭，後者的離婚律師沒跟她解釋她的基本權利，結果這名女子落得一無所有，還得付律師費。我當時沒什麼工作，於是從倫敦市搭公車來到東倫敦一間破破爛爛的法庭。我帶著筆記本，想裝作去做

研究，但到場之後，此舉反而讓我更加可疑。不過JP根本沒往旁聽席看。他言簡意賅，對法官和他博學多聞的友人彬彬有禮。在他講每句話前我都興奮異常、提心吊膽地等待。我心想，你得非常在乎一個人，才有力氣期望他們不要舌頭打結。我猜這就是大多數人特別保留給自己孩子的那種在乎吧。

他放下新一杯酒。我們碰杯。「跟我說說紐約。」他說。

我一直小心地把分享內容限縮在我同事、甚至是奧莉維亞和克里斯多夫身上。但JP真心想聽我講紐約。我告訴他我在巴特里公園跑步，說我得很早就去跑：紐約每個人都他媽的超早就去上班。我自己有一間俯瞰自由女神像的辦公室（「所以說，妳真的是個大咖了。」JP說。）我最喜歡哪裡的咖啡、拉麵、書、塔可餅、煙燻牛肉。紐約的律師資格考試比我預期中還要容易。戴弗琳在長島有一間房子，我有好幾個週末都在那兒度過。夏天，會有幾個晚上，飽滿的古銅色日光會從地平線橫跨海洋和天空照來，落在戴弗琳廚房裡的金屬長桌上，就是我們工作的地方。「是香檳光。」戴弗琳會說，然後走到地窖拿一瓶酒來。有時候，如果當週工作特別辛苦漫長，香檳光又晦暗不明，戴弗琳會肯定地說它很快就會出現，然後提早到地窖一趟。

「妳在那邊朋友多嗎？」

「不多，」我說。「幾個辦公室的人吧。」

我想到剛開始的幾個週末，我的聲音在兩天沒用後會在週一早晨變得沙啞。我想到最近的幾個週末。我想到中城有一家精品旅館。我知道他們地毯的氣味。我知道如果他們想看到我們鏡中的模樣我該跪在哪裡。我會在那裡和朋友碰面。

「戴弗琳和我會一起喝酒，」我說。「我還有一位叫艾德娜的老室友。」

「艾德娜？」

「她很好相處。」

「噢，莉兒。」他咧嘴一笑，但稍縱即逝。「我們本來要去那裡的，」他說。「對不對？就在那之前——」

「飯店都訂了，但我想我們有把訂金拿回來。」

我記得我倆在我們的公寓裡，筆電開在桌上，一起讀《孤獨星球》。他為我們要去的那幾天規劃出明確的路線：威廉斯堡、哈林、哈德遜河的燈塔。那些我們曾計畫要一起去的地方，最後剩我一人獨自欣賞。

「也許我們哪天再去看看妳，」他說。複數的主詞「我們」聽來好刺耳。

他清了清喉嚨。

「有件事，」他說。「我得告訴妳——」

他將領帶從脖子上鬆開，我低頭想對上他的視線，但他看著吧檯。我們四周的燈光隨著每桌客人離開後一一熄滅，環境變得非常昏暗。

「我有個新消息，」他說，「不想在電話上告訴妳。但我知道妳隨時就要飛回紐約，我想說也許——也許我們要過好一段時間才會再碰到面。」

我即使醉了也能熟練地做出面無表情的模樣。我穩住視線，等他說話。

「艾莉諾和我要生小孩了，」他說。「我就老實跟妳說，那不完全在我們計畫內——我們原本

是想先結婚再說——但她很興奮，而且我想我們也是夠幸運吧，剛好能負荷得起。我猜人都是要遇到了才會曉得，不是嗎——」

我看過參議院裡以馬拉松式辯論癱瘓議事的影片，我喜歡這個本身就純粹難搞又找碴的概念。然後我好奇起JP是否就打算這麼做。即使在酒精的影響和內心的憂懼之下，他或許還是有辦法撐到早上。

「所以說，妳知道的，」他做出結論。「我希望妳能理解。」

「是，」我說。「是。我當然理解。」

我硬擠出笑容。

「這是很棒的消息，」我說。「但願你在一開始就告訴我。現在要舉杯慶祝可能太晚了。」

他看起來一臉困惑。我判斷他大概很失望。

「所以說，」我說，「寶寶什麼時候出生？」

「再兩個月。」

「老天。你應該在家裡準備，還在這裡喝酒抬槓幹麼？」

他伸手到桌子中間，雙手和我交扣。我看向他起皺的手心、浮起的血管和他指節間的毛髮，然後想起自己好多次在不同情況下握起那雙手。在飛機上、在晚餐後、我們相遇後隔天在我的宿舍房間裡、在我們走進餐廳或派對的時刻，以及我們有時一起搭回家的計程車上。在熱到無法相擁的夜裡，我握起他的手，引導他到我雙腿之間恰好正確的位置。我們冬天出門的時候，他用掌心包住我的拳頭保暖。他的小孩應該會有一雙小到不可思議的手，連根指頭都抓不住。

「你怎麼這麼難過？ＪＰ？」我說。「你想要的一切都有了，怎麼還這麼難過？」

我們喝完酒，他陪我走兩條街回到羅米利酒店。我們沒什麼話好說了，於是各自拿出公務手機滑起來，檢查錯過的訊息。戴弗琳有來聯繫：我們的客戶對 ChromoClick 的併購條件很滿意，兩週內就會完成併購。要全力衝刺啦！戴弗琳說。我們已經喝酒喝了好一段時間，我不太信任自己能用相稱的欣喜歡快去回應她的訊息。

到了飯店門口，ＪＰ張開雙臂。「見到妳很開心，」他說，同時我則說，「再次恭喜你。」像這樣，他雙手環繞著我，我的嘴唇貼在他下巴，還有酒意能慫恿我去實現我最不該有的念頭。於是我說，「你要知道，到現在，我自慰的時候還是會想像我們在一起。」

他抓住我肩膀把我推開，而我憨傻地笑。他彷彿長了三顆頭，每顆都在搖來搖去。一隻不表認同的地獄三頭犬。

「我永遠都會為妳的遭遇感到心痛，」ＪＰ說。「但別這樣，莉兒，別這樣。」

我第二次見到ＪＰ母親是在聖誕節的時候，那也是他離開我的前一週。

ＪＰ兒時的家被聖誕節大舉入侵。他母親有一棵貨真價實的聖誕樹，看起來應該要擺在更大一點的房子，害你進廚房之前就先被松木打個滿臉。樹上掛滿了稀疏的金蔥條和閃閃發亮的平價小飾品。廚房有一尊會唱歌的感應式聖誕老公公，每次我經過都會被它嚇到。她買了一隻小精靈玩偶，就是家長會趁小孩睡著時移動位置的那種。「那是櫃子上的小精靈，」她說。「但他無所不在。在

烤箱裡、在洗衣機裡、在電視上。」

我上床後想到她人在房子裡，拿著小精靈穿過一個個房間。

「誰知道——」她說，「他今晚會在哪。」

「誰知道，」JP說。他在來時路上一間加油站買了《金融時報》，此時正認真地逐字研讀。

「永遠沒辦法讓他相信聖誕節，」JP的母親對我說。「我真的有試過。他才五歲大——四歲還五歲吧——就開始質疑這不合邏輯，妳知道。『但他不可能去全世界的每間房子。』我嘗試講了些故事，但都說服不了他。一年後我就收到一份清單，列出他的聖誕襪想要什麼。」

「那妳當初應該更有說服力一點。」JP說。

「跟我說說妳的聖誕節吧，莉兒。」JP的母親說。

當晚，在客房裡印有碎花的小床上，JP用膝蓋固定我的肩膀，將我勒住。五秒——十秒——繼續延長。他母親還在我們底下的廚房裡晃來晃去，準備明天的食物，移動那該死的小精靈。JP的臉在黑暗中看起來有些不同，有些消極，一點也不樂在其中，於是我示意他停下來。

「可是妳喜歡。」

「對，但不是像那樣。」

「像哪樣？」

「你很生氣那樣。」

那天是平安夜。聖誕節當天，我在JP醒來之前，到鎮上跑了既長又冷的一段路，等待疲憊感將其餘一切抹除殆盡。大部分房子都漆黑一片，但有幾個房間裡有亮燈，裝飾燈串沿著門窗的輪廓

發亮。

我們邊喝茶邊拆禮物，JP母親還穿著睡袍。她送給我一件聖誕套頭毛衣，以及一本關於冥想的書。「那改變了我的一生。」她說。

「像是給大人的著色畫？」JP說。「像是尊巴舞？」

他們晚餐時也在吵。我們拉完聖誕拉炮，戴上非戴不可的小紙帽。我靜靜地吃，盯著我的食物，並留意小菜盤裡裝的東西。水氣在窗戶上凝結得更厚，把我們封在裡頭。JP正講著我們的家——我們將要一同創造的家。

「你可以在那些倫敦土生土長的人身上看到，」他說。「像我和莉兒認識的那些人。他們有這種——這種自信，我想。你在文化、運動、商業的環境下長大，對它們再熟悉不過。我覺得我們只會想在這種地方養小孩。」

「就在市中心？你們現在住的地方？」

「就在市中心。」

「我不懂你們為什麼會想要這樣，簡直不可思議。就只有你們兩個，身邊沒有任何家人，還有那麼嚴重的空汙和那麼多的人。」

「妳說跟這裡比起來？跟這茅坑相比？」

「JP——」我說。

「如果做父母的最後只得到這種回報，」JP的母親說。「我會建議你們別生小孩。」

「其實，」我說。「這件事已經決定了。」

ＪＰ喝酒的動作停下，我們對望。他起身的速度之快，把椅子都撞倒在地。「我離開一下，」他說，同時還看著我。他母親咯咯笑。

「別擔心，」她說。「他老愛發脾氣。」

「再次感謝妳，」我說。「晚餐非常美味。」

她微笑。「這很值得學來做做看喔，」她說。她還在玩弄著她從拉炮拿到的鑰匙圈，把它掛在一根手指上。我覺得她一定會留著。

「我該去看看他。」我說。

我打開拉門，到花園裡找他。這裡是一座水泥小島，被溼溼的綠地環繞。我們一起站在石磚上，兩人都穿得不合時宜。我脫下拉炮紙帽。天空是汙濁的白色，好像積了一天的雪。再過一個小時天就要暗了，我有種週日晚上的感受，或是假期結束後搭機返家。又或是事情來到尾聲的感覺。

「妳為什麼要說那種話？」他說。「那是什麼意思，莉兒？」

「我不知道，」我說。「只是她——你對她很殘忍。」

「她就愛說蠢話。妳是在期待什麼？」

「我不知道。」

「妳讓我很難堪，妳懂嗎？在這裡——妳應該和我同一國的。」

「我一直都和你同一國。」

「但妳剛剛沒有，不是嗎？妳老要維持妳的——客觀中立。就我這個大多時間都必須維持客觀中立的人來說，那有時候真的很討厭。我需要妳和我同一國。」

「你和小孩沒兩樣，」我說。「同一國？」

「妳不懂，」他說，「不懂那種感覺，在這個家長大的感覺。悲慘到不行，莉兒。」

「真的嗎？」我說。「那真的有他媽的那麼慘嗎？」

他縮了一下。我只是講講而已，ＪＰ，我暗忖。接著，我發現我能夠這樣想：嗯，大概也只能到此為止了。

「妳剛剛說已經決定了，關於小孩的事，」他說，「是什麼意思？」

「你想知道真相？」我說。「有件事你必須知道，關於我們未來的家庭。」

事情當然沒有就此結束，接著還有在節禮日那天回倫敦的路上，我們聽著聖誕節歌單，困在車流中，歌單播到一半就被ＪＰ給卡掉。還有我們在上班時間，板著臉在各自桌邊傳給彼此那些惡毒又哀傷的簡訊。我們還是會做愛，但每做一次，對彼此的恨意就更深一些。最後一次，恨意已經多過了歡愉。還有，ＪＰ在對話中（以下是原文引述）說「妳應該告訴我妳——」

「來啊，說啊。」

「說妳——好吧。有病。」

過了這麼多年，我第一次考慮去見Ｋ醫生。她多麼開心慶祝這段關係的開始，所以也讓她在結束時致哀吧。那天晚上，在她辦公室的花園，我看見她臉上鬆了口氣的表情。因為我或許真找到了一個能帶給我日常感、抱負心，並讓我忘懷往事之人。她期待ＪＰ能拉我向上，而我也這麼期待。

但我的過去無法就此拋在腦後，或忘在遙遠的城市某間亂七八糟的房子裡。這些事實定居在我體內，如果他要我，就也必須連帶承受。

最後，反倒是小依跑來陪我。她從蓋威克機場搭火車，太陽還沒下山就抵達。我發現她身穿薄夾克縮在我的門口，雙手插在衣服裡面取暖。「嚇了一跳吧。」她說。雖然她在機場就有打給我，確認我是否醒著。「妳不用這樣麻煩。」我說，可是這是真的：我不哭了，也沖過澡，換好衣服準備工作。「我知道。」她說。

她煮了晚餐，轉臺到超難看的電視節目，穿我的毛衣，把所有東西搞得都是她的味道。第一次對話過後，我們就不再討論ＪＰ了。「聽著，」她一等我解釋完就說。「管他去死。」週末時，我們穿得漂漂亮亮去酒吧，在空盪的舞池中不顧旁人眼光縱情跳舞。我們一起走回家，在毛毛雨中越過河流，兩個人都停下來往泰晤士河裡面大吐特吐。戴弗琳的名聲傳過大西洋，電話會議我也已談妥。我取消ＪＰ到紐約的機票，把我自己的機位升級，再一次逃脫。

夜裡，我人在蘇活區突然醒來，彷彿被我們分手的回憶給驚醒。情況沒有那麼糟，我講的都是實話，至少大部分是。我還有其他更令人難堪的事可說。例如，和孤獨有關的那些。面對他的語無倫次——他該死的鬱鬱寡歡，我的態度是如此平靜。這段關係始終不太可能長久。

我伸手開燈，然後晃進浴室。我回來時累得沒力氣沖澡，現在整個人覺得又髒又想吐。我晚上還覺得ＪＰ面露嚮往，但現在獨自一人在深夜，酒醒了，我判定那八成是同情。我把淋浴間的熱水開得盡可能滾燙，然後踩進去。我的頭髮在臉周圍塌下來，皮膚被水沖得發燙，變成豬一樣的粉紅色。我洗著身體，洗它的皺褶，洗舊的傷口，小心得好似在清洗別人的身軀。結束後，我抓住自己

子宮外層的皮膚，試圖想像裡頭被小孩撐開的模樣。有時我會在逼真而平凡的夢境中夢到裡面有小孩，但我醒著的時候就是沒辦法，連想像都做不到。

我在五地中學的生活因兩件事情畫上句點。首先是父親的消失，再來是哈洛費德電腦用品店的開張。不過當時我並沒有意識到這件事的重要性。要到多年後，唯有靠著K醫生的協助，我才終於明白。

我在五地中學的最後一天，父親失蹤了。我剛上完英文課，那是少數我還跟卡拉同班的課程之一。作業發了回來——是我們針對《通往泰瑞比西亞的橋》的第一篇報告——而她心情很差，態度冷淡。我拿到A，她得到B^+。「怎麼搞的，」她說，「明明是我借書給妳讀，妳還是有辦法贏我？」我對此無話可說。我們靜靜走去那天的最後一堂課。我們那個年級所有人在週四的最後一堂都是數學，數學教室的走廊上擠了一群學生等著上課。卡拉上的是比我低一階的，我感覺鬆了口氣。今晚，小依會恭喜我拿到A，而卡拉到了週五休息時間，就會因為週末將至而消氣。

起初，走廊上那名白衣女子只在一片藍色毛衣間一閃而過。她朝我們這邊走來，比周圍的學生高出一顆頭。我們慢慢接近她時，卡拉停下來抓住我的手臂。

她身穿白色的及地長裙，頸部和腋下泛黃成一塊，裙子那亂糟糟的模樣讓人感覺她好幾天都沒換衣服。她的頭髮貼著背，往下垂至膝蓋；她在走廊上焦慮不安，一下轉這兒、一下轉那兒，學生離她太近時她就往後縮。四周的喧鬧在她經過時降為低喃，成了佯裝低調實則張揚的竊竊私語，以

及虛偽作態的害怕。除了雙下巴、下垂的肚子及乳房外，她整個人都很消瘦。

「我的老天，」卡拉說。「她還好嗎？」

一股滾燙的恥辱感緩緩湧現，我才意識到走廊上的女子是母親。

「別擔心，」我說。「我認識她。」

卡拉一臉狐疑地看向我。

「那是我母親，」我說。「肯定是發生了什麼事。」

我想到自己費盡心思才成功不讓別人注意我，那塊遮羞布就開始滑落，不用多久便會整個掉地上。

「我該去了解一下，」我說。「明天下課時間再找妳？」

卡拉正從我身邊往後退到走廊牆壁。她穿著學生鞋，膽怯地小步小步走，好像我可能不會注意到她的逃離。那時候我就知道，她已經在物色新的摯友人選。

「抱歉，莉兒，」她說。「真的很抱歉。」

我一個人走過去，母親在發抖。「是小依怎麼了嗎？」我問，而母親搖頭。我已經好久沒見她出現在屋子以外的地方，我都忘了她的身體會抽搐。父親不在她旁邊的時候，她就像被堵到牆角的綿羊，扭動著想要逃走。她一手擱在我手腕上，讓我看到她的指甲在其他小孩眼中是什麼樣：不似在我們道晚安時擱在毯子上那樣溫馴，而是未經修剪、色澤泛黃，隱約露出卡在下面的泥土。

「我們可以去別的地方嗎？」她說。「校務室的人很沒用——我不知道要上哪找妳。」

「當然。」

她挽著我的手肘，一大群孩子分開，讓我們經過。這對卡拉很有幫助。我心想：她能證實我的遮遮掩掩、怪癖一堆；她的陳述會大受歡迎。就在通往操場的門關上之前，我聽見後面爆出一陣喧譁。

我和JP住在倫敦時，卡拉聯繫過我一次。她在 LinkedIn 上找到我，希望我們可以重拾聯繫。她沒有提到五地中學，也沒講荒林路的事。她說她也是事務律師，可是我沒聽過那間公司，也沒回應卡拉，但不是因為我對她有所怨恨。我們向來沒什麼共通點，除了都比同儕聰明一些之外。在那之後，我遇過許多聰明的人，深知這並不足以構成友情的基石。我要是好心一點，也許會讓她知道我不計較她那天在走廊上做的事。人在青春期為了生存，還能做得出更傷天害理的舉止。

我和母親站在操場，天就快暗了。那幾片荒地和天空比鄰之處已經轉黑。隔著教室窗戶，我能看見時隱時現的課堂動態。道路對面有幾個年紀較大的男生在足球場上跑步，被泛光燈照成橘色的身影。

「怎麼回事？」我問。

「是妳父親，」母親說。「他還沒回家。」

那天早上，他在日出前開車去參加卓利的一場布道。他在母親半夢半醒時親吻她，碰了一下她

的腹部，像在求好運似的。他會回來吃午餐。我努力不去想母親漫長的一天是什麼樣。現在我們人在學校，沒任何東西能給她安撫。她整個早上都在準備等父親回來，手忙著處理餅皮和肉。她把派放涼後，在沙發上裹著毯子睡著了，醒來時下午都過了一半，家裡卻空無一人，讓她十分震驚。

「他在哪裡？」她說。

她剛去過生命之屋教會，窗戶是暗的。

「我們去找其他人，」我說。「叫大家都回家。」

校務室裝飾得很有聖誕氣息，祕書桌邊掛著粉色的金蔥條，還有一棵塑膠樹展開來擺在校長門口。我問我能上哪找伊森，祕書告訴我他今天和過去一整週的上午都被記曠課。「妳不是他妹妹嗎？」她問。

「我想應該是有哪裡搞錯了，」我說。「他今天早上有來。我是說——我們是一起走路來的。」

「這個嘛，點名表上不是這樣寫。」

祕書的桌子底下有一臺暖氣，她的赤腳擱在扇葉間。她看著我，彷彿在等我離開。我越過門看向母親，她人在操場邊，被風吹得縮起身子，像是放學時間沒人接走的小孩。

「不管怎樣，還是謝了。」我說。

我們回到家，發現伊森煩躁又困惑地在等我們。「妳不是應該在床上嗎？」他對母親說。接著他瞪大眼睛聽母親講父親失蹤的來龍去脈，等她講完，他坐在廚房桌子旁邊，負責打起電話聯絡。荻黑潭那邊的教會沒人在，卓利的手機無人接聽。母親顫抖著站在他後面，手指擱在自己喉嚨上。荻

萊拉在沙發上叫她，要她抱抱。她一到另一個房間，伊森便開始打去醫院。

父親不在的夜晚，家裡有種怪異的寧靜。我把派分成剛剛好六塊，然後我們在客廳裡窩在母親腳邊吃。小依像隻愉快的小貓縮在我大腿上。我們吃得飽飽，低著頭一路禱告到深夜。我能感覺一抹笑容在我臉上蠢蠢欲動。我不曉得有什麼能禱告，滿腦子都是會讓人下地獄的想法——父親在荒郊野外翻車，在擋風玻璃上撞出一圈父親形狀的洞；父親從一株蕨類上垂下來。我們一輩子都能吃飽喝足。

阿門。

午夜過後的某個時間點，有車頭燈照進窗戶裡。

父親上氣不接下氣、一臉痛苦地進門，彷彿是某場血腥聖戰裡唯一的倖存者。他喊母親，她就應聲過去。他們跌跌撞撞地一起進到廚房，她在明亮的電燈底下溫柔地拿茶和薯片給他。我們等他開口的同時，我把裝派的空盤擦乾淨，放回櫥櫃。

「我去了——」父親說，「警察局。」

他和卓利在達斯汀吃早餐吃到一半就被他們帶走。食物才剛送上來，傳統英式早餐，搭配加點的黑布丁。警察走過來的時候，卓利放下刀叉嘆了口氣。父親用一種通常只有在談論《舊約聖經》裡的上帝才會用到的崇敬語調，小聲地講述這段故事。「至少，」卓利說，「讓我們他媽的先吃早餐吧。」

他們在警察局進行審訊，他們指控卓利洗錢及詐財。詐財指的是卓利從黑潭居民獲得的宗教捐獻，而這當然完全是莫須有的指控。我想到他的信眾，他們抬起臉想沾得他些許光輝。他們應該會

算出自己能捐獻的恰好金額，然後把鈔票按進他溫暖溼潤的雙手中。警方問父親卓利是怎麼花錢的，他們問說卓利把紀錄都保存在哪，問他假如他們是這麼好的朋友，為什麼卓利不和他分享收益。父親幫他們禱告完後，很清楚自己該怎麼回答。「無可奉告。」他說。他整個下午都無可奉告。

警察到很晚才放他走。當他們把他的東西還給他，那位警察丟了幾枚硬幣在地上，讓父親不得不彎下腰撿。

「別一次花光啊。」警察說。

於是，父親把我們叫到他身邊。「外面那些欽羨我們生活方式的人，」他說，「想迫害我們。」我想到母親和我走出學校走廊時那裡傳來的笑聲。父親一手擺在我脖子上，仍因開車回家而發冷，於是我用自己的手給他取暖。

那天晚上是好幾個月來伊森頭一次想和我說話。我經過他房間要去睡覺時，他叫住我，聲音之輕柔，讓我以為是自己期望過高才聽錯。他又叫了一次，這次我敲敲他的門，走進去。他穿著制服褲子躺在床上，高舉著《聖經》。我一進到房間，他就把書扔向我，速度快得我來不及接。它打在我胸口，刺痛不已。「所以說，」他說完，然後大笑。「不可偷盜。」

「我們什麼細節都還不曉得。」我說，然後他又笑出來。

「妳覺得他都把錢拿去幹麼了？我敢推測應該是些真的很骯髒的勾當。卓利老兄啊。他一直都瘋瘋癲癲，但我沒料到他會這樣。」

「你覺得父親有參與嗎？」

「我懷疑。我不覺得卓利是會和人分贓的類型。但，讓我這麼說吧，我不覺得這對父親的精神狀態會有幫助。」

「什麼意思？」我問，然後忍不住加上一句。「講得好像他對你推心置腹一樣。」

「至少餐桌上還有我的位置。」

伊森站起來。他向來比我高——就連荻萊拉都比我高。但他的身體在過去一年變得比以前更有力，手臂和胸膛長出一塊塊肌肉。我聽見他晚上在運動，傳來一次又一次重複奇怪動作的噪音，還伴隨著他的呼吸聲。他開始鍛鍊自己的身體。他停在距我一步之遙的地方。我則像父親平常要求的那樣挺起胸膛，調整表情，讓自己不顯害怕。

「我覺得他快要失控了，」伊森說。他的聲音好輕，使我又朝著他踏近一步。「他已經覺得全世界都在跟他作對，他說他要打造自己的王國，就在這棟房子裡。警察的這件事——只是證明他一直以來的懷疑都是對的。」

伊森還沉浸在這個傳達知識的行為中。這套交易要能運作，你必須表達感激，讓他確定自己比其他人都聰明。所以我點點頭，彷彿需要一點時間消化這個資訊，接著我問了他目前唯一還有意義的問題。「那我們該怎麼辦？」我說。

「妳自己照顧好自己，莉兒。我之後就沒辦法照顧妳了。」

我懷疑伊森叫我進來的時候老早在心中下了這個結論。他對我們的命運逆來順受，也沒有興趣結盟抵抗。就在我轉身要離開時，我想起一件我知道、但他不知道的事。

「你今天怎麼不在學校？」

「我在啊。」

「你不在。母親來接我們的時候我找不到你，你一整週都不在。」

「也許就是沒什麼好學的了。」

「別傻了。」

「好啦好啦——我把時間拿去花在更有意義的事情上。有時候是去圖書館。那裡沒人會煩你。還有的時候——」

「嗯？」

「有時候我會去跟人要錢。」

「你什麼？」

他故意一臉焦慮不安的笑容。「那個，你會不會身上剛好有多個幾塊錢？我母親忘了幫我準備三明治。」他的笑容一顫一顫，接著轉為爆笑。幾秒過去，我沒有跟著笑，他則抹了抹眼睛，躺回床上。

「我是覺得，在荒林路教區裡啊，」他說，「也不用想什麼學校的事了。」

我沒正面承認，但學校的事伊森說對了：我後來就沒再回五地中學。卓利被捕隔天，我聽見父親一大早就在屋內走動。外頭還是暗的，我整個人舒服又溫暖，甚至不覺得餓。我閉上眼睛，把被

子往上拉，下次醒來天已經亮。原本在地板上的鬧鐘不見了。「我們睡過頭了嗎？」小依像烏龜一樣從被子探出來問。

「我不曉得。」

我待在床上，把學校毛衣套在睡衣外面，準備面對寒氣。我的父母手牽著手坐在廚房，母親撫摸著父親太陽穴上的頭髮，他們前面，桌上擺了一堆鐘錶，不單是我們的鬧鐘，包括走廊和客廳的時鐘，還有荻萊拉九歲生日時收到的粉紅塑膠錶，都擺在那兒。母親和父親在我進來時挪動身子，父親看到我穿的衣服後笑了出來，像人們看到小孩出糗時會笑一樣。「那妳之後用不到了。」他說。

廚房的時鐘被拿下來，取而代之的是生命之屋教會的十字架，尷尬地懸掛在爐臺上面。

「不如妳去叫其他人起床吧？」母親說。「然後我們就能和大家分享這個消息。」

我們聚集到廚房以後，父親開始發言。他說卓利的遭遇令人髮指，他老早就懷疑當局對宗教團體的態度，縱使團體的性質是如此和平。他親眼看到他們那種態度，弄得我們垂頭喪氣又局促不安，讓我們變成罪人、變得憤世嫉俗——他看向我。他決定我們應該擺脫國民教育的束縛，展開一種更自由、更專注的生活方式：他要自己教育我們。

只有加百列對此表示高興。「所以我們不用再去學校了？」他問。父親點頭後，他倒抽一口氣，雙手緊握在胸前。

父親對於我們每天的生活自有規劃。時間是不必要的干擾，這部分他會自己監督。這是個沒有學校鐘聲或回家時間主宰的世界。那些我們曾經讀過的書都必須拋棄，當天稍後他會來收。我們從中獲得的知識則有賴我們自己捨棄。

「你們得忘掉一些事，」父親說。「但你們有好多東西能學。」

那天早上，父親寫了兩封信：一封寫給五地中學的校長，另一封寫給小依、加百列和荻萊拉上的那間學校的校長。草草寫就的信件內容謙和有禮。父親希望行使他讓小孩在家自學的權力。他看過學校功課表（「是課程表才對。」伊森控制不住，用脣語對我說道），他確信他和太太有能力教授，也很歡迎理事會派人來家訪。

「你知道他們在待辦清單上把我們擺在哪個位置嗎？」父親問。母親睜大眼睛，仰頭望向他，然後搖頭。

「低到不能再低，」父親。「最不重要的那裡。」

他簽好名，加上字底拉花。

午餐吃到一半，我說我要上廁所，藉故離席。我到我們房間，看著地上那一小堆書，那是我上星期才跟學校圖書館借的，早就全部讀完。事情發生得太快，我來不及拿去還。我腦中出現學校圖書館員失望的樣子，她曾稱讚我從沒被罰過錢，她也曾和我說，有時候她喜歡書勝過人類。我跪下來查看書背：裡面有奇幻小說、一本R．L．史坦恩，和茱蒂．布倫的某本作品。我沒辦法把書全部藏起來，必須丟了。我拿出那本希臘神話，把它從我的毛衣裡翻出來，撫摸書封和燙金的書口。我心想：這是我擁有過最精美的東西。我把它塞到床墊下，那裡父親不會發現，晚上我們也還搆得著。我在廁所裡盯著自己的倒影看了一陣子。「快想辦法，」我說，看著自己的嘴脣邊講話邊往後

拉。這是我頭一次看見自己收拾一袋行囊、在大半夜離開荒林路的模樣。我可以學伊森去跟人要錢，我可以去到曼徹斯特甚或倫敦，我可以去找葛蕾德女士，求她收留我。我挺起身：這想法太荒謬了，而且再說，我不能丟下小依。小題大作的人是我。我拉起嘴巴兩側的皮膚，笑著回到廚房裡。

那家電腦用品店開在生命之屋教會隔壁的隔壁，開張的時間就在教會關閉之前，名為 Bit by Bit。「他媽的冒牌貨。」父親第一次看到那面招牌時這麼說，並要我們在後面走快點。每次我們去週末禮拜或是參加晚禱，途中經過那家店，他們都人滿為患。一位剃光頭、滿身刺青的年輕女士站在收銀臺，櫥窗上貼了一張傳單，宣傳給長者上的免費電腦課。我們在學校有資訊科技課，上課時男生大多在設法突破學校的防火牆找A片看，但我知道要怎麼寄電子郵件和編排文件。父親教了伊森更多，可是家裡其他人並沒有機會學。

我隨口和K醫生提到 Bit by Bit。我們當時講到哈洛費德，以及我對那裡印象不深的事，而她抬起手，皺了皺眉頭。「我們來聊一下這家店，」她說。「以及妳父親對此有何想法。」

「他很不喜歡那家店，」我說。「這點我想是毫無疑問。」

「妳覺得是為什麼？」

「他自己的生意失敗，我猜他很嫉妒吧。」

「這不就等於是徹底印證了他的失敗嗎？」K醫生說。「而他才剛試著——才剛搬家，想忘記這一點？」

「那只是一家店而已。」

她從椅子上起身，並走到窗邊——她激動的時候都會這樣。不是哈利街那面長長的窗戶，這是在我們比較早期在南倫敦一家醫院會談的時候，她的辦公室位於一樓，她得把窗簾拉上。醫生喜歡在窗邊抽菸。

「就當好玩吧，莉兒。鑽進他腦袋——我知道，那不是個多愉快的地方——思考他這一連串的失敗。編碼課、他在資訊公司的工作、生命之屋教會、他偶像的殞落。一次又一次的失敗。妳父親那種男人既古怪又脆弱，就像瓷器上一條髮絲般的裂縫，一碰就碎。」她笑著轉回來看我。「等髒東西都流出來，你才會發現它被你弄碎了。」

「每天都有很多人失敗，」我說。「無時無刻。」

「而每個人的腦袋都因此變得不太一樣。」她聳肩，回到座位上。「我絕對不會要妳去同情他，」她說。「只是要理解他。」

我們經常這樣僵持不下，兩人都在等對方開口。

「我會這樣問妳，」她說，「是因為我覺得這對妳會有幫助。」

那天是週間晚上，我回學校念書的第一年。我還是得去做心理治療，再回家寫作業。「我們結束了嗎？」我問。

她最後再試一次。「妳記得那家店的開張——」她說，「相對於綁縛期是什麼時候嗎？」那時我已經站起來在穿外套了。

「我得走了，」我說。「真的，我爸在等我。」

其實他沒有。我坐在醫院接待處，看著陌生人在滑門間穿梭，我躲在噴泉後方，以免K醫生從辦公室出來把我逮個正著。倘若回想父親，我想到的全是逃走之後刊在報紙上的那些照片。這是父親在講壇上的模樣（死亡傳教士）；這是父親在中央碼頭上的模樣（他們曾是個正常的家庭）。我想不起來他真正的容貌，他臉上由愉快或失望所造成的抽搐顫動，他成為一個無法捉摸的人，這樣他會很高興吧，我暗忖。

當然了，K醫生說得沒錯。Bit by Bit是在綁縛期開始前幾個月開張的。我最後一次經過時（當時我們還能出門走走），那裡的櫥窗被打破。裂縫用紙板和膠帶貼起，還有一張字條愉快地寫著：仍在營業。

有兩週的時間，我的生活只限縮在辦公室和飯店裡。黑色計程車在我靠近時亮起燈，載我往返兩地。我的睡眠時間太少，明確的換日分界已不存在，只有我螢幕底部的數字從一天跳到下一天。我把遺囑認證文件收在房間的保險櫃，好緩解我內心莫名的恐懼。我總擔心我回來就會發現它們消失不見。我要比爾改日再跟我去哈洛費德，而他沉默了，有那麼一刻，我還以為他會拒絕。八卦小報登出一篇文章，標題是「哈洛費德的恐怖屋：他們如今身在何處？」我想像議會的成員拿著小報圍成一圈，想著這究竟是我們哪個人收錢幹的好事。報導占了一面跨頁的篇幅，中間是那張廣為人知的花園照。我們的身影被挖空，留下七個黑色輪廓，以及我們的匿名代稱字母。記者在留白處總結我們的近況：伊森很「激勵人心」，熟識加百列的消息來源稱後者「狀況不太好」，少女A

「下落不明」。比爾嘆了口氣。他會再給我一週的時間。

傑克在十一點四十七分代表 ChromoClick 簽下文件，距離我們客戶給的死線僅剩十三分鐘。到場的人不多，戴弗琳人在紐約，ChromoClick 的事務律師都離開了。我請晚班祕書拿一瓶香檳和兩個玻璃杯過來時，她嘆了口氣，慢吞吞地走去公司廚房。她把酒交給我時擺了個臭臉。「恭喜。」她說。

傑克站在我們的會議室窗邊。他轉向我的時候笑得一臉喜孜孜。「這種時刻一生難得，」他說。「對吧？」

我很清楚他剛剛進帳了多少財產。「我覺得，能有這種時刻的人就可以算是人生贏家，」我說。「恭喜。」

「現在妳的生活恢復正常了嗎？」

我笑出來。「這就是我的生活。」

「妳都不會累嗎？」

「當然會啦。但我不介意。總是有事要想、有地方要去。我嘗過了無生趣的滋味——真的很了無生趣，說實在。而且——這種生活還不差。」

「妳老闆感覺是個相當嚴苛的上司。」

「她在這公司待了三十五年，」我說。「我不覺得她有得選。」

我們回頭往窗戶看。還有幾個人在隔壁辦公室，這景象帶來了某種安慰：整座城市裡總有人今晚過得比我還糟。

「我以前，」我說，「會和我妹妹玩這個遊戲。你有一百萬英鎊的話想做什麼？我方便問你會想做什麼嗎？」

他笑出來。「其他金額妳也可以問。」他說。

「我不想太冒昧。」

「我會蓋一間房子，」他說。「我從小就對特定樣子的房子情有獨鍾，和我成長過程中住的房子很不一樣。每個人想要的不都是差不多那樣嗎？」

「這個嘛，我們當時還小。我想要一間圖書館，她想要一輛敞篷車。」

「她會改變心意的。」他沉默了一會兒。「而我很確定，」他說，「妳會得到妳的圖書館。」

他下樓時，我們在電梯門口握手，我的腎上腺素開始退去，我能感覺自己漸漸消風縮小。

「嘿，」他說。「我只是想到——妳有做嗎？妳的 ChromoClick 檢測？」

我大笑。「沒有，」我說。

「我跟妳說個祕密，」他說。而他的電梯到了，接著他透過逐漸關上的電梯門縫隙說：「我也沒有。」

我穿過空蕩蕩的辦公室，回到我的辦公桌。戴弗琳留了一通留言：「方便時回電給我，」她說。她也寄了一封電子郵件，裡面寫：我留了一通語音留言給妳。

「恭喜。」她一接起電話就說。

「謝啦。這案子很不錯。」

「妳表現得很出色，大家都很開心，之後會在紐約辦一場聚餐。」

「我想聽的就是這個。」

「兩週後才有可能。傑克要出國，還有其他一些合夥人。希望妳到時人已經回來了。」

「我快結束了，只剩最後一件事要處理。而且我妹週末要飛過來幫忙，她來之後就輕鬆多了。」

「很好，休息幾天，之後還有很多事要忙，但這週沒事。」

「我可以現在就談。」

「我倒是不可以。回家吧，莉兒。」

我準備要叫計程車，但改變了主意。已經連續十二天，我白天都待在辦公室，晚上大部分時間也是。我脫下樂福鞋。我要用走的。

我穿過漆黑的大廳踏進倫敦市，夜晚變得更冷，寒風掠過空盪的人行道，從巨大、漆黑的建築物之間吹過。我沿著英格蘭銀行的外牆走，走過壯觀的石柱和守在門上的雕像。威靈頓公爵騎在馬上指揮夜晚的交通。我行經齊普賽街舊時的那些交易所，在發亮的灰色圓頂下，穿過聖保羅大教堂庭院。我回想起第一次踏足倫敦市的自己——結束了和K醫生的約診，並陷入熱戀，那是我這輩子最滿懷希望的時候，想起當時自己心裡懷抱的期待，回憶很難消散，而回憶中的那份感受也同樣揮之不去。我仍舊對這地方抱有一些合理的期望。我期望能談成這筆或那筆生意，我期望讓戴弗琳開開心心，我期望賺到足夠的錢，一輩子都不用擔心吃不起早餐或買不起棉條。我經過千禧橋，以及聖殿教堂周遭自成一格的方庭。JP可能還窩在宛如迷宮的辦公室裡工作，那裡曾被蜚蛾入侵，在他的律師袍和假髮上咬了好幾個洞。我在奧德維奇往北轉，回到人間。羅米利的門僮和每天晚上一樣，對我打招呼並道晚安。

▲

我週四一大早離開倫敦。太陽還沒出來，尚可見狐狸在嗅聞蘇活區的垃圾袋。我直接開到萊斯特，在加油站路邊吃早餐，看著開始增加的車流。比爾傳了一則訊息確認我明天約的時間。一位貨車司機停在我旁邊喝咖啡，問我要去哪。「我是妳的話，」他說，「就會趕緊上路。」我還有七個小時才要去機場接小依，然後開去哈洛費德，但我中間還打算再去一個地方。「謝啦。」我說，他揮揮手。我繼續吃我的燕麥粥。

等車流散去，我繼續往雪菲爾開，開到峰區。仔細想來，我們真的是四散各處：落腳的地方完全取決於誰願意收留我們。我們很少順利依約碰面，一部分也是這個原因。諾亞的領養協議讓他永遠都無法出席。小依不大願意參加，她比較喜歡我們的長途通話，或是單獨來看我；伊森考上大學後，對現實世界的我們便失去興趣：一群奇怪的孩子，相聚在某個委員會設計的房間裡。考森－布朗夫婦總是會帶加百列來。我想他們是在看有沒有駭人聽聞的新資訊可以餵給媒體；而荻萊拉出席得不情不願，邊嚼口香糖，注意力邊被某個新玩意兒吸走，直到我們最後那次大吵。我想不起我們在那之後還有沒有碰過面。K醫生建議我這樣也好，反正我也不想念他們。

我來到克雷格佛斯板球俱樂部，把車停到草坪上，將鼻子上的太陽眼鏡往上推。我一下車，就看到一位全身白衣的老先生朝我走來。他一手拿著棍子，另一手拿著一個桶子，雖然不可能，但我一瞬間還以為我被抓包，整個小鎮都在等我出現。他們要不擇手段守護諾亞。

「要捐給停車場，」老先生說，「五十便士。」

「喔，好——當然。」

他的拐杖末端雕刻成板球形狀，甚至還在木頭上刻了縫線。「我喜歡那個，」我說，他咯咯笑。我拿出一張十鎊鈔票丟進桶子裡——和他要我付的金額相比，高到讓人很尷尬，但我也沒別的了。「不用找零。」我說。

「妳應該留一點錢。俱樂部酒吧現在有買二送一的活動，六點截止。」

「謝了，聽起來很不錯。」

他已經出發去找下一輛車，但仍往身後揮手，於是我也揮回去。

我繞過運動員更衣室，前往更遠處的板球場。這座小鎮四面環繞柔軟碧綠的山丘，我能看見有人在最近的山脊上健行，與天空毗連。建築物陰影下有幾排長椅，就在計分板底下，但觀眾都頂著太陽聚集在球場外圍。我站在離那一小群人幾公尺的地方，研究得分狀況。JP很熱衷這項運動，我也因此對它有基本的了解。以前他夏天週末得加班工作的時候，我們公寓就會充斥著《對抗賽特別轉播》的聲音，暖暖的、令人昏睡的調調。父親曾說板球是死同性戀在打的比賽。

克雷格佛斯球隊正負責擊球。得五十二分，共三人出局。其中一位擊球手才剛進來；他打得很保守，主要只是把球擋住而已。我望回棚子底下的男孩，不確定自己到底想看到什麼。人群中有一名男子沿著場邊晃過來加入，他戴著克雷格佛斯板球俱樂部的帽子。

「哈囉，」他說。「這開局其實還不差。」

「確實。」

「妳是哪個隊員的媽媽嗎？」

「不是。我單純路過而已。」

「下午來看場比賽還挺好的。」

「是啊。」

我已經開始冒汗。我調整了一下太陽眼鏡，把頭髮從臉上甩開。「我來去喝點東西。」我說。

「喔，對，他們好像有什麼夏末特惠之類的。」

「我要開車，真可惜。」

俱樂部裡頭涼爽又陰暗，有苔蘚綠的地毯，以及滿滿一面牆的球隊合影。停車場的那位先生坐在吧檯，手裡拿著新的一杯啤酒。

「妳耳根子還真軟。」他說。

我大笑。「來杯健怡可樂就好。」我說。吧檯後的女生點點頭。

「算店裡的，」老先生說，然後對那女生說。「她在停車場把存款都噴光了。」

「謝啦。」

「妳開了很遠嗎？」女生邊等飲料裝滿邊問。

「從倫敦開過來。」

「怪不得妳看起來悽慘得要命，」老先生說，我聽了咧嘴大笑，拿著飲料回到太陽下。我那位戴帽子的朋友還獨自站在那兒，不回去找他好像很奇怪。攻勢保守的擊球手出局了，正在和他父親嚴肅地交談。「妳沒錯過太多。」我的朋友說。

「你每週都來看嗎？」

「我盡量。我兒子以前在這支球隊打球，妳知道，那是段很快樂的時光。」

「噢。」

他笑出來。「這是個很棒的社區，」他說。「大家會彼此照應。不是上哪兒都找得到這種鄰居。」

「的確，我想也是。」

一名新的擊球手站上擊球區，他輕輕鬆鬆就把球打到邊界。我喝完飲料，吸起冰塊。這組擊球手看起來有趣多了：他們比較大膽，比較有攻擊性，還會隔著中央球道和彼此打暗號。我感覺整個人暖呼呼、懶洋洋。我心想：我可以整個下午只待在這裡，每隔幾輪就點一杯琴湯尼來喝。

「妳知道怎麼看比賽嗎？」我的朋友問。

「看得懂一點。我以前的男友很喜歡板球，不過那是很久之前的事了。」

「至少妳從中得到了收穫囉。」

「確實。」

幾球過後，原來那位擊球手沒打好，讓球畫了個弧落入一位守備員手中。我的朋友蹙了個眉，帶頭鼓起掌。那位擊球手聳聳肩。他獨自走了頗長一段路回更衣室去，燙過的乳白色制服襯著青綠色草坪。他邊走邊脫下頭盔。

我把眼鏡往上推。

諾亞・格雷希。

他比我高一顆頭，有和我們一樣的淺色頭髮，被太陽晒得發白。他一個人在球場上的樣子看起

來分外年輕，但等他往俱樂部靠近，我才明白，他和其他等著上場打擊的男生相比沒有年輕多少。其實我們小時候看起來都很老成。他在場邊和兩名女子會合，她們在建築物的影子底下擺了幾張摺疊椅和一個保冷箱。我離他們太遠，聽不清楚他們在說什麼。其中一人遞給他一根香蕉，然後他小跑步回到隊上。

諾亞．柯比。

男孩歡迎他回到大夥身邊。一個男生拿水給他，另一個撥亂他的頭髮。我旁邊的男子還在拍手。「他這季表現很不錯。」他說。我點頭，說不出話來，只是跟著拍手。我看著場邊那兩名女子，其中一位開了一瓶啤酒，拿出一張紙，但她的伴收起了摺疊椅，往鎮上的方向比了個手勢。等她走到停車場，我已經跟在她後面了。

生命之屋教會只撐了短短一段不大光采的時間。差不多就在它關門的時候，新的寶寶出生，讓荒林路的房子突然變得好擁擠。寶寶跟嬰兒床被塞在我父母親的房間角落，哭聲則在一面面地板之間迴盪。父親喃喃自語走過一間間房間，除了我們以外，沒有其他傳道對象。還有母親，她安撫著他們兩個，我們聽見她的噓聲和細語，卻始終不確定是誰在她懷中。

生命之屋教會絕大多數的參與者都是我和我的兄弟及妹妹。他很努力要讓哈洛費德的居民皈依他的教會，但我看得出來父親的魅力已大不如前。他以前的追隨者——坐立不安的母親，渴望靈魂被拯救的無聊少女——在他經過時已不再抬頭看他。他的身體緊繃又焦躁，皮膚上浮出青筋。他陰

鬱的氣質曾經很誘人，現在卻只讓人害怕：那些母親禮貌地把小孩推到一邊，不讓他們靠近他。他頂著大肚腩，衣服還破了洞，看起來就不像是能夠拯救你的人。

我本來希望新的寶寶能給父親帶來慰藉，喚醒他一絲微弱的生命力。但事實是，我們新的弟弟既難帶又體虛。他早產了一個月，還有黃疸，一開始得待在醫院的人工光源下。有兩週的時間，母親不見蹤影，父親則是在餐桌邊生悶氣，批評我們寫的字、我們的態度、我們的姿勢。我們吃得很少，寶寶回家的時候我整個人鬆了口氣。小依拿出一張卡片給母親，上面有馬槽裡的耶穌寧靜而安詳的畫像。母親拉開毯子讓我們看寶寶的臉。他既生嫩又瘦巴巴的，想從她懷裡蠕動出去。小依把卡片拿回來。

「也許他長大就會像那樣。」她說。

我注意到母親努力不讓寶寶待在父親旁邊。雖然她剛生產完，還在駝背，她仍把他繫在外套裡，帶到荒地上走好久的路。我們上課時，他們就裹著毯子，在冬日微弱的陽光下坐在花園裡，隔著廚房門，寶寶的哭聲聽起來小聲多了。一天晚上，我去裝水時發現他們半夜後都還在那裡，像兩隻縮成一團的生物，呼出兩朵白煙。當時是三月，地上還有雪。

父親深信這寶寶一定有什麼問題。「那哭聲，」他說。「哪有小孩會這樣哭？」他對於在醫院的兩週想出了一些奇怪的理論。「妳有密切注意他嗎？」他問母親。「一直都有？」然後，在哭聲最響亮時，他這麼說：「妳確定他是我們的？」

先是沒了書，接著是奢侈品——五顏六色的衣服、洗髮乳、我們以前的生日禮物。父親用紙板封住窗戶，以防政府的人看進來。我們並不是不能外出——一開始不是——是我們自己不想要。我

有三件T恤輪著穿，聞起來都是溫熱又腐爛的臭味，還有胯下破洞的運動褲。我想像自己在主街見到卡拉和安妮。我在心中導演了整場自己出盡洋相的橋段：這次她們會尖叫著跑走，這次她們會故作禮貌，然後就在我要轉身之前，交換深長而狐疑的眼神。只有加百列陪父親去超市，回來的時候他要不是擤著鼻涕，就是被打出瘀青。他看到他想要的東西，卻忘了不該開口說出來。

房子以外的景色開始柔焦，而後模糊。我能想起荒林路的方向——一道起先很平緩，越靠近路口就越陡的下坡——但不記得沿途房屋的模樣，也不記得哈洛費德詳細的面貌。我夢到自己走過主街上一間間的店家。它們按順序出現在我夢中：書店、Bit by Bit、二手義賣店、合作社、醫生、生命之屋教會原址的百葉窗。我買了滿滿好幾袋的食物，悠悠哉哉地和老闆聊天。一個平凡到令人信以為真的夢境。

我們要一起讀書學習。父親教的東西我幾乎都會了，於是我轉而觀察我的兄弟和妹妹：荻萊拉誇張地嘆氣嘆個沒完。有時她會一頭倒在筆記本上，精疲力盡的樣子。加百列把書拿在面前幾公分的距離，挫折地盯著那些字，哀求它們顯露真身。小依十分認真上進，逐字記下父親教的內容。

伊森每週會有一、兩次主動說要幫父親教我。他每次提議都很不情願，故作火大，而且只有在他想到想討論的內容時才會這麼做。他成功留下比我們其他人都多的私人物品。他會在房間裡背靠著牆在床上坐好，打開《經濟學中的數學》或《坎特伯里故事集》。「過來，」他會頭也不抬地說，等我坐在他旁邊，他會開始講課，每句話都講得迅速簡潔，等我筆記畫上句點後才接著講下一句。

我滿心嚮往晚上到來。在枯燥乏味的課程、運動，以及父親的晚間遊戲之後。我和小依手邊只

剩三本書：一本地圖集、一本圖解字典，以及放在床墊底下的希臘神話。等房子靜下來後，小依會踮腳越過我們房間地板上的垃圾，掀開我的被子。先是屋內的冷空氣，接著取而代之的是她溫熱的身體。「今天要讀什麼？」我問。好好分配每天讀的書似乎很重要，免得我們讀膩。

「我都可以。」

「快點嘛，選一本。」

「但真的啊，我每本都喜歡。」

我能感覺到她在黑暗中的笑容，我好像能聽得到。她打開床邊的燈。

她最喜歡的詞是「車子」，旁邊附了一張福特野馬開在濱海大道上的相片。我最喜歡的詞是「驅逐在外」。我們最喜歡的國家是希臘——這是當然。我們在地圖上找出我們的英雄走過的路線，用手指比出來，計畫著我們自己的旅程。

春天回暖的頭一天，我們在花園裡圍成半圓，面向父親。他那天脾氣溫和又充滿魅力，母親和寶寶在屋內，整個下午靜悄悄。父親換了課綱，改教我們「做主門徒」這件事。「聽從你們的領導，順服他們，」父親說，「他們會守護你們的靈魂。」他閉上眼睛，臉朝上對著太陽。「我的桌上，」他說，「不許有任何猶大。」在我看來，猶大很明顯是《聖經》裡最有趣的人物。我喜歡他悲傷地嘗試將透過背叛賺來的利益歸還回去，彷彿那樣就能有所補救。伊森和我討論過關於猶大之死各種互有出入的記載，我們都同意，單是這點就足以證明你不能把《聖經》當史實來看。如果是

真正的人，只會死一次。

上完課之後，我們還有時間玩耍，於是我們在花園裡衝來衝去玩鬼抓人，父親在廚房門邊看我們。我當鬼，衝向荻萊拉，抓住她的小腿，一起跌在母親種的菜努力要長出來的地方。在逐漸低垂的日光下，我在地上抬頭一看，只見我的兄弟和妹妹倉皇逃走，半是大笑半是喘氣地彎下腰，而我知道，如果有人經過屋外，從花園柵門看進來，他們會看到我們頂著同樣的髮型，穿著奇怪而破舊的衣服，就是一個幸福美滿家庭的模樣。完全沒什麼好擔心。

然後還有其他好多個下午。

有一天下午，加百列摔破父親的酒。我們已不需要再派人拿酒：它就像調味料一樣擺在廚房桌子中央。父親午餐時喝了，把酒瓶挪到桌邊來。加百列並沒有把手往那裡擺，或是在經過時碰到；他把手掌按在桌上，準備起身——然後一隻手放到了酒瓶的頂端。在我們看到酒或鮮血之前，有那麼一個詭異的瞬間，感覺瓶子似乎可能平安無事——但下一秒它就飛到房間另一頭摔碎。

父親人在屋內某處，樓上傳來寶寶被掩蓋的尖叫聲。我們等著，沒人看向加百列，鮮血自他手腕流下。我們在他旁邊圍成一圈，留他一個人站在中央，哭了起來。

「老天，小加，」伊森說。「停下。」

父親緩緩地，不疾不徐，進到廚房來。眼前發生了什麼事無須多問。他手指劃過溼溼的桌面，吸吮了一下。「喔，加百列，」他說。「老是這麼笨手笨腳。」他的手掌碰到小男孩的側臉，將它捧起。

「我們要拿你怎麼辦才好？」他說，輕捧旋即變為輕拍，力道起先輕柔，像你得叫某人起床時

那樣，然後加重。一個巴掌。

「你知道這值多少錢嗎？」父親說，他的手又有變化，現在變成拳頭。我移到小依和桌子之間，讓她不必目睹。

「不，」父親說。「你對東西的價值毫無概念。」

「住手，」荻萊拉說，然後父親大笑著模仿她：住手，住手，住手。每說一次打一下。荻萊拉從我們的圓圈站出來。我有一段時間沒看見她了——沒有真正看著她。她比印象中要消瘦好多，眼睛和顴骨下方往內凹陷。她用骨骸般的手臂抓住父親的手。

「你不懂嗎？」她大吼著。「他看不到！」

她緊緊抓住父親的拳頭，好像想安撫一頭野獸。他們的臉只相隔幾公分。近到你都能嚐到對方嘴巴的氣味。

「他看不到。」她又說一次。

加百列坐回他的椅子，鮮血積在他突起的唇峰。他不哭了。

「我們會打掃乾淨。」荻萊拉說。

「我的每個小孩都看得到。」父親說完，離開房間。

另外有一次下午，佩姬來訪。這件事完全沒出現在她的書裡，這讓我很驚訝，雖然我不該訝異才是，因為這會讓她看起來很不光采。我在K醫生的監督下讀完那本《姊妹之舉：旁觀一場悲劇》，帶著一股令人作嘔的欣喜回頭翻閱確認。那天下午的事也不會讓我顯得多光采。

那天不太順遂。寶寶在日出前就開始哭，持續不斷的悲慘哭號穿透屋內的每個房間。我聽見伊

森低聲抱怨，接著朝我們之間的牆上扔了什麼東西。我盡可能躲在夢中，把被子拉起來擋住第一道稀微的日光。小依仰躺在床上，嘴唇動呀動地給自己講故事。就連寶寶停止不哭，我都能聽見那哭聲殘存在一道道牆壁間。

又是秋天，又是那種昏暗無光的天氣。父親指示我們寫日記。我坐在餐桌邊，看著空白的頁面。思索著要是沒人檢查我會寫什麼。但事實上，我寫的東西都枯燥到可笑。今天，我們花了很長的時間討論耶穌從未對同性戀發表意見這件事。我同意父親說，不該把這種略而不提視作對同性戀行為的贊同。我瞥向小依的那頁，她正在畫一座花園，描繪每片葉子的葉脈，在葉下打上陰影。

「伊甸園？」我說。

「我不知道，就只是我想到的一個地方。」

我不會畫畫，我被困死在這個世界。昨晚很累人，我寫道。全家人都很早就醒了。我很高興有新的弟弟，但我希望他能漸漸多睡一些。

每到這種日子，我就會開始構思密碼和訊息。怎樣才能不動聲色地捕捉我們的生活有多無趣？要怎麼記錄每一下並不起眼的攻擊？加百列在桌邊，弓著背讓眼睛貼近紙上幾公分的距離。還有那些無處不在的感受：要怎樣表達飢餓的空虛感？那種有東西在大啖我的胃壁、從裡往外啃噬的感覺？

母親的身體日益強壯，我可悲地寫道。

小依的花園裡有兩個手牽手的人型剪影，他們的頭靠在一起，彷彿沉浸在兩人的對話之中。

「妳確定不是伊甸園？」我問。

「嗯。」她把嘴脣貼在我耳邊。「是我們。」

她一隻手指擺在嘴脣，露出笑容。我翻了個白眼，跟著笑了。

接著有人敲了一下門。

我的筆猛地劃過紙張。

荻萊拉站起來。

「是誰？」小依問。我在桌子底下握住她的手。

又敲了一下。

父親輕手輕腳走進廚房。「我們有個訪客，」他雙手貼在一塊兒，彷彿要開始主持布道。「我們每個人都要非常、非常安靜，」父親說。「還有非常冷靜。」

他雙手放在我肩膀上。

「莉兒，」他說。「跟我來。」

他到走廊上，在我面前屈膝。我有好長一段時間都避免和他四目相交，現在我看著他，才見到他疲倦發狂的模樣。他的前額沾黏著一條條灰髮，嘴往下垂，露出雙下巴；他身上有股臭味，不只是從嘴巴，還從皮膚底下散出來，彷彿有什麼東西藏在裡頭等死。

「我需要妳去應門，莉兒，」他說。「但不單純是那樣。妳看，妳的機會來了——妳該證明妳對這個家的忠誠了。」

他摸摸我的頭髮（現在和母親的一樣長），把我的頭轉向他。

「是佩姬阿姨，」他說。「妳也知道她多愛插手我們的家務事，她樂得看我們受罪。妳唯一要

說的——唯一要做的，就是說妳母親和我出了門。妳告訴她大家都很好，妳不要讓她進來。妳覺得妳做得到嗎，莉兒？」

我不捨地看回廚房。

「來嘛，莉兒，」父親說。「這對我非常重要——對我們全部人都很重要。」

當我回憶那天下午，想到的就是這個。父親相信我的忠誠、我的順從。一團羞恥感在我腸子裡翻攪。

父親站起來，親吻我的前額。他看著我走過客廳，到樓梯底下。他溫暖的眼神推著我穿過走廊，而我已經揚起笑臉。我打開門。

佩姬．葛蘭傑嚇了一跳。她站在距離門口幾步的地方，往上窺看臥房的窗戶。她比我印象中更圓潤，但衰老了些。我能越過她看見東尼把車停在荒林路上，從車子裡看著我們。

「哈囉。」我說。

佩姬檢視我的臉和脖子，裙子和腳踝和雙腿。我在陽光下比預期還要髒，於是我交叉著雙腳，想遮住一些汙痕。

「雅莉珊卓，是妳嗎？」

我笑了出來。「是，」我說。「是我，佩姬阿姨，當然是我。」

「妳都好嗎？」

「還行，」我說。「還不錯。」

接著，我想了一下。「妳過得好嗎？」

「我們都很好，謝謝妳。聽著，妳媽和妳爸在家嗎？我們剛好在附近。」

「現在不在，」我說。「他們出去了。」

「他們什麼時候回來？」

「我不知道。」

「真可惜。我聽說我有個新的外甥，真想看看他。他還好嗎？」

「他很愛哭。」我說，而佩姬滿意地點點頭。她還是那麼容易被一點幸災樂禍給影響。

「但他也還好。」我說。

「好，這樣的話，那我們就回去了。」

她抬起一隻手要揮，卻沒做出動作。她看向自己的鞋子，好似無法指揮它們離開。

「聽著，雅莉珊卓，」她說。「我有點擔心妳，妳看起來不太好——老實說，真的很不好。」

我張開嘴巴又閉上。密碼，訊息。我有些模糊的想法，但累得無法執行。

「雅莉珊卓？」

佩姬往家門靠近了一步，一臉哀求的表情，彷彿想替我回答。

「妳還好嗎，莉兒？」

一個激動的小身影湊到我身旁，擋在我和門框之間。

「哈囉，佩姬阿姨。」荻萊拉說。

「這想必就是荻萊拉吧！看看妳，像個模特兒。」

荻萊拉行了個屈膝禮，並擺出那副讓父親原諒她插手的表情。

「女孩們！」佩姬阿姨說。「幹麼這個樣子呢？」
「我很抱歉，佩姬阿姨，」荻萊拉說。「但我們正在玩遊戲，莉兒不在遊戲就玩不下去了。」
「這樣啊，那可不行。」
佩姬笑了，荻萊拉也笑開，而我過了幾秒也跟著笑了。
荻萊拉緊緊勾著我的手肘。
「叫妳們爸媽給我們打通電話。」佩姬說。
「我們會的。」
「那就再見了，女孩們。」
「再見。」
我關上門，轉身回到陰影中。父親直挺挺站著，笑笑地等在那兒，接著手往前伸，抬起，準備落在我們身上。我閉上眼。等我張開，他的手則擺在荻萊拉頭上，摸著她的頭，目光則盯著我。
「幹得好，荻萊拉，」他一臉滿足，就像剛吃了一頓漫長而豐盛的午餐。「幹得好。」
他的桌上沒有豬大。
綁縛期就是從這時開始的。

我跟著諾亞的媽媽穿過村鎮（這裡有幾棟高高瘦瘦的石造小屋），然後探頭往馬路上看。教堂的鐘聲響起，但附近沒有半個人影。有間咖啡店前面有行人在排隊，還有一隻狗在外面的水盆喝

水。一面布告欄上貼著合唱團和「小貓出售」的廣告。我經過紀念碑旁的一群年輕人，他們黏在一起吃著冰棒。登山車騎士和羊群零星錯落在山丘。

諾亞的媽媽一手拿著椅子，一手前後甩動，走得很快。她的腳有多處靜脈曲張，不過撇開這點，我根本就像跟在一個小孩後面走。我們越過一條河流，炎炎夏日使得水位下降，還有許多鴨子。接著我們轉進另一條馬路。這裡的房子更大，彼此間隔得更遠。她在這條路上的第三間房子停下來，把椅子靠在牆上。

「柯比太太？」我說，然後她轉過來，一臉真誠和善。她的T恤正面寫著：「邦代救生員」。

「其中一位柯比，」她說。「我太太不在家。」

「我想您應該有一個兒子，」我說，「叫作諾亞？」

「我剛離開他們，」她說。「有什麼事——」

然後她這才好好打量我。她打開門鎖，但沒有開門。

「不行。」她說。

「我不是——」

「拜託，」她說，嘴巴緊抿成一直線。她的頸部皮膚被日晒摧殘，在她搖頭時從繃緊轉為鬆弛。

「拜託。」

「我只需要幾分鐘。」我說。

「告訴我妳是誰，還有妳想要什麼。」

「我叫莉兒，」我說。「我是他姊姊。」我聳聳肩。「少女A。」我說。

她無力地靠著她的屋子。我想她不知道是該哀求我，還是把我開膛剖肚。我往後退一步，退到他們的草坪上。我的雙手一直舉著，但我意識到這看起來肯定很蠢，於是把手垂下。

「剛開始，」她說，「我每天都在等這件事發生。每次有人敲門，或是打電話來——我就會想：來了。接著時間一點一點過去，你就開始想說，也許一切都會沒事。媒體啊，家人啊——他們也許永遠都不會來找你。你開始覺得自己成功逃過一劫。」

她閉上眼睛。

「莎拉老是說總會有人找上門，」她說。「但最近這幾年，我完全忘了這件事。」

「我不是來找他的，」我說。「我不需要見他。這只是——行政程序。」

「行政程序。」她說。她大笑。

「我只需要簽個名。是我們母親的房產。」

「你們母親。」她說。

她打開門，進到屋內。「他們回來的時候，」她說，「妳不能在這裡。」我在門廳鏡中看見我們兩人。我臉頰凹陷又呆愣。我和她是兩種截然不同的物種。她踩著運動鞋側邊把鞋子脫下，我則伸手要脫我的鞋。

「不用。」她說。

她赤腳走過家中。房子裡有一間偌大的白色房間，後面則是花園；後面窗邊擺了一張木桌和兩張長椅，還有散落其上的物品：鑰匙、信件、某個織到一半的物品。她使勁打開陽臺的門，讓熱氣散進屋內。一隻貓跟著晃了進來。我慢慢坐下，預期她會叫我站著，但她反倒遞給我一杯水，並在

我對面坐下。她的眼神在我臉上跳來跳去。她在找她兒子的模樣，我暗忖。彷彿有一部分的他已經被我偷走。

「妳可能看到了，」我說，「我母親過世。」

我把文件擺在桌上，像在跟客戶解釋一樣告訴她詳細情況。我講話時有種刻意為之的精準，音量也比平常高一些。這是少數我能聽見自己聲音的時刻。這是遺囑影本。這是我們的申請文件。她應該在這裡簽名。

「稍等我一下。」她說。

她從沙發座墊間拿出閱讀用眼鏡。壁爐上有一面捕夢網，還有我弟弟的全家福。我盡量不去看。她邊讀，我邊檢查小依的航班動態。她正在半空中，我每重整一次地圖，她就朝我飛過來一點。貓咪跳到桌上，極度不滿地審視我。

「別擔心，」諾亞的媽媽說。「她看誰都是那個樣子。」

她拉緊馬尾。

「你們其他人都還好嗎？」她說。

我心想：看妳有多少時間？

「我們過得還行，」我說。「總體來說。」

「他們……」她說，「知道能上哪找我們嗎？」

她從水果盤裡掏出一枝筆，往末端按了一下。

「不，他們不知道。」

「我們剛帶他回家的時候，」她說，「莎拉總會有這些幻覺。噩夢吧，其實。像是搖籃裡有相機，或是妳母親大半夜從諾斯伍德開車下來。她買了一個訂製的警報系統，像電影裡面那樣，有紅外線的那種。一隻獾出現在房子側邊，她就會拿著手電筒和史丹利美工刀衝出去。她花了好幾年才有辦法像以前一樣好好睡覺。」

她一面簽名，臉幾乎要貼到文件。

「我告訴她她真的瘋了，」她說。「我們白天的時候通常都能一笑置之。」她把文件滑過桌面，越過我肩膀後方，望向炎熱明亮的街道。「現在，」她說，「我希望妳離開。」

我點頭。我們同時站起來，我的手伸過桌面，她和我相握。老習慣了：在會議結束後握手，表示生意談成。

「社區中心，」她說。「這想法不錯。我喜歡。」

「謝謝。主要是我妹妹想的，她比我們其他人都優秀。」

她跟著我循原路出去，我這次走得比較慢。我仔細看著他們蜜蜂花紋的杯墊，還有書櫃上枯死的蘭花；我細看樓梯上的結婚照，以及從房間窗戶落入門廳的陽光。壁爐上有一排漫威的人形玩偶，門口有一籃帽子、手套和太陽眼鏡。

「外面很熱，」她說。「妳要的話，我可以拿點防晒乳給妳。」

「別擔心。我車停很近。」

「我很抱歉，」她說。文件簽好、送我到門口後，道歉就容易多了，我心想。

「沒事，」我說。「我不會再回來這裡。」

「有任何我能幫忙的嗎？」她說。「我是說——妳有什麼想知道的嗎？」

我露出微笑。妳不用告訴我，我暗忖。我已經知道了。我上大學的時候，他在學怎麼騎腳踏車。冬天的時候他打電動、參加越野跑。他不用想錢或是上帝的事。他在學校走廊間自在徜徉，走進每間教室時心裡都很清楚要坐在誰旁邊。他房間裡有五層高的書櫃。我想像你們在週日晚上一起吃晚餐的樣子——我幾乎能看見，有些夜晚你們用完餐之後待在餐桌邊，聊著板球俱樂部，或是聊接下來的一週。我不會再搜尋他了。我已經知道了。

「不用，」我說。「沒關係。」

她開始要關門，但她邊關的同時，邊把頭移到門口，最後剩下小小的門縫。我曉得那種愛，極度激烈，到了不給一點和善的餘地。她得確保我乖乖離開。

「還是一樣，」我說。「謝謝妳。」

在另一個漫長的夜裡，寶寶的哭聲傳遍走廊，比以往還大聲。接著房門打開，母親鑽進房間。

「女孩們，」她說。「女孩們，我需要妳們幫個忙。」

她懷裡滿滿一堆毯子，寶寶就在裡面，輕輕扭動、抽搐。她跪在床間領土，解開寶寶身上的布料，然後站到我倆中間，鬆開繩子。

「女孩們，」她說。「妳們得讓他停下來。」

她看看我，再看看小依。

「拜託。」她說。

寶寶不算什麼，我暗忖。家裡一直都有寶寶。我喜歡他們柔軟的觸感和怪異的執著，我每個老把戲都能逗他們笑。我把小孩舉起來，讓他躺在我大腿之間的凹處。「嘿，」我說。「嘿。」他的目光轉向我身後，穿過天花板和屋頂。看到他在這裡感覺有些不對勁，有什麼狀況不對——接著我才意識到我還沒真的看過他。我已經有一段時間不去想房間以外的事了。

我往前靠，和他鼻子碰鼻子。他聞起來有這間房子的味道：破爛的衣服、發霉的食物、糞便。

「他怎麼哭個不停？」母親說。

「來。」小依說，並在我後方和他玩著躲貓貓。

「好幾天了，」母親說。「妳們父親——」

她看向房門。

「妳應該很聰明才對，」她說。「不是嗎？那就——讓他停下來。」

我把寶寶抱得更近一些，他的頭倚在我肩上。

還是在哭。

「也沒多聰明。」母親說。

「我在哪邊讀過，」我說，「寶寶越愛哭就越聰明。」

我搔了搔弟弟的腳底板，他掙扎扭動，被母親從我懷裡抱走，把他埋進毯子裡。她現在不理我們，她的世界就只剩下母子二人。她喃喃地禱告，一部分是對上帝，一部分是對孩子，她低聲念著

他的名字。懇求他拯救自己。

他生下來的頭兩週都沒有名字。手腕的名牌寫上「格雷希」，方便護士知道把他從保溫箱抱出來之後應該要找哪位母親。他從醫院回來後，父親宣告他在虎穴裡成功活過兩週，他想給他取個名字，證明他不像那副發育不全的骨架那般虛弱，彷彿透過命名能使這孩子改頭換面、重新開始。我的父母聚在廚房裡討論，出來後宣布要叫他丹尼爾。

6 小依（少女C）

到了機場，我駛進接機的車隊，尋找小依的身影。我剛剛聽到電話在副駕駛座震動，很確定那是她打的。夏天要結束了，返家的人潮一波接一波，拖著行李箱和推車穿過自動門。她坐得離他們很遠，蹺腳靠在牆邊，一手放在包包上以免弄丟。她戴著太陽眼鏡，身穿白色長裙，肩帶用大紅鈕釦固定在上半身。她把頭髮用金色頭巾在頭上捆成不太牢固的一包，我激動地揮手——只有對你愛的人才會像這樣揮——然後她抬頭，把太陽眼鏡往下推，確定是我。我等她認出我來。終於，她跳起身，狂奔過兩排車流。「妳應該開敞篷車的，」她說，探進打開的車窗親吻我。

「我選擇有限——何況明天就沒太陽了。」

「哼，真討厭。」

我們後面的駕駛按下喇叭。

「他是怎樣，」小依說，「看不出我們忙著討論天氣嗎？」她揮手致歉，然後將包包塞進後車廂。後面那輛車又按了一次喇叭。「老天爺。」我說。那位司機從他車窗吼了什麼話的同時，小依坐進我旁邊的位子。

「王八蛋。」小依說，然後我們把車開走。

「下一站哈洛費德？」我問，而她哀嘆了一聲。

「妳知道，我們從這裡可以去任何地方。我們可以去香港，或巴黎，或加州——」

「以前我們那本地圖集上的所有地方。」

「我不知道那本地圖還可不可信，」她說。「都那麼舊了。」她談那本書的樣子彷彿在談一位我們都很想念的共同好友。「我很肯定我們當時打算德國的兩邊都要去。」

「妳去過了嗎？」我問。

「西德還東德？」

小依面對問題的方法就是這樣：她顧左右而言他，就好像她剛才閃避路上行車的方式。她在歐洲的生活沒什麼特別，她說，但她總是輕巧迴避有關生活的種種細節。她的朋友只有名字，沒有背景介紹。她從城裡或公寓或海邊打來。她交過男友和女友，但都不是認真的。每次我問她要不要回英國，她就安靜下來。「我這一輩子，」她說，「都在想辦法遠離我們的房間，現在要停也沒辦法了。」

想到那間房子她就瑟縮，那也是我不想要她來的原因之一。哈洛費德那支骨瘦如柴的手還死命地抓著她，抓她抓得比我們其他人都緊。她有時候在大半夜打給我，在紐約的深夜，和我講述她晚上的噩夢。夢境總是從荒林路十一號的大門開始，但裡面會有某些父親編導出的奇異情景：排成十字型的家人，或是《聖經》中瘟疫將至的平原。

但陽光下的她敏捷靈活，長著雀斑，腳步輕盈。看她一隻手繞在我脖子上，在副駕駛座洋溢笑容的模樣，讓我感覺我們在哈洛費德的時光至少可堪忍受。我們會和比爾還有地方議會的代表碰

面，我們會報告我們的提案，幫社區中心募到資金。

「到時候會有支票嗎？」小依問。「很大的那種？」

「我要是想有拍照的機會，我就會帶伊森來了。」

「我對拍照沒興趣，」小依說。「我只是想知道那是怎麼運作的。他們要把它拿去銀行嗎？」

「妳何不少說點話、多看點路？」

小依笑了，把收音機打開。「我們上山就聽不到了，」她說，「不如趁現在享受享受。」

「那就調大聲點吧。」

七點過後不久，我們抵達哈洛費德。途中有一刻——我說不出具體是何時——我開始能認得那些景色。馬路轉彎的方式很眼熟，我也知道每一面藍色的方形號誌上會顯示出離下一個小鎮有多遠。幾片荒野已被石南花染成紫色，它們生長開來的模樣好像剛形成的瘀青。這裡的日照時間比倫敦久一些，但夜晚會黑得伸手不見五指，開起車來很不容易，而我們的時間所剩無幾。月亮掛在擋風玻璃上，像指甲一樣細。我們往下開進山谷。

在夏日最後一點疲倦的陽光下，哈洛費德這個地方似乎無所事事。太陽沉進荒野後面，花園和教堂墓地的草坪縮了起來，讓墓碑像老舊的牙齒一樣暴露在外。一位面無表情的女孩騎馬駛向荒林路，雙腿夾著馬下垂的肚子。我轉到主街上。我很難分辨哪些地方是變了，還是我忘了。書店還在，夾在一家賭場和二手義賣店中間。生命之屋教會之前是一間中式餐館，現在店面貼上板子，再

次出售，窗戶內側還黏著幾張老舊的菜單。

小依和我在街角酒吧訂了一間雙人房。我把車停在路底旁邊一棟建築物陰影下，然後我們看著對方。一位服務生坐在裝酒瓶的木箱上對著電話笑。我的手指在方向盤上留下深色的印痕。小依握住我的手。

裡面的吧檯被當地人占據。這裡曾是父親招攬信眾的其中一個場所，我掃視他們的臉，想找找看有沒有我們教會的成員。地板上鋪著恍若舌頭的粉紅色地毯，牆上貼著以前的建築物被拆除的相片。大概是這家酒吧，或者早年的哈洛費德吧。酒吧裡的客人都是一臉嚴肅無趣的男性，穿金戴銀的老闆娘手裡也拿了一杯酒，在我跟她講我們有訂房時，還給了我一個奇怪的表情。一如多年前那樣，我們仍不屬於這裡。她安靜地帶我們到我們房間，途中經過每一扇門都用甩的。

「嗯，」我在她離開後說，「她人還真好。」

「唉唷，莉兒，她還行啦。」小依輕推我的肋骨。「妳呀，」她說，「高級飯店和紐約都把妳寵壞了——對了，我全部都想聽，紐約。」

「讓我沖個澡，我們邊吃晚餐邊聊。」

我們像是情侶，一邊穿脫衣服一邊聊天。我的身體沒有一吋她不認識。我們的房間有兩張單人床，各靠著一邊牆，我們二話不說就把兩張床推在一起。

不知何時，我睡著後幾分鐘被小依叫醒。她翻過床中間的分隔線，整個人貼在我身上：鼻子埋在頭髮裡，手臂按在肋骨上，她的腳踝纏著我的小腿。

「我冷。」她說。

「我都熱死了。妳還好嗎？」

「也許是搭飛機的關係。」

「過來，」我說，然後轉身面向她。我雙手將她環抱住，她的皮膚感覺好冷。我把被子拉到我們眼睛上，使她笑了出來。

「房子會是什麼樣子啊？」她悄聲說。

「不起眼的樣子」我說。

「希望如此。」

「我們現在真正需要的，」我說，「是希臘神話。那比地圖集好多了。」

我喜歡誇大其詞，說葛蕾德女士的禮物在我和小依求生的過程中，具有偌大的重要地位。畢竟，我們也是為了我們的故事付出很大的代價。

「妳知道我覺得我們為什麼這麼喜歡那些故事嗎？」小依說。「因為那些故事讓我們覺得自己的家庭更好一點。」

「妳很少跟我們講這段時間的事，」K醫生說。「就是妳十四、五歲的時候。」

「我記得的不多。」

「很可以理解。人的記憶是很奇妙的東西。」

這是在我們初次見面的一個月後。我還在醫院，但已經開始走路。我有一位認真負責的物理治

療師卡倫，看起來就像一隻拉不拉多犬。我每踏出一步，他都熱情激動地恭喜我，讓我很難認真看待他的反應。每次治療，我都仔細檢視他臉上有沒有譏諷的影子，但我始終沒找到。

K醫生和我坐在醫院的庭院，被病房包圍的方形灌木叢到了大白天還是沒有解凍，太陽躲在我們頭上某處不見蹤影，只讓天空一角泛白。我自己拄著拐杖，搖搖晃晃地走來。現在我感覺好累，不太講話。

「妳告訴過我的那些事，」K醫生說。「照明，還有日期或時間參照點的缺乏，這些都是造成定向力障礙的常見手法。如果妳會有迷惑感也沒關係，莉兒。但妳得試試看。」

一位警探在我們旁邊徘徊，手拿打開的筆記本。「這是很重要的一段時間，」他說。「最後這兩年。」

「我們很清楚，」K醫生說。「謝謝你。」

她從我們同坐的長椅站起，跪在我面前。她的裙襬碰到泥土。

「我知道這有多困難，」她說。「妳的記憶也不總是能助一臂之力。它會保護妳不去想那些不樂意想的事，它能淡化某些情景，或把往事埋起來好久好久。就像一面盾牌。但問題在於，現在，這面盾牌也在保護妳的父母。」

「我很想試，」我說。我總是那麼迫切想討好別人。「但也許不是今天。」

「好。不要今天。」

「妳有帶什麼書來嗎？」

她笑著站直身子。「也許有喔。」

「也許？」

但她想到了別的事。她戴著黑色皮革手套，現正扭動著脫下，一擺一擺，彷彿在編織。

「記憶這東西，」她說。「讓我很感興趣。」

警探看著我們。

「我們可以好好利用。」她說。

有人的頭髮整片貼在妳皮膚上。我首先注意到這件事，接著房間才從黑暗中現形。荒林路的天花板也是白色的。

起先妳也許會想伸展手腳，忘了自己其實無法這樣做，接著就能開始進行當天的第一輪確認：確認新的痛楚和晚上的分泌物，以及妳妹妹肋骨起伏的模樣——有時會比平常更顯空洞。

我抬起雙手，等待現實回到我身邊。

牆上貼的是花紋壁紙；父親絕對不可能用那種壁紙。

小依醒著。她側身躺著看我。「嘿，」她說。她長大好多。

她翻過兩張床之間的分隔，把頭枕在我胸部上。我已經好多年沒跟人同床共枕，有時候，我會感覺整副身體都在渴求那種慰藉。我為了入睡，會把自己的四肢纏在一起，假裝它們各是其他人的身體。有段時間——在我第一次搬到紐約後——我努力要戒掉這種行為。沒辦法。這算是我給自己的某種縱容：唯一能見證此番羞恥之舉的人，就只有我。

我們的房間有附早餐。「標準的莉兒作風。」小依說。我們面對面坐在吧檯再過去的一個昏暗房間，往外能看到停車場。一盞黯淡的水泥燈照在小依臉上。她縮起雙腿，跪坐在椅子上，描繪著昨晚留在桌上的環形酒漬。她不餓。

「妳確定？」食物送上來的時候，我說。精美的銀色餐盤上擺著冷掉的三角吐司，還有一小灘油在我盤子上跟著桌面傾斜的角度移動。她臉上閃過笑容。

「確定。但謝謝妳。」

「好吧。妳改變心意的話再跟我說。」

她還在看桌子。「妳老是太擔心我。」

「總有人要擔心吧。」

她抬頭。「妳記得愛默生嗎？」她說。

我已經忘了，但我旋即想起。愛默生是一隻小老鼠。那是綁縛期的事。他出現的時間不固定，要不是咻地跑過領土，就是在我們房門底部奔竄。我們用我們那本字典的編者道格拉斯・愛默生給他命名，牠在我腦中的形象一直是戴著眼鏡、弓起身子，待在堆滿書本的書房。後來，我每次看到老鼠大清早地閃過我辦公室門口，我都會拿文件丟過去。可是我們不怕愛默生。我們日復一日期待他來看我們。

「我還是會收容流浪動物。」她說。

曾經有一隻野貓出現在她公寓外頭，是她暫居瓦倫西亞的住處，離海不遠。那隻貓很老了，她心想，還瘦得跟皮包骨一樣。她都可以摸到牠的肋骨，從毛皮凸出來。牠其中一隻後腿骨折，於是

她把牠堵到公共庭院一角，帶牠去給獸醫開刀。

「牠氣死了，」她說。「就連獸醫都這樣覺得。」

為了把貓腿扳正，得開好幾個小時的刀，還必須在獸醫那兒過夜觀察一晚。小依為這次治療花了五百多歐元。兩週後那隻動物出院，安詳地死在小依的床上。

「我朋友都說我瘋了。」她說。

我低頭看我的盤子，沒有說話。

「莉兒？」

我開始大笑。

「那隻貓，」她說。「天啊。」

她伸手拿我的茶，喝了一大口，跟著大笑起來。

但她在早餐後變得很疲倦，在浴室待了半個小時，出來後整個人癱軟又溼黏，雙手捧著肚子。

「這地方，」她笑著說。「我們永遠都不該來的。」

「妳永遠都不該來，但我早跟妳說過了。」

「對不起，莉兒。」

「讓我去開會就好。妳留在這兒。好好休息。」

「但我就是為了開會才來的。」

「反正過程也不會多有趣，我可以的。」

我帶了我最嚴肅的辦公套裝，石板色外套和菸管褲。小依從她的床上看我穿衣服，笑得好燦爛。

「看看妳，」她說。「準備好要征服世界了。」

我從辦公室拿來一只設計俐落的皮革封套，把文件收在裡面。確認過後，我將裝好的文件夾在手臂底下。

「我本來想說妳父母會以妳為榮，」她說。「但別傻了——」

我親吻她的額頭。

「我非常以妳為榮，」她說。「這樣可以嗎？」

「可以，」我說。「那樣更好。」

荒林路的天花板也是白色。

我和小依在那片天花板底下度過了好幾個月。我原本會在日記上記錄日期，但時日一久，我忘了記一次週二，再來是一次週末，而我的最後一篇日記毫無幫助。我記錄的東西如此平凡無趣，幾乎難以分辨哪天是哪天。這些到底是兩天還是三天前發生的事？

我們一起沉入時間的泥沼。

我們的課程很混亂。我們會從所多瑪和蛾摩拉講起，聚焦討論同性戀的罪，以及它在現代社會越發普遍的情況。（「所多瑪人已經來到我們門口，」父親的語氣之堅定，讓我預期只要看向廚房窗外，就會看到一群暴徒。）對於羅得將他的女兒獻給群眾一事，父親沒太多評論。「保護天國的訪客，」他說，「需要很大的代價。」接著我們談到羅得妻子之死。她因為往家的方向回望，慘遭

變形。

「她為什麼要回頭？」父親問。

我想起在冥界邊界回頭的奧菲斯。「因為憂慮？」我問。

「因為嚮往。」父親說。近來，對往日的嚮往是最不可饒恕的罪行之一。

我感覺卡拉和安妮不可能再到體育場底下一起吃午餐。在學校走廊上、關起門的教室裡，各種知識持續傳授、分享。鐘聲依舊會響。我想像我認識的人在荒林路之外探索性愛、開車、考試，甚至戀愛。他們的世界繼續飛快地轉動，而我們被困在廚房桌邊，一輩子都是小孩。有少數幾個念頭還是會讓我想哭，這是其一。而我不想被變成鹽柱，所以我盡量不去多想。

運動量變少了。讓我們外出本來就有風險，再說，我們必須保存精力——但說老實話，是因為出過一次意外。某天下午，荻萊拉跑步到一半，停在花園正中央轉向父親，他正在廚房門口看著我們。她的嘴巴動了動，好像想要說什麼。某種空白的對話泡泡懸在她頭上。她雙眼一個翻白，碰一聲倒地。這實在太荻萊拉，就連昏倒的方式都和小說描繪的一模一樣。

父親讓她躺在廚房桌上，宛如一頓大餐。加百列握住她的手。母親拿髒抹布到水龍頭底下沾溼，幫她擦臉。丹尼爾在樓上某處大哭。荻萊拉又是咳嗽，又是扭動。她兩隻眼睛因為著涼的關係還溼溼的，她硬擠出幾滴淚，向父親伸出手。「爹地，」她說。「我真的好餓——」

他不耐地往後站，不給她碰。他張口欲言，叫我們回花園去，但又打住。母親隔著他們的女兒、隔著桌子望向他，臉上的表情訴說著只有他們才懂的語言。父親握住荻萊拉的手。如果說是母親的臉讓他的身體動起來，好像也完全說得通。

荻萊拉在那天晚上和隔天都吃得很好。她越過她的餐盤看向我，叉子在脣間滑來滑去。一個小到不可見的笑。夜裡，她能自由在各個房間到處晃，而她在深夜打開我們房間的門，燈光照亮髒兮兮的床墊，讓小依縮了起來，往我胸口貼得更近。荻萊拉背著光待在門口，使我看不清她臉上的表情。

「怎麼了？」我說。

她在那裡站了一分鐘、兩分鐘。

「荻萊拉？」

「晚安，莉兒。」她說完，便將我們兩個留在黑暗裡。

我們永遠會回到那間房間。父親弄了一張床給小依，但她晚上經常會從繩子溜出來，小心翼翼越過床間領土。床墊會微微下壓，輕如鵝毛。我通常都醒著，歡迎她來我懷裡，但有時候她會在我睡著時才到，我們的身體便愉快地在夜裡相伴。

別的晚上，小依和我會冒險到領土上打造新的世界，把那裡變成綺色佳島，或是野馬跑車的內部，往加州開去。我發現自己很容易就能暫時忘記那天發生的事，融入我編派的角色。但好幾個月過去，小依感覺越來越倦怠，演起來越來越沒說服力。她不想當潘妮洛普——不能躺在床上演尤麗狄絲嗎？她沒辦法把盤子舉到與肩同高，它會掉到她大腿上，沒有方向盤是那樣握。我試圖補足她欠缺的專注，於是我的表演變得更加瘋狂。我比她大五歲，那樣做有些羞恥，我暗忖。但不管怎

樣，我知道我們不能待在那個房間裡。不能每晚都受困於此，必須有別的世界可以去。

比爾在議會辦公室外面等我，一隻手腕上掛著超市提袋，另一隻手拿著半個三明治。他從頭到腳都軟呼呼：肚子和眼睛，還有臉和脖子相接處。他臉上掛著笑容，彷彿正想著什麼很特別又具體的東西。

「哈囉。」我說，他眨了眨眼。

「雅莉珊卓。我沒認出來。」

「見到你真好。」我說，而且是真心這麼覺得。

他伸出一隻手，我和他相握。

「我知道你沒必要到場，」我說。「我很感激。」

「妳不會想獨自面對那些狼狽為奸的傢伙。」

「我覺得我有辦法應付。」

「喔，我覺得妳誰都有辦法應付。」

事實上，事情全都是由比爾處理。他推薦了一位遺囑認證律師來檢查我兄弟和妹妹簽名的文件，派了一位公證人讀過他們的報告；他調查過議會的預算，評估他們目前給出的金額；他親自和議員吃過午餐，他們作風老派，但很容易討好。他幫我們爭取到週五上午的約——他很肯定，這個時候大家的心情都很不錯。

「準備好了？」比爾問。

「筆記在我身上了，還有平面圖。」

我唯一的貢獻就是平面圖。克里斯多夫在北倫敦一間壯觀的玻璃工作室裡擔任建築師，他答應到哈洛費德待一個下午，幫我以優惠價繪製第一組平面圖。

「我可以整個週末都待在那裡嗎？」他訂車票時問。

「是我就不會。」

他親自把漂亮的木紙筒送到羅米利來，交給我的時候雙手發抖。他走到窗邊，在那裡邊等邊往底下街道看，而我在被子上把紙攤開。整體分了很多層，所以一開始從外面看到社區中心的時候，是看到它的金屬和木頭外觀。底下的圖中，外牆被移開，以展示出內部。各個房間都有人影來回行走或聚在桌邊、走廊、廚房水槽前。在最後一張紙上，建築物只畫出外殼，露出後面的花園。我用手指描繪那精美的鉛筆線條，試圖加強它和我記憶中那間房子的連結。就連它的樣子都和荒林路如此不搭，以前那裡的每張畫圖紙都重複利用、老舊起皺。

「畫東西給朋友，」克里斯多夫說，「本身就讓人有點不好意思——」

「這很完美，」我說，然後笑了起來。「會很貴嗎？」

「這個嘛。**可能**很貴——」

我們進到辦公室，裡面的接待員動了一下身體，好像突然醒過來一樣。

「他們在等你們了。」她說。

我們一同踏上死氣沉沉的走廊。倫敦的建築物似乎都有種富麗堂皇感，彷彿晚上有人默默照

料。反觀這裡——燈泡沒換，還貼了一堆破破爛爛的海報，都是已經過去好久、沒什麼人參加的活動。地毯上積了泥土和口香糖，從牆邊往內捲，好像它自己決定是時候該離開。

那些議員在他們的休息室裡接見我們。那只是個又小又熱的房間，裡面的窗簾太厚重，還有一張對他們來說過於巨大的桌子。我做好心理準備，想著一定會認出他們——或被他們認出來。但他們年紀都太大，長得也很陌生。我想起戴弗琳，她總是第一個進到會議室，伸出手，一臉要笑不笑。戴弗琳會把他們全吃乾抹淨。

「這位是雅莉珊卓。」比爾說。

「哈囉，」我說，然後握了五隻不同的手。桌邊還有好多空位，但我持續站著。讓他們看看我，我暗忖著。給他們點故事可在晚餐的時候說。就讓他們看。

我原本預期他們會嚴肅又謹慎，但此時此刻，他們在我看來主要是顯得難過。

「你們可能比較熟悉——」我說，「少女A。」

讓我向你們介紹這座社區中心。

建築本身會以木頭和鋼鐵建成，就蓋在荒野的一邊。有一面長長的木斜坡，從荒林路延伸至房子正面的玻璃。這裡可見入口接待處，裡面有公共座位和一排電腦。第一年，裡面會帶有木頭味。會有當地的科技資訊顧問來開課教程式編碼，她以前在鎮上開過一間電腦用品店；有一條開放的走廊，一路延伸到建築物後面，而走廊兩側各有一扇門，彼此相對。其中一扇後面是兒童圖書館，裡面有懶骨頭和書櫃，牆上會有兩個小孩的圖案指引你方向。另一扇門後面是一座表演廳，裡面有個小舞臺，還有跳舞休息用的沙發。有幾個下午，大人會在這裡圍成一圈，隨喜閒聊。從這兩扇門再

過去，你會發現走廊延伸到另一間房間，天花板開了一扇天窗。那裡曾是我們的廚房，現在還是保留流理臺、水槽和冰箱，可供辦活動使用。冰箱通常都是滿的。你可以拉開建築物後面的玻璃門到陽臺上，夏天傍晚，萬里無雲時，你可以坐在這個露臺上看著山丘吞噬太陽。這裡會辦一些小活動：合唱團表演，或是啤酒節。還會有音樂。

我曉得我們給這個小鎮帶來什麼樣的詛咒。曾幾何時，這裡的工廠生產棉花、賺進大錢。運河船隻爭相靠岸。各方紳士大聲嚷嚷地從各地前來審視他們的投資。如今，你們的城鎮因為某些個人私事，某些殘忍且微小的事情惡名昭彰，而非由於公共成就廣為人知。我知道那是什麼感覺。你們大可拆了房子，或是要求我們將它出售。但你們無法抹滅、改正，或在記憶中美化過去。接受它、善用它。你們，和我們一樣，還有亡羊補牢的機會。

「這野心很大，」我說。「我承認。」

坐在中間的議員示意我坐下。我曉得其他人都在看她，等她開口。

「野心還不是最糟的，」她說。「這點我很確定。」

我坐在她對面，我從資料夾裡拿出克里斯多夫的設計圖及會計文件，以及我和一位同事一起檢查到深夜的計畫申請書。

「有名字了嗎？」議員問。「這地方的名字？」

我還沒想到。然而就在她問了之後，我想到了。

「生命之屋。」我說。

▲

我們被關在房間的日子越來越頻繁，所以家裡發生的一些事情——深夜的噪音，或是錯過的一餐——我始終沒能搞懂。房裡那些失落的故事——在牛津的房間裡，在奇爾特恩的病房裡，在歐洲各地的出租公寓裡，在全世界其他人似乎都已入睡的無盡時光裡——仍然持續上演。

比如說：有天早上，母親和丹尼爾一起出門，他的哭聲沿荒林路漸行漸遠。他們隔天半夜回到家，發出上樓的腳步聲，還有我父母房間門碰地關上的聲音。在那之後好多天，丹尼爾安靜多了，而母親怎樣都不看父親，就算他將她攬過來親臉頰也一樣。

或是：諾亞的出生。這發生在我父母房裡，沒有任何儀式。因此，丹尼爾的哭聲在某天一分為二，他也從搖籃被貶至沙發，或是廚房桌上，再不然就是地板。

或是：伊森和父親的對話。父親賞給伊森比我們多很多的自由。有時候我會聽到他們在花園裡交談。大部分是父親在講，伊森陪笑表示同意，和我們還有上學的時候，他和卓利在晚餐席間練習的那種笑聲一樣。我隔著房間窗戶零星偷聽到的對話內容全都沒有多少用處：

「——但你肯定有想過——」

「——我們自己的王國——」

「——最年長的——」

每到這種日子，我都努力用意念讓伊森進我們房間。他會知道情況是否失控，我心想。他會知道究竟該怎麼辦。有天下午（那時父親應該在休息），我聽見他上樓的腳步聲。他走過荻萊拉和加

百列被綁起來的房間；走過母親和父親的房門口；走過他自己的房間。腳步聲停下來。小依睡著了，身體在被單下窩成一團。「伊森，」我說。我的聲音很微弱，連門口都傳不過去。「伊森。」我說得大聲一點，其中一塊地板動了一下，給我回應。然而他的腳步聲卻往後退。

接著是拴縛期開始那天。

一開始，父親的身影出現在早晨陽光下，幫我們鬆綁。肌肉的凹陷處在他襯衫底下移動。早餐吃麵包，接著是照慣例一連串的課程。現在全都在上《舊約聖經》了。（「有時候，」父親說，「我會覺得耶穌還不夠基進。」）在我的回憶裡，加百列和荻萊拉那天一起坐在餐桌邊，頭靠著頭，兩人的頭髮幾乎融為一體，很難分辨。

我在腦袋裡根據最近十天的狀況，思考有百分之幾的機率吃到午餐。我最多只能記得過去十天的情形，因此計算起來很容易。挨餓實在是件無聊透頂的折磨：《聖經》的文字被關於食物的念頭給蓋過，直到我再也讀不下去。這念頭會竄進我和小依的遊戲中，以至於在幻想中一號公路的半途，我會提議停下來吃漢堡，接著便迷失在絞肉、洋蔥、麵包的念頭中，猛吞口水，無法繼續說話或想像。我夢到大餐。母親盛飯給我們吃時，我會把我的份分成刻意的小小一口，讓它們經過舌頭每個角落，才吞下去。

「雅莉珊卓？」父親說。

「是？」

「回房間去。去沉思。」

所以今天是沒得吃了。我調整心中計算。

我們在我們房間，坐在我的床上，小依的脊椎貼著我的肋骨。她從床墊底下拿出神話書，我朗讀、她翻頁，好像在彈琴。木馬屠城記讀到一半時，我念完了一段，但書沒有翻。我把書從她手上輕輕拿開，以免吵醒她，並翻到梯厄斯忒斯盛宴的插圖。烘焙的香氣從廚房飄上來，但也可能是從書裡飄出。我對梯厄斯忒斯和他兄弟的恩怨情仇沒有興趣，也不在乎他怎麼會吃掉自己的兒子。我只是想看那些晚宴的圖片。

葉子搔刮窗戶，夜晚來臨，染黑房間的各個角落。我想應該是九月，又或許是十月。我們很快就會被叫去用晚餐或是禱告了。我穿過領土，小心打開房間門。昏暗的走廊上空無一人。

每扇門都關著。

我在某個時間點睡著，後來才被噪音吵醒。有個男的大聲哭喊了一下。我是從中間才聽見，所以不懂他說了什麼。走廊盡頭——加百列和荻萊拉睡覺的地方傳來幾下慌忙的重擊聲，讓整間屋子跟著隆隆作響。緊接著是某個更柔軟的東西，更輕柔的聲響。

小依身體動了一下，我把被子拉到我們頭上。

現在多出了一個新聲音，某種人類發出來的，溼溼的聲音。某種咕嚕咕嚕的聲音。父親的聲音蓋在其上，持續而冷靜，彷彿在哄騙幼童做他不想做的事。

「發生什麼事了？」小依說，我嚇了一跳。本來我還希望她沒有醒來。

「沒事。」我說。

「但現在是什麼時候？晚上？」

「不重要。回去睡覺。」

我掀開被子一角，仔細聽。

那天晚上母親沒有來看我們，父親也沒來把我們綁緊。他繼續用同樣低沉緩慢的聲音講話，直到深夜。我用手遮住小依的耳朵。房間變冷，咕嚕聲最終也停了下來。

那天晚上的事我只有和伊森談過一次。他來大學看我，我們在市中心的茶館碰面。我不想給他看我的房間，詹姆森家的布置還有我朋友的相片，他只會在裡面找話柄來冷嘲熱諷。當時是三月，雨要下不下。遊客手忙腳亂地找出連帽外套。我在他看到我之前先看到他。他一手拿著報紙，從容地走過鵝卵石街道，被報紙背面的什麼東西給逗樂。

「這裡一直都這麼無聊嗎？」他在我近到能聽見他的聲音時說，我很高興我們接著就互相擁抱，這樣我就不用想出什麼機智的回答。

我們面朝街道坐在窗邊。頭一個小時一切都好。我們聊到我的學位，還有大學裡的怪咖。我們聊到他班上的學生，還有裡面有多少人讓他想到我們之中的誰。我們聊到我要去倫敦看K醫生，聊她在那邊的豪華辦公室。「她從妳身上賺到不少。」伊森說，我聳聳肩。

「妳會跟人說妳要去哪裡嗎？」他問，然後先被自己的荒謬給逗笑。「說**妳是誰**，」他語氣誇張，活像在演電影似的。

「還沒，」我說。「但我想我之後會。」

他揚起一邊眉毛。「這倒讓人挺意外，」他說。「以妳來說。」

「呃，我這裡有朋友啊。」

「喔，我不怪妳。這是個很精采的故事，畢竟妳可是逃出去的那一個。」

「這點我不是很確定就是了。」

我感覺暖呼呼，心情很不錯。像這樣和他坐在這裡，好像兩個朋友在聊天，感覺很不錯。像朋友一樣，讓我想和他分享我的祕密。

「有一次，」我說，「在最後那一年，最後那幾個月——我忘記了。我覺得也有人試圖逃走，加百列，或甚至是荻萊拉。我聽到樓梯上一陣騷動，有人攔住他，後來有個很可怕的聲音，好像有人被——我不知道——好像他們有人受傷了。」

他剛點來第二份司康，咬了一口。

「你記得嗎？」我問。

他嘴裡塞滿食物，搖搖頭。

「隔天，」我說。「父親就帶鎖鏈回來了。」

他吞下去。「那個，」他說，「我記得。」

我轉頭看雨滴從窗戶滑落，擾亂眼前的視線，落在人行道和鵝卵石間。「那天晚上，」我說。「我好像有聽到你的聲音，我猜你可能就是攔住他們的人。」

「我對這一點印象都沒有，莉兒。那屋子裡什麼亂七八糟的事都有。那可能是任何東西。」

「但這很奇怪不是嗎？」我說。「在那些聲音之後——真的，就在隔天——父親就改變了他的做法。」

「莉兒，」他說。在我轉過頭的期間，他的表情有了變化。「現在妳都在這裡了，也長大了點——是不是可以別再瞎掰？」

鎖鏈粗三公厘，長一點五公尺，表面有明亮的鍍鋅拋光，可用來修理壞掉的掛籃或是拴狗。檢方在母親的審判上屢次提及此事，簡單吸睛的頭條素材。

我花了好多天思考購買這些東西的具體情況。父親在一間五金行——也許是特力屋——選購合適的工具。他是推購物車還是拿購物籃？他有和結帳的年輕店員閒聊嗎？他有說要購物袋嗎？

手銬是另外在網路上買的。

鎖鏈把我們綁死。傍晚再也不能聚在床間領土玩，或是在夜裡讀希臘神話。神祕濃湯也沒了。不可能把繩子扭開去上廁所，或去我們房間的尿盆。我第一次尿溼的時候，叫母親叫了兩、三個小時，那擾人的感覺變作疼痛，再變成劇痛。緊接著就是令人期待的解放。諾亞哀叫了一整天。我從大清早就沒聽見父親的腳步聲。「他們在哪裡？」我對小依說。我的肚子又熱又脹。我不想動。我把膝蓋用力抵著腹部。

「會沒事的，莉兒。撐著點。」

我哭了出來，我似乎也無法控制這件事。

「但是不會沒事。」

那種感覺在我跟戴弗琳在雅加達搭計程車去機場時再度湧上。那是我們頭幾次一起出差，當時正在下雨，雨水淹過地面，到處都是車，兩側滿滿的車陣。我們已經塞了超過一小時。「還要多久？」戴弗琳問，司機笑了出來。

戴弗琳看看手錶。「我們趕不上飛機了。」她說。

「不——肯定有什麼——」

「莉兒，」她邊說邊舉起一隻手，要我看四面滿滿的車。「拜託。」

「我們可以打給航空公司嗎？」

「他們不會讓飛機等的，」戴弗琳說。「就算是我也沒這本事。」是那股無助，彷彿回到荒林路的房間，溫熱的尿液在我身下散開。我想像我們的飛機從停機位倒退出來。

「我們可以付錢，」我對司機說。我從座椅上拿來包包，翻找錢包。他又笑了，這次笑得更用力。

「錢妳留著吧，」他說。「那沒用的。」

「莉兒。」小依說。

夜裡某個時刻，我沒注意到我睡著了，有那麼一刻，我說不出話。我太氣她。

「莉兒？」

「幹麼？」

「丹尼爾都沒在哭了。」

「什麼？」

「已經三天了。」

「妳怎麼知道？」

「妳沒注意到嗎？這麼安靜，最近才這樣。」

「他在長大。」

「但那不是很怪嗎？」

「他只是長大了。」

「可是他還很小欸。」

「妳想說什麼？」

「我不知道。」

「那就回去睡覺。」

「可是很奇怪，不是嗎？」

「不用擔心，小依。」

「妳保證？」

「我保證。」

她安靜了好久，讓我以為她已睡著了。接著，過了半小時（或更久）：「但他為什麼不哭了？」我閉上眼睛。我在腦中召喚小小的丹尼爾，他溫暖地待在父母床上的模樣。他慢慢長大，開始能夠睡上一整晚。

小依的眼睛在黑暗中睜得和負鼠一樣大。

「我不知道，」我說。「我不知道。」

處理完議員，接著就是那棟房子。我們買了咖啡和簡單的午餐，靜靜地走向車子。陽光穿透雲層，日照下的荒野發出黃銅色的光芒。比爾的車停在酒吧外面，我抬頭看向我房間的窗戶，想看到小依的蹤影。窗戶被關上，裡面沒有人。

「妳表現得超棒，」比爾說。「真的。我一個字都不用說。」

「你本來覺得需要說嗎？」

「我不是那個意思。就只是——妳表現得非常出色。就這樣。」

「謝謝你。」

一名男子裸著上身走過去，令人望而生畏，他好奇地朝我看來。不是少女Ａ，只是一個在全年數一數二高溫的日子裡身穿西裝的陌生人。我從包包裡拿出太陽眼鏡。現在的我不屬於這裡，當時也一樣。

「他們應該幾天內就會和我們聯繫，」比爾說。「也許一個禮拜。準備出發吧？」

等他把車開出來，終於不用看向我的時候。他說：「妳母親會很以妳為榮的。」我沒有回答。他的話像是臭臉的乘客，和我們一起坐在車裡。

那棟房子本身也成了奇怪的頭條新聞。母親入獄後請人將它出售。據點在另一座「某某費德」小鎮的凱立房產貼出此物件：荒林路十一號，四房家庭式獨棟住宅，景觀極佳，鄰近哈洛費德主街。有一座小花園，適合美化造景。再做點小翻修就會更完美。有好幾週的時間沒人提到那地方發生過什麼事，屋子本身也乏人問津。輪播的照片顯示出髒兮兮的地毯、剝落的油漆、長到花園內的荒地野草。終於，一位地方記者揭露了這件事：**恐怖屋以家庭式住宅規格出售**。然後，凱立房產被大量聯繫搞得應接不暇。人們要求在黃昏時看房，他們帶著相機，試圖剝下一小片壁紙帶回家，然後被逮個正著。該物件下架，房子也開始朽壞。

我們轉進荒林路後，比爾把車子切到加力檔。

「妳和鄰居認識嗎？」

「不認識。不過有幾匹馬就是了，養在荒地上。我們放學回家的時候會停下來跟牠們說話，牠們對我們沒啥反應。」

「你們會做什麼？餵牠們？」

「餵牠們？沒有。」

我笑出來，幾乎能看見房子靜靜出現在車窗外。

「沒有，」我說。「我們想餵也沒得餵。」

比爾停在車道上，將引擎熄火。

「妳想出去嗎？」他問。

房子的輪廓襯在白白的天空上。窗戶要不是破了就是消失無蹤。有幾面破爛的窗簾掛在樓上房間裡，屋頂逕自往內部塌縮下去，宛如中風病患的臉龐。

「好啊。」

這裡比較涼。一陣風從荒地吹來，宣告夏日的尾聲。我走到房子側面，審視這座花園。裡頭雜草及腰，還有一堆堆的垃圾；草地上卡著廢棄的包裝紙和一條條已認不出是衣服的布料。地上，有青少年來生火後留下一圈圈燒焦的痕跡。比爾在大門口講話，聲音和風攪在一起。門口有幾束還裹著塑膠包裝的枯瘦花束。我用鞋子碰了碰。上面的卡片我沒有讀。

「我猜還是有人會留花束，」比爾說。「挺好的。」

「挺好嗎？」

「我覺得挺好的。」

在醫院的時候也有一樣情況。我的病房堆滿新的玩具和二手衣，還有白色花束，好像我死了一樣。K醫生請護士將這些物品依所附標籤做分類整理，共可分成三類：可接受、立意良善但不妥、瘋了。

「你覺得他們知道自己究竟捲進了什麼事嗎？」我問。「議會那些人？」

「略知一二吧。」

「我想也是。」

「這和妳想像的一樣嗎？」比爾說。他往正門輕快地敲了一下，讓我當下有股衝動想要嚇他，說：你不想看看裡面有什麼嗎？

「沒有，」我說。「我是說我不會去想像。」

他想像過，我暗忖。他想像好一陣子了。

我回到車旁，握住車門門把，等他解鎖。

「下次妳來這裡，」比爾說，「整間房子就都會拆掉了。」

「還有下次？」我說。

我們開到荒林路盡頭，我在車上指著路口再過去的地方。

「那個女人就是在那裡發現我的，」我說。「我們逃出來的那天。」

「就在那兒？」

「大概那個地方。你知道那個駕駛受訪時怎麼說嗎？她說她以為我是食屍鬼——原話就是這樣。她以為我已經死了。」

我準備好笑容，就是在受訪或在機場報到櫃檯時會擺出的表情，我意有所圖時的表情。

「方便問你一件事嗎？」我說。

他瞥向我，然後又別開視線。

「母親為什麼指派我？」我說，「就是當執行人？」

「我不知道要怎麼回答。」

「少來，比爾。你做的這一切——幫忙我、安排會談、和遺囑認證律師聯繫。你肯定跟她很熟，才會大費周章做那麼多事。」

「那就是我的工作，不是嗎？」

「是嗎？」

他嘆了口氣，雙頰鬆垮垮。給他開車有個好處，就是我能盡情地審視他。

「好吧，」比爾說。「我們聊得來，我想幫助她。妳不曉得她有多脆弱，她活下來後要面臨怎樣的酸言酸語。但我想妳不會想聽這些。像是她的牢房多大、她受到什麼虐待，或是食堂裡那些母親——」

「不太想，」我說。「不想。」

「而那確實是我的工作。我一直都認為自己會從事人權相關領域，幫助他人、當上大律師。我想是我不夠聰明吧。念完大學後，倫敦所有的面試我都去了。總之——我不夠聰明。」

那就是JP所在的地方。他爬上某座宏偉的石階，手裡抓著文件。他肯定夠聰明。

「這份工作，」比爾說，「讓我還是能做那些事，可以幫助那些大家都懶得幫的人。」

他的雙手在方向盤留下溼溼的手印。

「總之，」比爾說。「如果妳問我，我會覺得是因為她最敬重妳。」

「敬重，」我說。「真的假的？真是出乎我意料——我是說真的很讓人意外。」

我放任自己笑出來，即便這並不好笑。我最主要還是想傷害他。

「我覺得她努力過，」他說。「我真的覺得她有。她提到有個獎學金，說妳上學的時候有資格可以申請。她說她花了好幾週的時間和妳父親談這件事，拿這事去叨念他——她是這樣說的。她說她不能太直接——她必須小心謹慎。」

我們開過工廠，轉彎回鎮上。

「她確實一點也不直接，」我說。「這我同意。」

「我問她我該不該聯絡妳的時候，」比爾說，「妳知道她是怎麼說的嗎？我是指她快去世那時。我問說如果我聯絡妳，妳會不會來看她。她就只說，喔，不會。莉兒太聰明，她不會來的。」

一抹暗紅衝上他的耳朵，他已經不想再注視我了。我試圖想些討喜的話來填補剩下的車程，我想像他遲了好幾個小時回到家，將食物放進烤箱加熱；他扒下襯衫和褲子，讓自己在安靜的房間裡冷靜下來——想必是獨自一人。那個他媽的不知感恩的賤貨。不過我承認，他也許永遠也不會有那樣的念頭。

他沒有下車道別。我爬下車，站在人行道上，隔著打開的車窗看向他。我的襯衫和西裝全是汗，於是我把雙手夾在手臂下，擔心要是他看到汗漬會有什麼想法。

「我很感激你的協助，比爾，」我說。「但剩下的我自己來就好。」

他沒有看我，眼睛緊盯著晦暗不清的歸途。

「妳父親，」比爾說。「妳有沒有想過他對她做了什麼？」

「你知道，」我說，「我有太多別的事情能想了。」

▲

小依在酒吧樓上的房間等我，小小的身子窩在兩張床上。她臉色發白又無精打采，但還是在我進門時露出笑容。

「告訴我，全部都告訴我。」

「妳感覺怎麼樣？」

「我會沒事——快說啦！莉兒！」

我沖澡的同時她就坐在浴室角落，脊椎抵在暖氣機上。我在淋浴間裡重述那一天的經過，手在水流下比劃，往外探頭想看她的表情。「妳表現得超棒，」她說。「真的超棒。」

我談到比爾的時候——「見鬼，母親是怎麼辦到的？」

講到那間房子她就安靜多了。「我得回去那裡，」她說。「妳當時有什麼感覺？」

「沒有感覺。」

她微笑。「這真是莉兒標準回答——『沒有感覺』。」

「我不曉得還有什麼好說。那就只是一間普通的房子。那妳打算告訴我妳現在感覺怎麼樣了嗎？」

「不太好。」

「對哈洛費德過敏？」

我是在開玩笑，但她認真想了想。「我不知道。是我們到這裡之後才開始的。是某種——害怕

吧，我想。像是……恐懼。」

「我們可以現在就走。在曼徹斯特過夜，或是回倫敦。妳應該看看那家飯店——」

「我太累了，莉兒，明天吧。」

「明天一早就出發。」

我從酒吧買了一瓶酒，我們坐在窗邊的一張椅子上把酒喝完，等待風暴來臨。風颼在荒野上，暴雨經過之處已經溼成一片，天空變成和沙子一樣的顏色。我拿了一條毯子裹在小依身上，然後把腳擱在窗臺。主街上的行人在店門口倉皇逃竄，趕忙回到車裡。在一天即將結束之際，像這樣一起待在室內，感覺真不錯。

「我很擔心妳，」我說。

「我只是累了。」

「妳太小隻了；妳得吃東西。」

「噓。講故事給我聽，像以前那樣。」

「在一個月黑風高的夜晚。」

她大笑。「講個快樂點的。」

「快樂的故事？好吧：故事一開始，有七個兄弟姊妹；四個男孩，三個女孩。」

「我不太確定我喜不喜歡這個故事，」她揚起一邊眉毛看向我。「我覺得我好像知道故事會怎麼結束。」

「要不，假如讓他們住在海邊？一間巨大的海景木屋。」

「這樣好多了。」

「他們的父母工作勤奮，爸爸經營一家小小的電腦公司，媽媽是小鎮報紙的編輯。」

「她躲過了媒體失業潮？」

「他們有一個超棒的網站，她老公設計的。」

「很好。」

「孩子有時相處融洽，有時則不。他們在海灘上度過童年，讀很多的書，各有各的長處。排行老大的最聰明——」

「才不是。」

「——他最聰明，對世界應該是什麼樣子有自己的想法。他有好多這種堅持——」

「那些女生呢？跟我說她們的事。」

「這個嘛：其中一位美得難以言喻，遺傳到母親的美貌。她在電視圈工作，能讓任何人告訴她任何事。她知道自己想要什麼，也清楚知道該怎麼得手。」

「不過還有另外兩個。」

「喔，她們迷迷糊糊，沒啥目標。其中一個想要當藝術家，另一個不知道她想做什麼。她也許會去當學者，也許會去搞應召，也許甚至會當律師。她們還多得是時間慢慢想。」

「她們可以隨心所欲地決定未來。」

「沒錯。下決定以前，她們從那間木屋出發環遊世界。她們照著讀過的書列了一張必遊清單。她們離家好幾個月——甚至好幾年。」

「過著夢想中的生活。」

「接著她們快回到家，來到一座奇怪的小城市——其實比較像一座小鎮。」

「那地方，」小依說，「該不會就叫哈洛費德？」

「就叫哈洛費德。」

「好吧。」

「距離她們海邊的家只有一天車程，但她們都累了，她們得停下來。她們住進一間房間，對這地方有種不祥的預感，彷彿她們不該來這裡，彷彿她們不受歡迎。又或者——也許她們以前就來過了。」

「接下來呢？」

「什麼都沒有。她們不安地坐在窗邊，試圖釐清那種感覺。隔天她們便收拾行李，繼續上路。」

「她們知道自己有多幸運嗎？」

「不，我覺得她們不知道。」

「真希望我能告訴她們。」

「不，就讓她們去吧。」

「我真的好累，莉兒。」

「沒關係，我們不用再聊了。」

我看向她的時候，感覺她似乎變小了，好像才十二、三歲一樣。

暴雨的聲音首先傳來，雨勢沿著主街逐漸逼近。我關上窗戶，把小依抱到床上，警醒地倚靠床

頭板坐著，望著房間變暗。

夜裡，母親弓著身子坐在我床尾。她頭埋在手裡，腫脹的手指分開，覆滿陳舊的淤泥。開口之前，我聽了聽小依的呼吸聲。房間太冷，我都能看見她的呼吸，蒼白乾癟的雙臂舉過頭頂。

「媽。」我說。

「噢，莉兒。」

「媽，」我說。「我們得想點辦法。」

我哭了出來。就和我所有喜愛的角色一樣，我很少哭，我也相當引以為傲。但這比書裡寫的困難多了，你甚至不能縱容自己去想眼淚這件事，而這一次，我太晚才打住這念頭。

「拜託。」我說。

「暫時的，」她說。「只是暫時的。」

「小依餓壞了，」我說。「她會這樣咳——」

「我不曉得我能——我能做什麼——」

「妳當然有能做的，」我說。「當然有。」

「能做什麼？我能做什麼？」

「妳去外面買東西，」我說。「也許是明天，或是後天。妳可以一步一步來。妳可以去找某個

人——任何人，就去跟他們聊天。妳可以告訴他們父親的事。妳可以——妳可以解釋。妳可以解釋說，情況失控。他是怎樣開始改變。妳可以跟他們說妳很害怕。妳可以跟他們說——丹尼爾的事。」

一陣啜泣被我壓下喉嚨，吞嚥進去。

「拜託。」我說。

她搖頭。

「但他們怎麼有辦法明白？」她說。

「就是情況失控了，就這樣。」

「沒錯。真的不該是這樣的結果，莉兒，妳明白的。我們是努力想保護你們，我們想要的就只有這樣。我們別無選擇——」

「沒錯，我明白，父親有他的想法——他有他的夢想，而當夢想破滅——」

「一切在那之前就開始了，莉兒，好久之前就開始了。」

「妳可以全部告訴他們，」我說。「但要趕快，必須趕快。」

她碰了我的肩膀一下，然後我的臉，在我下巴和下顎之間留下冷冷的手印。

「也許我做得到，」她說。「也許做得到。」

當然，她做不到。

伊森沒有被上銬，手裡拿著粉紅色的布來到我們房間。

「妳們要穿上這個，」他說。「還有把自己洗乾淨。」

他有手銬的鑰匙，他越過我身上時，我抓緊他的手。他搖搖頭。「妳要是亂來，」他說，「他會把我們兩個都殺了。今天不行，莉兒。」

「那什麼時候可以？」

「我不知道。」

我坐在床上伸展身體，肌肉動起來，發出低響。小依一被放開，便衝過領土跑到我大腿上，雙手緊抱住我的脖子，好像樹枝上的樹懶。

「這只是暫時的，」伊森說。「如果是我就不會反應那麼大。」

他穿著奇怪的舊衣服，一套肩膀灰撲撲的黑色雙排釦西裝，配上一只夾式領結，很像挖墳時會挖出來的那種衣服。

「妳們應該一個人去浴室，」他說。「一次一人。」

他把小依鎖在房間，然後抓著我的手肘走過樓梯口。我以為他是在扶我，但是等我雙腿恢復運作，意識到他抓我的方式，才領悟並非如此。到了浴室，他拿了一只雕花鞋卡在門縫，等著我。

「我不能放妳在這裡自己離開，」他說。「妳知道的。」

我踩到磁磚上，往澡盆瞄了一眼。那盆放了很久、微溫的水，因為洗過別人身上的泥土而帶點灰色。我背對他，在他還來不及別開眼之前便將T恤拉過頭頂。

「你真的不能離開一下？」我說。

我坐進澡盆，膝蓋縮在胸前，拿了塊皺巴巴的肥皂滾過四肢。我比浴缸還白淨一些，當牙齒開

始打顫，我爬出來，用水槽上一條髒兮兮的毛巾把自己擦乾。伊森將粉紅色的衣服拿給我，他的背還轉向一邊。我拿到的是一件高及頸部、長至小腿的連身裙。

「這是要做什麼？」我說。「伊森，這是要做什麼？」

他稍微轉向我，好壓低音量對我說話。「他說這是一場儀式。」伊森說。

「我好了，你可以轉過來了。」

「妳看起來真可笑。」

「嗯，你看起來跟死了沒兩樣。」

我在我的床上等小依，試圖想出什麼計畫。我能聽見從浴室傳來她咳嗽的聲音。突然獲得機會令我一陣恐慌。我掀起窗戶上紙板的一角，看出去就只有一片即將入夜的藍黑色，還有玻璃上的雨水。

房門猛地打開，出現一朵吊鐘花。

「妳喜歡嗎？」我問小依，而她挑起一邊眉毛。那是我們在了無生趣的日子裡不斷練習的一個動作：挑眉。

「嗯，我也不喜歡。」

我們穿著禮服走下樓。小依在我前面，溼溼的頭髮於肩胛骨之間晃動拍打。除了一道柔和溫暖的光從客廳照出來，整間房子漆黑一片。我們最後到場。房間被重新布置出一個臨時搭成的走道，沙發面對面擺在一起，父親則站在走道最前方。他弄了一座奇怪的講壇：有一臺卡帶播放器和《聖經》，一張手寫筆記和一束石南花。加百列和荻萊拉已經坐在一張沙發上，諾亞在他們兩個中間。

我光看見他們就知道我們快要不行了。他們的骨架輪廓即使隔著衣服也清晰可見，眼睛瞪得斗大。加百列的臉看起來不太一樣，有點扭曲，好像骨頭移了位似的。丹尼爾在哪？我暗忖。這句話被刻在我腦海裡反覆吟唱：丹尼爾在哪？

「晚安，」父親說，「我們的幾位觀眾。」

他收起筆記、閉上眼睛。我嘗試著溜進他眼皮底下，一窺他眼中的世界：他在和生命之屋教會的信眾發表演說，滿屋子的人在他身邊推擠，將小孩高高舉起；晚來的人滿溢到主街，讓車子不得不改道。

他張開眼睛。

「我們是多麼地孤獨，」他說。「那也是無可避免。倘若無人迴避，你便非依神的旨意生活不可。倘若吾人質疑，或孤立，或迫害，你便非依神的旨意生活。那是我們要承受的重擔。但，你們曉得，真的——我從來不必獨自承擔。」

他按下撥放鍵，卡帶發出轉動的噪音，然後是一首哀戚優美的曲子，改變了屋內的氛圍。那不是福音歌，而是年代久遠的情歌，是來自房子外頭那個仍在運轉的世界的吉光片羽。我已經太久沒聽到音樂，以至於任憑旋律將我麻痺，等父親看向門口，我才發現他在哭。

母親從門廳緩緩走來。她穿著她的婚紗，我從那些歡欣的泛黃相片裡看到過。婚紗本身也泛黃。如今，裙子上方是她皺巴巴的臃腫軀體。她走過去時，雪紡紗擦過我的腳，直到那時我都不敢相信她是真的存在。她沒看我們任何一個人，眼睛固定在聖壇上，回到他身邊。

父親在走道盡頭握住她的雙手。

「我們已結婚二十年，」父親用嘶啞的嗓音說。「我從一開始便愛著妳，也會愛妳直到最後。」

她毫無抵抗地由他攬進懷中。他將她遮住，她的臉龐在燈光下忽隱忽現，時而金黃、時而灰暗，好似有什麼在她的臉上湧動，卻總是沉到底下，化不成表情浮上檯面。

父親一次次重播那首歌。「所有人，」他說。「所有人都起身，所有人一起跳。」小依和我站起來跳舞，邊彈手指邊甩動我們的裙子，她得不斷退回沙發休息。荻萊拉在我們父母之間旋轉，撫觸母親的舊衣。我盡可能往門口跳，瞇著眼去看正門上的鎖。五步之遙，一秒開鎖，再兩秒解下門鍊。

我往門廳跳得更近一些。現在只剩四步。父親閉著眼睛靠在母親頭上，她的頭髮卡在他嘴脣位置。他緩慢地順著軸心轉動，離我越來越遠。我會有幾秒的時間。

我踏出房間，進到廚房和門口之間的漆黑地帶。看見了──我繃緊身子，腎上腺素在肚子裡怦咚怦咚跳。我看向門鎖。

「莉兒，」母親說。「噢，莉兒。」

她在他們旋轉跳舞的時候跑來看我，我父母親的身體分了開來，中間的空白被一陣酸楚填滿。父親伸手切掉音樂，母親伸出雙臂，掌心朝上，等我來握住。「我們何不像這樣呢？」她說，「就待在這兒。」

父親觀察我跳舞的動線，彷彿我在地毯上留下了腳印。他的笑容開始產生變化。

「事實上，」他說，「我覺得大家該睡了。」

他對伊森點點頭，後者將我們召過去。先是我，再來是抓著沙發、氣喘吁吁的小依。

「來吧，小依。」

他從後面用手抓著我們的脖子，帶我們前進。就在我們要經過門口的時候，小依伸出一隻手，留在房間不出去。

「丹尼爾在哪？」她說。

「他在睡覺，」父親說。母親點頭，彷彿音樂仍在播放。那不是贊同，只是一首不斷重播的古老樂曲：對、對，他在睡覺。

我們睡得越來越多。冬天稀微的日照壓縮了每天的時間。小依在夜裡把自己咳醒，身體猛地彈起來，扯緊鎖鏈。回去睡覺。還能說什麼呢？回去睡覺。我的腦袋開始不聽使喚：救世主從漆黑之中現身，帶著水、毯子、麵包。葛蕾德女士，或是佩姬阿姨，用某種我不明白的、輕柔且怪異的語言喃喃低語。

有時則是母親。如果想到我們靜靜在她體內，仍全然屬於她的時候，那時她對我們的愛最為深切，那麼我便允許她照顧我。有時候她會帶牛奶或剩菜來。她會用手餵我們，有時會拿毛巾和塑膠水盆來。她跪在我床邊，悄悄地自言自語說話，彷彿她自己也是個孩子。每一次，毛巾擦過我全身，擦過我鎖骨和肋骨之間，還有成了空虛皮囊的胸部和臀部，那裡的肌膚仍然腫脹而渴求碰觸，再擦到我雙腿間的軟肉：我的身體無法停止長大成人的企圖。在這樣的時刻，被她的溫柔軟化的我才明白戰敗投降是什麼感覺。我不再去想逃跑的事，不再想保護小依，不再想怎樣才夠聰明。那股

愉悅讓我好像鑽進乾淨的被窩，就這樣溜進去。

夢境漆黑無明，我醒來時全身發冷、滿身是汗，伸手摸過床上，尋覓小依的身體。伸過去、再過去，是床墊的另一邊。我坐起來，在被子上慌忙翻找：冰冷又整齊的一片。她不見了。

「小依？」我說。

我從床上爬起來，越過房間，打開門旁我唯一知道的那個開關。熱烘烘的小房間，空蕩又赤裸。酒吧溫熱酸臭的氣味充斥在各個角落。浴室是暗的，但我還是打開門，再拉開浴簾。

「小依？」

我開始穿衣服。

老闆娘在樓下收銀臺旁邊，昨夜酒水的腐敗氣味四溢。

「不好意思——」我說。

她抬頭看，沒有說話。

「我妹妹有來這邊嗎？」

吧檯上擺著一小疊、一小疊的零錢。她皺起眉。我打斷她算錢了。

「我的妹妹，」我說。「我和她一起來的，她今天有在這裡用早餐。」

「什麼？」

她看著自己的手，手掌被鈔票弄得髒兮兮。她彷彿努力要想出個什麼東西或數字，才能把注意

力轉到我身上。

她搖搖頭。「沒人來過這裡。」她說。

我確認過早餐用餐區；我走到廁所，打開三間小隔間的門；我回到我們房間。被子亂七八糟的，一張字條也沒有。我想起通往那間房子的街道。荒林路往上蜿蜒到荒野的模樣。我穿上鞋子。

我站在空蕩蕩的馬路上，水從屋頂滑落，發出滴答聲響，腳底某處的下水道奔流成一條小河。路上除了路燈外一片黑暗。凌晨兩點鐘，整座小鎮都睡著，就連醉鬼都已回巢。

「我得回去那裡。」她是這麼說的。

租來的車子還停在停車場，閃閃發亮。她是走路去的。我想像她的模樣，生了病、糊糊塗塗，一心掛念著那間房子。我能在二十分鐘內到那裡，也許半個小時。她人不舒服。我可以在她到荒林路之前趕上她。

我在馬路中間沿著白線出發，被自己倒映在黑色窗戶上的動作給嚇了一跳。到了最後一家店鋪，我沿著一條路穿過河流，還沒看到橋就先聽到河水的聲音。零星幾根枝幹卡在河堤間，河水一波一波拍打著巨大的石頭，還有幾輛亂丟的購物車。

我經過代表小鎮邊緣的工廠，開始往上爬。

樹下還在飄毛毛雨，馬路兩側各是空蕩蕩的平地，轉眼就延伸到黑暗中。到處都是土壤潮溼肥沃的氣味，彷彿有冬眠許久的動物正要甦醒。我在每個轉角搜尋她的身影：深夜裡一具細瘦、駝背

的身軀。我本以為就快追上她的。

荒林路在我面前往上爬升，我經過最後一盞路燈，在燈光邊緣停了一下。

在夜裡，一切都顯得更恐怖。

我將思緒轉向一些渺小的日常事物：我口袋裡的手機，下週頭幾天和奧莉維亞跟克里斯多夫約喝酒，到時我會邊喝著夏日最後幾杯氣泡雞尾酒，邊跟他們述說整個故事。「然後接下來，」我會這樣說，而他們會看著我，張著嘴巴、扮演稱職的好友，給我恰到好處的反應。「我出發去那間房子。」

我拿手機照亮眼前路。

路程並不遠。每次我回想逃跑的那天，都很確定自己跑了至少十分鐘。事實上，那裡離房子只有幾百公尺遠。我經過以前養馬的草地，用微弱的燈光往柵欄後面照，光線照在一片荒瘠龜裂的土地上，接著被黑夜攔在原地。這想法還真荒謬，我暗忖，那些馬肯定好幾年前就死了。

「小依？」我往草地上呼喊。

我回到馬路上。這裡一直都安靜得要命，靜到不會有人沒事跑來這裡。社區中心將需要大量的廣告宣傳，我們得確保這部分的資金充足。

房子靜靜地等在那兒，一個個房間聳立在腐敗多年的木頭後方，我站在車道盡頭，與它正面相對。

「小依，」我說，接著盡可能大聲喊：「小依？」

正門長年封著。我越過那些花束，推了推門。一開始是用手，接著整個人都撲上去推。剝落的

油漆掉在我手上，但門動也不動。

那就去廚房吧。

我沿著房子牆壁越過溼溼的草地，後門有一只掛鎖，扣在門和門框上，不過已生鏽斷裂，我手一碰它就掉下來。我讓鎖落在草地上，把門甩開。

有些事情，你的身體不許你忘記。

父親在下午稍晚時進到我們房間，鑰匙插進鎖裡，發出聲響。他剛剛人在外面，身上帶著冷冷的氣息。他脹紅著臉，一副很開心的樣子。「我的女孩們。」他說，摸了摸我們兩個的頭。

這陣子他比較少談到上帝，談比較多世俗日常的事情。他在思考要不要去度假，他說。我們從沒搭過飛機，應該體驗一下。記不記得在黑潭那個週末？早上大海是什麼樣？我點頭。我們可以再做新的T恤，父親說。這次換一款不同的設計。我們需要做七件，他說，而我在腦袋裡說：六件。

「這個家經歷了這麼多，」他說，我轉頭看著他站在我們窗邊迎向稀微日光的模樣，便曉得他是真心這樣認為。

我越過房間，看見小依盯著我的床在搖頭。她全身因恐懼而扭曲。

我跟隨她的視線。

就在那裡：書的一角從我的床墊底下冒了出來。

我們的神話書。

父親轉回來看我們，慢慢坐到我床上。他身體的重量讓我整個人往他的方向翻過去。他的手指勾進我的頭髮。「雅莉珊卓，」他說。「我們該去哪裡呢？」

我閉上眼睛。

「我不知道。」

「但妳和伊森什麼地理知識都知道，不是嗎？」

「去歐洲。」小依說。

「妳看。依芙知道她想去哪，妳最好快點想一想，雅莉珊卓。」

「或是去美洲，」小依說，她怕得溼了眼眶，顫抖著身子，勇敢地想讓他的視線停在她身上。「那邊有迪士尼。」

「對。妳喜歡那個對不對？」

「對。」我說。

他嘆了口氣，然後起身。

「我的女孩們。」他再說一次，然後俯身親吻我。

我感到他的身體停下，嘴脣懸在我皮膚上方。

「這是什麼？」他說。

他伸手摸摸書的一角，把它拉出來，看著那美麗的書封和金色的書頁。他翻到書的中間，面無表情地看著那篇故事，彷彿無法理解那是什麼。他的表情開始轉變，在震驚和勝利之間擺盪，最後

化作某種宛若大夢初醒的惱怒，讓我想到卓利在講壇上的樣子。但卓利向來只是假裝憤怒，父親則否。

「現在我們知道了，」父親說。「這個家所有的不幸到底是從何而來。」

要來就來吧，我暗忖，快點啊。這會有什麼感覺呢？妳有辦法承受嗎？而且是無所畏懼地承受──妳有那個能耐嗎？妳耶，總是那麼愛討好人的妳耶。

他緊抓住我的脖子。我從他臂間看見小依在鎖鍊底下掙扎，全身都繃緊起來。我想叫她別看，一旦看了，就忘不了。小依還這麼小，是這麼好的一個人。這突然變得至關重要：不能讓她看到。重要的事物已經所剩無幾。我努力用眼神告訴她，但這不可能。她還在掙扎。

「妳想死是不是？」父親說。「妳想死掉下地獄是不是？」

他把我甩回床上。也沒必要再裝了，於是我大笑出聲。

「所以我們現在又在什麼地方？」我說。「說啊，我們現在又在什麼地方？」

他全身顫抖走過房間，我在他回來前的幾秒望向小依。

「小莉兒。」她說。

「妳不會有事的，」我說。「妳會沒事，小依。」

「噢，莉兒。」

「沒事，但妳要保證妳不會看。」

「我會努力。」

「不行，小依──」

「好，我保證。」

「好。」

他回來的時候，手裡握著某個東西，像是木棍，應該是從十字架上拿來的，我心想。從廚房牆上，從生命之屋。他在我上方俯身解開我手腕的鎖（他最後的一點溫柔），然後我撐起自己，面對著他。

「老天，」父親說。「老天，我這麼愛妳。」

他打中我的腹部，裡面有什麼東西崩塌、爆裂，再也恢復不了原狀。緊接著是我身體被扯開的感覺，那些神經、孔洞以及那些柔軟的內臟，沉默而脆弱。

就這樣。之後，小依不再說話，而我知道我們得快——必須盡快逃出這裡。

冰冷潮溼，柔軟的地面，還有殘存的幾片油氈地毯在我腳下滑動。我踩過雜草叢和新長出的青草，荒野已開始收復這間房屋。到處聽見水滴聲。我的手電筒照過黑暗，照亮天花板上一團團的黴菌，它們直往廚房僅剩的殘骸長。爐臺上腐爛的玩意兒怵目驚心，冰箱則傾倒在地。塵土悄悄在空中飄揚，被光照到才現出蹤影。

一隻溝鼠從門廳衝出，我跳著躲開，怕得連叫都不敢叫。不曉得愛默生是否其實是隻溝鼠，只是我們不敢想像自己和溝鼠睡在一塊兒，才都說他只是小老鼠。

「小依？」我喚道。「小依？回答我。」

我經過客廳，拿手電筒照在樓梯上。周圍太暗：光線照到最下面幾階樓梯，然後便消失在黑暗之中。我跪下來檢查底下的樓梯。表面的木頭已經蛀壞，露出柔軟泛黃、開始腐爛的內部。我背靠著牆，讓它撐著我繃緊的身體，每爬一階就吸一口氣。樓上房間的地板嘎吱作響。

梯頂出現在我眼前，還有一個個房間的門口。

我停在加百列和荻萊拉房間的入口。在水聲之下，還有另一個聲音，咕嚕咕嚕響。過往的祕密從房子裡滲出。第一個悲慘的小房間，角落黑得連手電筒都難以照亮。一片片油漆屑垂在牆上。風吹過屋內，使門動了一下，但我在門關上之前將它抓住。

我身後有聲音從樓梯口另一端傳出來。我的心跳在腦中、手心、肚裡碰咚作響。我抓著門，在走廊上轉過身。

「小依？」

我們房間的門是關著的。

我腦中一片空白，穿過樓梯口。我很確定，我一旦回想起任何事情，就會把它們的實體從黑夜裡召喚出來。

我伸出被光線照得白淨發亮的一手，打開房間的門。

我當下就知道房間裡有東西。兩張床鋪多年前就被當成證物搬走，牆上只留下白色的痕跡。床間領土已淪為一片不毛之地，地毯和牆壁都腐蝕，露出屋子本體的白色水泥，以及腳下好似骨骼的地板。一具駭人形體縮在角落，那是小依床鋪原來在的位置。那是某個小小的，靜止不動的物體。它被手電筒照到時抽搐了一下。我已經不覺害怕。她就在這裡，等著我。

「小依。」我說。

「噢，莉兒，」她說。「妳真的以為我離開過這間房間嗎？」

7 我們所有人

我在秋天時離開英國。十月初，我翻起衣領穿過蘇活區，到羅米利酒店領我的東西。去哈洛費德之後，這些物品就被清出房間，收起來留到現在。「旅途如何？」接待人員問，而我張開嘴巴，接著又闔上。她給我一個明白理解的眼神。有些祕密留在飯店就好。「事情很多。」我說。

「現在呢？」

「現在，」我說。「我有場婚禮要去。」

早上，我人已經靠在醫院病床的枕頭，被嘰嘰喳喳的護士和機器給環繞。那和我逃出去後去的不是同間醫院，但在起初詭異的幾分鐘裡，我很篤定是同一間。同樣的化學甜味讓我感覺鬆一口氣。我看著我的手伸向天花板，確認自己是否自由，而Ｋ醫生點點頭，她也在看。

她一直在等我醒來。她的模樣蒼白又衰老，穿著一身美麗的奶油色裙子，可惜它鬆垂著，露出她頸部的肌腱。我無法將她和我小時候坐在我病床邊的女子連在一起。她彷彿即將屆滿任期的世界領袖。我們四目相接，她露出不太有說服力的笑容。

「莉兒。」她說。

「我們還在哈洛費德嗎？」

「離那裡不遠。」

「他們在哪裡找到我？」

「在小鎮和那間老房子之間。有個工人剛上完晚班，就在妳第一次獲救的地方附近，我想。妳失去了定向力，精疲力盡。」

「我猜我又一次走好運。」

「醫院在五點打給我，看來我仍是妳的緊急聯絡人。」

「不用想太多，」我說。「只是沒太多其他人選罷了。」

我明白現在還是輪到我說話，但我不確定自己該說什麼。

「我不想麻煩任何人，」我說。「只是想去看看那間房子。妳應該聽說我母親的事了，她指派我當遺囑執行人。我們對荒林路有些計畫，我是去那裡處理事情的。想必是回到那裡讓我很不知所措吧。」

她手肘靠在膝蓋上，手握拳靠著下巴；我沒有說出她想聽的話。

「我爸媽，」我說。「他們在這裡嗎？」

「在，」K醫生說。「葛雷格和艾莉絲。」

「我想見他們。」

「等一下，」K醫生說。「我想我們應該先聊過。找到妳的那個人——妳對他說妳在找妳妹

妹。」

「我有這樣說？」

「有。」她開口要說某件事，接著又打住、改口。「妳下飛機之後我就一直想找妳，」她說。「但我沒能聯繫上。我很擔心——我一聽說妳母親的消息就擔心會發生什麼事。」

我轉頭不看她。「我不覺得我準備好——」我說，「要接妳電話。」

「關於這點，」她說，「我能理解。我們應該把這看成一件正面的事，妳不覺得嗎？我相信——我相信妳知道我會說什麼。」

我喉嚨一陣哽咽。

「過了這麼多年，我明白我的方法可能給人什麼觀感，莉兒，」她說。「那個時候的情況不一樣。在妳逃出來之後的頭幾個月，這個方法幫助到了妳。我以為等我對妳據實以告——就是告訴妳一切的時候，妳會處於合適的心理狀態，能夠消化這項資訊，能夠走出來。」

「妳騙了我，」我說。「妳不就是這個意思嗎？」

「對，有一小段時期。而我在那之後花了很長的時間請妳接受事實。」

她在椅子上往前挪動身子，看進我眼裡。

「告訴我——」K醫生說。「告訴我小依怎麼了，莉兒。」

「妳以前老對我說為達目的，不擇手段，」我說。「好吧，現在看看我們是什麼樣子。」

淚水從我臉上滑落，流進耳朵裡。

「莉兒，」她說。「我需要聽到妳說出來。」

警方在我離開十三分鐘後抵達那間房子。那股臭味使得第一組到場的員警在門口縮回去。他們發現父親倒在後門，彷彿企圖逃跑又覺得還是算了。母親想當然耳待在他的屍體旁邊痛哭。他們不意發現丹尼爾被裝在塑膠袋，塞進廚房碗櫃，死了好幾個月；諾亞在嬰兒床上，全身沾得都是他自己的排泄物；加百列和荻萊拉睜著大眼，骨瘦如柴；伊森在他床上冷靜等待，斟酌他到底要吐露多少才好。小依在我們房間，還被鐵鏈鎖著。她已經失去意識。一位警察抱起她時，感覺就像在抱他自己學齡前的女兒。他違反規定、自行撬開鎖鍊，把她抱離我們房間，下樓到馬路上等救護人員抵達。少女C，十歲大，隔天在醫院被宣告不治，自始至終都沒有恢復意識。對我來說，這點最悲慘不過，她最後認識的地方就是那間房間。

我在醫院待了兩天之後，除了回家也沒什麼好做。媽和爸到病房接我，陪我走到車上，我像個小孩一樣，坐在後座觀察他們靠著頭枕上的頭髮。

我醒來時，我們人在薩塞克斯，就快到家了。

出了市鎮，從其中一條路轉出來，小屋就在一條蔭涼小徑的路底。正門旁邊有一張長椅，爸的報紙攤在上頭，每份副刊都被造景石壓著。下雨的時候，報紙會破掉，散在百葉窗的葉片之間。木屋後面有一座花園，裡面滿滿的蜜蜂、花草、彈跳床。從木屋穿過臺階，可通往一大片延伸至唐斯丘陵的草地。一座白色風車怪裡怪氣的在空中轉動。

我過了好一陣子才明白他們這一趟搬家的代價。就在我離家之前，我找到曼徹斯特外那間老房

子的一組照片，那是一間三層別墅，外加一條精美繁複的馬賽克走道，通向正門。這裡則是兩房加一隔間，以及一院子我父母自己種的作物，總是有些什麼因為遭別的植物掩蓋而枯死。媽本來在急診室擔任護理長，現在她在家醫科診所工作，負責打疫苗，和人說話。

「情況沒那麼簡單。」我質問他時，爸這麼說。

「在我看來是滿簡單的。」

「不管妳信不信，有些事不是妳能理解的。」

抵達小屋後，他從小車子裡爬出來，到後車箱拿我的行李。「我來吧。」我說，但他搖搖頭，把行李拖進門。

「又回到家了。」媽說。

太陽在唐斯丘陵的山脊上載浮載沉。我們來到房子的陰影裡，那個掛著吊籃植物的地方，準備去泡茶。

我第一次來到這裡時候，K醫生和詹姆森警探坐在前座，我跟詹姆森警探的太太坐在後面。她的手一路都在我倆中間徘徊不定，彷彿不敢碰我。她在警局買給我一包八分音符餅乾，跟我說我可以叫她媽媽——如果我想要的話。

木屋外面還有「出售」的標誌，讓我不太高興。K醫生非常肯定地和我說過這地方會是我的家。「也許妳可以照張相？」媽這麼說。於是，我的新父母和我，三個人擠在門口，一臉不確定該

不該笑的模樣。

「我拍了幾張。」K醫生說。

照片拍完後，他們三人鑽進屋裡，我站在門邊，像個髒兮兮的吸血鬼，等著他們邀我進去。

我整個九月都在讀書和睡覺，睡得跟死人一樣，一夜無夢，好不快活。早晨的陽光照在被子上，照亮我兒時的書本、海報、裱框的畢業證書。我醒來的時候，很清楚知道自己人在何處。週六，奧莉維亞和克里斯多夫會搭火車過來，艾德娜打來問我人在哪裡，並質疑我理財不夠謹慎，付了房租卻不住，她說，代表我錢都亂花。戴弗琳送上鮮花和 email。她的訊息儼然是從一本特別直白的勵志書上節錄下來。

不要覺得難堪。想想有多少破事是因為難堪而搞砸的。

管那些煩人的臭爛王八去死。我會繼續付妳薪水。

傑克有問起妳，所以妳還是能考慮嫁給百萬富翁這個選項。

我回信跟她要秋季那些合約的細節，她把它們一併傳了過來。

我不斷重整收件匣，希望能有比爾的消息。我每次重整，就會想到他在一臺破舊的筆電前面重整他自己的收件匣，等我寄信向他道歉。

我讀書、跑步、自慰、泡澡、吃飯。回家的問題就在於，你也得回頭面對被你留在家裡的那個自己。我和爸媽聊天時聊的都是輕鬆的話題。當然了，我們會聊天氣：總是快要結束的夏天。媽問起奧莉維亞和克里斯多夫，問起戴弗琳以及紐約那邊的奧客，也語帶嫌惡地問起ＪＰ。我陪她去超市和書報攤。我跟她在診所待了幾天，協助她處理文件，我們兩個背對背坐在地板上，被文件團團包圍。「我要開請款單給妳喔。」我說。

我們沒有聊哈洛費德的事。我們沒有聊伊森的婚禮。

我意識到我父母日漸衰老，而且一部分是我造成的。那些無人回應的簡訊、三更半夜接到Ｋ醫生打來的電話，不是比歲月更催人老嗎？有時候，我聽見他們晚上在自己房間說話的語氣，心裡很清楚他們是在講我。爸的眼袋越發下垂，好像多出來的雙下巴。他還開始跟在我後面，從一間房間跟到下一間。他會午睡睡醒就衝上樓敲我房間的門，或是不知道在急什麼似地趕到廚房，尷尬地站在那兒看我吃早餐。「你在擔心什麼？」我說，而他有口難言地搖搖頭。

「我不知道。」他說。

我在某個比較暖和的下午拿了一桶水穿過花園，清洗那張彈跳床。那是整間房子最適合讀書的地方。我掃下落葉，動手將它刷乾淨：先刷墊子，再刷彈簧和床腳。它夠堅固，能撐住靜止不動的我。我要是一跳，就會跌到水泥地上。我拿來一床毛毯和靠枕，在那裡讀書，直到花園裡的光線變得晦暗模糊。沒過多久，爸跑出來找我。我看著他穿過花園，步伐緩慢而謹慎，雙手放在背上。他走過來之後，轉身面朝屋子，然後費勁地在我身邊躺下。

「爸。你在幹麼？」

「來陪妳啊。書讀得怎樣？」

「還行吧。」

「妳記得我們以前花多少時間在這東西上嗎？」

「當然。」

「我還以為我會被妳折騰死咧。」

「少來。你喜歡得很。」

「我是。我喜歡死了。我們是那麼肯定——唉。」

我放下書，轉過去看他。

「莉兒。」他說。我等他繼續，但他就只是躺在那兒，看著令人昏昏欲睡的樹枝。

「妳可以留在這，」他終於說。「妳可以在這待到年底。」

「爸——」

「留下來，莉兒。婚禮妳不要去，我說真的，妳可以在這待一輩子，如果妳想要。」

「可是我不能，你知道我不能。」

但我本來可以的。唐斯丘陵在我們上頭，像一塊塊翠綠和金黃的拼布，被樹籬和白色的小徑給縫起。我能看到自己十年後、二十年後的樣子，永遠活在那段我錯過的童年。我房間裡的海報被數十年的陽光照到褪色。而我還安詳地睡在有圍欄的床上。

「很遺憾，」我說，「我得活在現實世界。」

他點了點頭。試試無妨。

「我很煩，」他說。「我知道。」

「你不煩，爸。」

「妳剛來的時候，」他說，「我會做一個和妳有關的夢。妳總是好小好小，我們會巧遇彼此，好像早就認識一樣，然後我們會聊上一陣子。有時候我們是在超市裡，或妳會在花園，在彈跳床上。妳好小一隻，就六、七歲大，小到我還不可能認識妳。夢的一開始都很不錯，真的。但接下來總會有某一刻，妳必須離開。好像我自始至終都知道妳會離開。而且，不知怎地——不知怎地，我知道妳一定得回去哪裡。」

他在哭。我別過頭，我知道他不會想要我看到他哭。他手按在眼睛上。

「然後我每次都會醒來。」他說。

「爸。」

「天啊，」他說。「對不起。」

「沒關係。」

「而只要你醒了，」他說，「就算你想盡辦法——只要你醒來，就怎樣都回不去。」

自由的條件是：我得答應去看Ｋ醫師。她說她正在幫我找一位紐約的心理師，但那得花點時間，必須找到最合適的人選。與此同時，我們每週碰一次面。

我們會聊天。

我不想去她倫敦的辦公室。而光是想到要讓她到小屋來，評估我們互動的張力，像失聯已久的老朋友那樣和爸打招呼，也讓我很不願意。我們彼此讓步，約在鎮上一間咖啡廳碰面。他們的服務態度死氣沉沉，裝潢風格令人不悅，但咖啡非常棒，這點我們都同意。

她不再費工夫和我客套寒暄。通常都是她先到，手提包放在桌上，單單她的風衣就占去一張空位。她每次都會先點好飲料，放一杯咖啡在我的位置上。她沒有起身和我打招呼。

我們桌子上方一面黑板寫道：好好生活。好好歡笑。好好去愛。

「妳還好嗎？」她說，然後她問我答：簡短、事實性的陳述。我很好。我很期待回到工作崗位。我在準備回去紐約。小依在好多年前，我們逃出那間房子不久後死了。

「而妳覺得，這麼長時間以來，」K醫生問，「妳一直無法接受這件事的原因是？」

有時候，我會願意陪她深究此事。人的身體是出了名地擅長忘記痛苦，我說，人的心靈只要稍微鼓勵一下，就能做到同樣的事，難道很令人意外嗎？又或者只是：因為妳給了我那個機會。我住院初期、一無所有的那段期間，妳給了我一個謊言，讓我跌跌撞撞地走進去，關上身後的門。等妳告訴我真相，我已經住在裡面了。我已放下行囊，換了門鎖。

其他時候，我無法理解談這個要做什麼。我對我自己編了故事：是這樣沒錯。那又怎樣？說服自己某些事是以不同方式發生，又有什麼關係？伊森和荻萊拉和加百列和諾亞——他們都有自己的故事。誰不會為了讓自己心安對自己講些故事？這也沒什麼大不了。這種時候，我便會考慮丟K醫生一個人坐在那裡。就讓我待在這個故事中，我會這樣說。這樣就好。

我們唯一沒談的就是婚禮，沒談的原因是，我已經告訴K醫生說我不會去。她假藉學術名義好

奇探問我每位手足的狀況，但在我講的同時，卻露出一臉家長在校門口拿自家孩子和別人家孩子比較的表情。我描述安娜和伊森各式各樣的成就，我淡化臥房裡發生的事件，只著重在主人公的愛情故事。

「我聽說伊森要結婚了。」她說。

「對，十月。」

「家人會出席嗎？」她臉上沒有笑容。

「我想他不會想讓我們其他人去，」我說，「去搶他的光環。妳也知道伊森。」

她點頭。「伊森，」她將這個名字含在口中品味，彷彿想從中辨識出某種特定食材。「希望他能過上應得的生活。」她說。

我搬出法律理論自我安慰：這比較像是隱匿，而非不實陳述，前者也沒什麼不對。我腦袋裡的戴弗琳揚起一邊眉毛。我只是不想把這次會談浪費在某件快樂的小事上。

但K醫生離開前在桌邊停了一下，她的風衣已經扣上繫緊。「關於那場婚禮——」她說，沒有看我，這樣說起話比較容易。

「是？」

「我很高興，」她說。「我很高興妳不會去。」

別的時候，我們彷彿為了不讓她發瘋才見面晤談。在這些會談過程中，她比我認識她的這幾年

還要多話，咖啡廳刺眼的燈光照亮她憔悴的臉孔。

「我沒忘記，」她說，「我向妳坦承時妳臉上的表情，我無時無刻不去想它。那是妳在醫院待的第三個月。妳一直說要找她，說了好幾天。妳整個人都要瘋了，一想到她被安頓到新的家庭。妳知道嗎，妳當時問了又問——為什麼我不能和他們一起？見到妳狀況好了這麼多，我就開始質疑自己的做法。這樣下去沒完沒了，妳也知道，或者該說——只有一種方式能夠了結：就是告訴妳。

「於是我告訴了妳。我們到醫院的庭院。我告訴妳之後，妳一個字也沒說。就只是那樣看著我——算是一臉同情吧，我想。好像妳覺得我很可憐——我怎麼會講這麼蠢的話。然後妳轉到另一個完全無關的話題：醫院午餐的品質。好像妳連聽都沒聽見我。

「在那之後，我們幾乎每天都要重來一次。妳會記得我不經意提起的某首詩，或是某種妳從沒見過的動物名稱。但這件事——妳總有辦法忘記。

「我們試了又試。不然能怎麼辦？妳有了新的家庭，九月要到新學校上課。妳能重新走路了。妳恢復得這麼好，莉兒，就和我期望的一樣。詹姆森夫婦有了孩子，而我證明了我的能耐——我對妳老實說吧，我想我們當初是認為妳長大之後就會沒事。」

「像是小毯毯？」我說。「或是什麼？——吸拇指之類的東西？」

「妳知道艾莉絲以前都怎麼說嗎？『哪個小孩沒有幻想朋友？』」

這個幻想朋友對我是多麼忠誠。我試著不要笑，卻能感到笑容浮上臉龐。

「到最後，」K醫生說，「我也不再問這件事了。為什麼呢？我現在會這樣自問。但這很明顯

不是嗎？因為不管從哪方面，妳都是我最大的成就。」

起先，情況也不是很順利。舉例來說：我朋友太少，這件事引來很大的擔憂。夏末時，媽陪我走過一條寬敞的車道，車道旁邊種了一整排的樹。我們從陽光底下走到陰影中，兩個人都很緊張，她的手撞到我的手。車道盡頭是一座鐘塔，有個校長在鐘塔底下向我們伸出手。

那天早上，我坐在一間空教室裡寫完三份考卷。視線之外的空地傳來割草機嗡嗡運轉的聲音，一位無聊的年輕人提醒我還剩半個小時，然後是十分鐘。結束後，我在一間明亮的木製書房裡和校長面談，對方問了我現在在讀什麼書（約翰．符傲思寫的《魔法師》（*The Magus*）。我爸媽只知道那和希臘有關，對其中的性愛橋段一無所知），又問起《聖經》（我該從何講起好？）問我知不知道哲學是什麼意思（知道），又問我去過最有趣的旅行地點是哪裡（黑潭）。一週後，我拿到我的獎學金——遲了六年。為符合國家教育課程之宗旨，校長說，我得和小我兩歲的學生一同就讀。我在課業上可能會覺得有點無聊，如果我有任何無聊的感覺，應隨時告知他們。

結果我一點也不覺得無聊。

一天有七堂課。我們學習如何打領帶、寫作業、上游泳課（我掙扎亂游，結果游偏，干擾到其他學生游泳）。操作微軟 Word 程式。學校圖書館的館藏相當豐富，你可以借閱八本書（「八本欸，」我回家時對媽說），館員還告訴我，如果我覺得他們缺了什麼館藏，只要不是色情刊物或

《我的奮鬥》（*Mein Kampf*）[6]，她都能找給我。

兩位和我同班的女生被指派作我的迎新學伴，她們陪我吃午餐和上下課，以確保我隨時都有人能坐在一起、書包裡的課本沒有拿錯、清楚自己要去哪。第一週之後，我不再需要她們的協助，久了她們也自己溜走，留我一個人在走廊上移動。其他同學人還不差，但他們晚上傳的那堆簡訊我都沒能參與，也因此跟不上隔天的八卦話題。第一個學期過去，我受邀參加派對的次數寥寥無幾。

我依舊搞不懂交朋友這回事。我在午餐時間和休息時間仔細觀察那些學生，試圖理解這門特別的魔法。什麼事情都能讓他們笑得亂七八糟——很愚蠢，說真的。他們感覺沒一個像伊森那般有趣，或是像小依那麼開朗。

「這不是魔法，莉兒，」K醫生說。「妳只是得——」她聳聳肩，「主動一點。」

我想像著這種情境：我小心翼翼走去同學圍坐的桌上，把我的餐盤放在他們旁邊。「妳之前是上哪間學校？」有人會這麼問——之前就有人問過了。然後我會在椅子上挪動身子。「這個嘛——」

我揚起眉毛，而K醫生笑了起來。

「不管怎樣，」她說，「我也從來不覺得這有多容易。」

而我並不覺得不快樂。每天傍晚，我爸媽都在餐桌旁，對我的一天投以無盡的好奇。夜裡，我會和小依說話，一開始我假裝她就在我乾淨的新床鋪邊，後來我把手機拿在耳旁，更方便自己信以為真。我在課堂上回答問題，或大聲念我的報告時沒有人笑我。我很奇怪，但旁人可以忍受。「我

6 希特勒於一九二五年出版的自傳。

不覺得孤單。」我對K醫生說，而事實的確如此。

還有我吞掉聖誕節的那天。

我和詹姆森夫婦共度的第一個十二月，各式各樣的家庭節慶傳統全都在我們家登場。我們躊躇著嘗試我們的新生活，像在試穿新衣。我們走到鎮上搬了一棵聞起來冷冷的樹，它實在太高太高，沒辦法塞得進客廳。「不可能放得下的。」和媽在園藝店外面等爸付錢時，我對她說。這感覺很浪費錢，讓我很擔心。

「沒關係啦，」媽說。「一年就這一次。」

而她看見我還皺著眉。「我們之後笑一笑也就過去了，我保證。」

我多了一整套新的聖誕節道具：一張聖誕金曲專輯和一組降臨節倒數日曆，以及一件有企鵝圖案的套頭毛衣，還有一隻我不是很買單的聖誕襪。

「聖誕老人不是真的。」我說。

「這個嘛，是沒錯，」爸說。「但禮物是。」

平安夜一整天，我們都在做最後的準備。我把禮物慢吞吞地包起來，一點細節都不放過。「不需要包得這麼整齊啦，莉兒。」媽說，但我鐵了心要確保每個禮物都工工整整。廚房傳出聖誕頌歌的聲音，媽像中邪似的烤東西烤個不停，每隔半小時烤箱都會噹一聲，飄出新的香味。我們被指示去執行各種稀奇古怪的任務：裝飾薑餅人，或是清點起司的數量。

夜裡，食物香氣瀰漫過整間屋子。一整天下來我心情好得不得了，邊躺在床上，邊想著我們做的每個東西：絞肉派的皺摺花邊派皮、每個薑餅人的釦子、一大盆的香草卡士達。過往的飢餓歲月化為幽魂，盤桓在我的肚裡，咕嚕咕嚕叫。

我雙手高舉到頭上。自由。

先是下樓，然後進到廚房。塞滿的冰箱在黑暗中凸出一塊。就吃一樣就好，我暗忖。一樣小東西。

我拿出最上層的起司拼盤，擺到廚房檯面上。香味在我舌頭上蔓延開來。我的手指已經在拆下一盤。拜託，我心想：停下來。這主意糟透了。我吃得越來越急，被那股飢餓感逼著吞下新東西。我翻開第一個櫃子，裡面是裝在節日限定禮盒的聖誕蛋糕。然後是躺在旁邊的薑餅人，也被我吃掉。

我在黑暗中大吃特吃了十五分鐘，像隻餓慘的聖誕節小精靈，在別人家餐桌狼吞虎嚥。食物沾到我的下巴，卡在指甲之中。我感到一陣隱約而無力的恐懼蔓延過四肢，把我壓制在桌旁。我爸媽來到門口時，我正在思考要選哪道滑稽的料理當下一道菜——那隻肥美粉嫩的火雞，或是冰箱門上的白蘭地奶油。我在廚房的燈光下清楚看見眼前是何等慘狀：蛋糕變成一塊塊水果殘骸，薑餅人活像慘遭屠殺。起司融得桌子到處。冰箱門還開著，嗡嗡低鳴。

我嚥了嚥口水。

「對不起，」我說。「我不是——」

「天啊，」媽說。「本來應該很完美的。」

她臉上浮現某種我好久沒見過的神情，在嘴和眉宇間泛起漣漪。爸也看到了，他用力往她手臂

一拉，讓她痛得叫了一聲。

「妳別——」他說，然後她轉向他，他對她說了什麼，因為太小聲，我聽不見。他還是沒放開她的手臂。而當她回頭看向我，凶惡的表情已消失無蹤，只剩下一臉狐疑。她差點要笑出來。

「我們還以為妳是在找禮物。」她說。她沒有笑，反倒轉身靠在爸的胸膛哭了起來。

日子很漫長，卻也轉眼就過了好幾週。我最後一次和伊森聯絡時，他說話簡短而無禮，對我的近況毫無興趣。

「妳一定不相信，」他說，「過去半個月我都被問了些什麼樣的問題。」

我在房間裡，拿著一本書翻開來。「比如說？」我說。

「比如說我們想被怎樣**公開介紹**，」他說。「還有我們希望香檳是在灑彩色紙花之前還是之後上。」

我找到我的位子。雨水在窗戶上留下幾滴整齊的痕跡。媽在樓下收剛洗好的衣服，令人昏昏欲睡的平凡週日。

「還有餐具，」他正說著，「他媽的要怎樣擺。」

他停頓了一下。

「妳還是會來，」他說。「對吧？」

「我希望會。」我說。

一切都安排好了。我能預見這整趟旅程：搭火車到倫敦，然後搭飛機到雅典，再轉搭一架小一點的飛機，接著搭車到離海五十公尺的粉紅色別墅。一段時間之後，伊森會在走道另一端，很開心見到我。

「妳的出席，」他說，「對我來說意義重大。」

「就像我剛才說的。我希望我會去。」

最後一天下午，我待在我房間，把我的童年開腸剖肚，再把殘渣裝進垃圾袋裡。逃出來後，就算我已經出院好久，還是會收到信和禮物。護士把它們轉寄到木屋來，還貼上一張張哭笑不得的字條。有一隻一公尺高的泰迪熊，字條寫說：我們不確定這適不適合妳的年齡。有人以手繪臨摹了黑潭海邊拍的那張相片，看起來令人鬱悶：我們覺得這可能會讓妳會心一笑。有一瓶香檳：我們不曉得他們在想什麼。

第一年的時候，擁有東西的感覺很新鮮。我的床邊有一整排給五、六歲小孩玩的絨毛玩偶。我把禮物拿到房間角落，堆成一小座聖地，讓我每天都能玩賞一番，看看某件T恤或某顆足球或某本書，再把它們擺回原位。我把卡片以恰好的間隔排在窗臺上，玻璃和窗框中間的位置。親愛的少女A……

我後來才意識到這有多荒唐，學校其他學生穿戴使用的物品都是自己選的，而不是仰賴心懷病態執迷的陌生人贈送，但我還是無法狠下心把這些東西全扔了。直到現在，我整理它們的殘骸時才

尷尬得想縮起來。那些禮物都是沒人想要的怪東西。裡面有繪本和缺了配件的桌遊。他們在信裡向我致上無盡的關心和禱告，對我失去什麼卻是一無所知。裡面還有一封我等了很久的信，我找到後，鬆開盤起的雙腿，爬到床上，擺了個舒服的姿勢。我想仔細品味它。

親愛的莉兒，信裡寫道。我花了一段時間，試著把我想對妳說的話化作文字。妳也許已經不記得我。我在妳九歲到十歲的時候，在賈斯伯路小學教過妳。當時妳家的狀況讓我非常憂心。我想我是以為，教育和閱讀就足以拯救妳——就是個年少無知、搞不清楚自己能力有限的老師才會有的想法。多年來，我都在後悔自己未能將憂慮化為行動。在我得知妳和妳手足的遭遇之前和之後，皆是如此。我實在很抱歉我沒有給妳更多的幫助。這件事我這輩子都會惦記在心。祝妳一切安好，莉兒，以及——雖然書本救不了妳什麼——希望妳仍未放棄閱讀。

葛蕾德女士站在那兒，在喧鬧繽紛的走廊盡頭舉起一隻手。我再讀了一次信，然後把它也丟進黑色袋子裡。

最後一餐。下午時，爸跑去拿了兩瓶一模一樣的紅酒回來，舉在空中。

「這是妳的最愛，」他說。「對吧？」

我不認得那個牌子，但我點點頭，從抽屜拿出開瓶器。「謝啦。」我說。

「敬莉兒，」爸說。「祝每次都能東山再起。」

我們三個人一起喝酒，接著坐在桌邊。我回來到現在，這是我們頭一次感到尷尬。於是我喝個不停，想藉此掩飾。

「我蔬菜弄太少了，」媽說。「對不對？」

「食物很棒。」我說。

「打掃得怎麼樣？」

「多清了幾袋出來，我把它們留在房間。現在空間很多了——你們可以拿去用。」

「一開始，」媽說，「那些包裹就這樣寄過來，我們還以為它們會沒完沒了。」她瞥向爸。「K醫生想要我們把它們扔了，你記得嗎？」

「對，我記得。」

「我看不出它們有什麼不好，」她說。「嘛，除了那些蜜蜂之外。」

那是我們的第一則家族奇談。早餐時間，一只長方形的大箱子送到我們家，郵差先生把它直直舉在面前，彷彿獻上貢品那樣將它擺在門階上。包裹上寫著「小心輕放」。是蜜蜂箱。「我從沒見過這種東西。」他說完，往後退開。我們三個站在大門前觀察那只箱子，像拆彈小組那樣嚴陣以待，身上還穿著睡袍。蜂箱還附上一張誠摯的手寫字條，裡面祝我一切都好，並在結語寫道：我們發現養蜜蜂實在是無比療癒。

「療癒。」爸說，到現在還在笑。

當地一位養蜂農把箱子拿走了。他表示他很感激我們想到他。

我們繼續吃。金屬在瓷器上匡噹作響。

「有一件事，」爸說，「我必須要提——」

爸將手掌心朝上擺在桌面，彷彿要開始禱告。我握住一邊；媽握住另一邊。

「這場婚禮，」他說。「我們很擔心，莉兒。」

所以是有事相求。我鬆開他的手，繼續用餐。

「見他們對妳不好，」媽說。「K醫生不是這樣說的嗎？我們只是——我們想要妳回去紐約。回去工作——平平安安、快快樂樂。妳不欠伊森什麼。」

「那是家裡人的婚禮。就只是去度個假。」

媽看向爸，而爸看向我。

「K醫生怎麼說？」他問。

他們早在醫院走廊和密不透風的房間裡建立起深刻的信任。

「她覺得這沒什麼。」我說。

「這樣的話——」

我爸媽看向空盤，好像還在等人端上一道能讓人放心的餐點。

「如果你們非知道不可，」我說，「我會攜伴去。」

▲

奧莉維亞和我在週間一大早搭機出國。我們在機場裡腫著眼睛，感覺無聊透頂。我們精神不濟地從WH史密斯超市逛到博姿藥妝店，看一些我們打死也不會買的東西。我們試戴起太陽眼鏡，卻沒有一副能遮掩我在這種清晨時分的老態。

「香檳？」

「好啊。」

候機大廳中間塞了一座那種很討人厭的白色酒吧。幾隻死透的龍蝦死氣沉沉地癱在冰塊上。

「妳有看到JP的小孩出生了嗎？」我問。

網路上有張JP抱著白白一包東西的照片。母子均安。小孩命名為阿狄克斯。就算旁邊沒人，我還是翻了個白眼。

「那很好啊，」奧莉維亞說。「我猜啦。」

「我希望那寶寶很難搞，」我說。「當然啦，沒有任何殘疾，就只是很難搞。」

「愛發脾氣。」奧莉維亞說。

「脾氣最好他媽的爛到不行，老實講。」我說，她對著香檳杯裡噗嗤一笑，伸過來碰我的手。

奧莉維亞要我開始多花點錢，於是我租走小島機場上唯一那輛敞篷跑車。和我小時候想像的一模一樣，按個鈕，車頂就會往後收。奧莉維亞一看到就開始大笑，整段車程她都抓著她的太陽眼鏡和手提包和頭髮笑個不停。

碎石臺階往上延伸到有陽臺和百葉窗的粉紅色別墅，還有壁虎從牆上一閃而過。小島的山丘聳立在遠處，花園裡有棵肥碩的無花果樹為其遮蔭，邊緣是一片野花和松樹林。底下有個小海灣，然後就是大海。我們把行李箱留在陽臺上，迫不及待跑上海灘。我們兩個都還不想講話，周遭全然安靜無聲，簡直讓你覺得肯定有人在偷聽。海浪拍打著一座臨時搭建的碼頭，滑溜的木頭裂出片片碎屑。海灣的陰影底下有架簡陋的划艇，船身上下翻倒，船槳下落不明。這麼普通的東西單獨出現在這兒給人一種荒謬的感覺，彷彿被施了魔法或詛咒。

奧莉維亞坐在鵝卵石地上脫下鞋襪，然後是牛仔褲。「來吧，」她說。「還等什麼。」我們手牽手，跌跌撞撞走到海邊，進到淺水處。腳在水底下顯得白皙透亮。半透明的魚群在我們之間游動，姿態如椋鳥般整齊。

第一天晚上，我躺在一張枕頭不對、怎麼睡都怪的床上，收到比爾的 email。他們決定資助，信裡寫道。

我躺了好幾分鐘，反覆閱讀信的內容，心臟樂得猛跳，於是在房裡顯得太吵。奧莉維亞睡著了，我也沒有想要分享的人。我走到廚房倒了一杯酒，拿到陽臺上。銀白色的夜晚溫暖怡人，我漫無對象、隨意舉杯。

荒林路十一號很快就會被鷹架圍起，房子也會改頭換面。

各個房間擠滿了扛著電動工具和水瓶的人。他們會把每層樓和花園裡的積水排乾淨，把樓上的重物從老舊的牆壁上移開，並打穿牆面。他們會拿花園裡的東西開玩笑，但也只在白天這麼做。克里斯多夫穿著喀什米爾羊毛衫和安全背心去監工。沒人想要那裡的建築垃圾，連一小塊也不要。他們在新年期間灌漿，讓房子陰乾硬化。他們安上窗戶、燈具、插座、開關，替每間房間裝妥門和家具。最後是裝潢。一位當地藝術家在圖書館裡畫了一對等身大，手牽著手的女孩和男孩，正在奔跑，打算從牆上溜出去。男孩大約七、八歲，而女孩已經是青少年。他們長大了，彼此露出心照不宣的笑容。

▲

我們連續慶祝了三天——緩慢而悠閒，通常醉醺醺的三天。我在早晨陰涼清新的陽光下跑步，午餐前我們一起去游泳。奧莉維亞游得很遠，游過小海灣，去到開放海域中，直到你無法從海水和陽光中看出她的身體。我在水位高到喉嚨的地方停下來，不是很優雅地浮在那裡，聽著我自己的呼吸和海水拍打的聲音。我觀察這片沙灘和上面的岩石。整座島嶼到處是隱密的海灣和橄欖樹林。神話在這裡顯得如此可信，一切都如此可信。我涉水回到岸上，越過那片鵝卵石地，留下一道鹽水的痕跡。

這種快樂感會讓人想保存下來，伴你度過艱苦的日子。我又變回金髮了：伊森會很欣慰，我暗

忖。我們整個下午都在喝酒，煮奢侈又誇張的晚餐：大魚大肉，起司。我們在陽臺坐到深夜，或聊天或讀書。奧莉維亞沒有問夏天發生的事，我也沒有提。

「等我們老了，」奧莉維亞說，「我們可以去買一間希臘酒館。」

「但不能放任何客人進來。」我說。

「老天，當然。」

「我們可以把他們打發走，」我說，「就算店裡沒半個人也一樣。」

「『請問您有訂位嗎？』」

婚禮前一天，我聽見有聲音從海灣那頭傳來。像是某種干擾，某樣自夢境遺落的東西。我爬下床，捧著咖啡晃到花園盡頭。一艘遊艇停在海灣離岸五十公尺處，那艘小滑艇已經停到沙灘。一名男子從碼頭上一躍，在空中轉圈後落入水中。他冒出來之後，朝甲板上用早餐的一群人喊了一聲，喊的是英文，而我感到一陣苦澀的失望。魔力消失了。婚禮賓客已陸續抵達。

那天晚上，我盡可能讓奧莉維亞待在陽臺上，能待多晚是多晚。待過午夜，待到遊艇上的音樂也靜下來。我們喝了兩瓶酒，接著開第三瓶。「我要撤退了，」接近兩點的時候，她雙手作投降狀說道。「而我強烈建議妳也回去。」

她啣著牙刷又回來了一次。

「妳知道，」她說，「妳大可不用參加這愚蠢的婚禮。」

「晚安，奧莉維亞。」

「去睡覺吧，莉兒。」

不管怎樣我就是睡不著。我清理桌面，我沖澡，我打開我房間的窗戶，躺在被子上，觀察著夜晚。我醉到無法看書。從四面八方而來的寂靜占據了整間屋子，連大海和馬路也不放過。寂靜也包圍了小鎮和待用的會場，還有荻萊拉和伊森，他們獨自待在租來的房間裡。似乎島上每個人都睡了。我為了找事情做，把我婚禮要穿的服裝掛在房間門上檢視，好像它們能為我帶來娛樂。雙排釦西裝外套和寬鬆長褲，是粉紅火鶴的顏色。

讓他們看吧。

等我沒事可做之後，我開始想那些凌晨三點才會想的事。我和K醫生最後一次碰面。我對她說我很期待回到紐約、我爸媽在餐桌上對我的懇求，以及他們在那之前在床上的輪番爭執、我對荻萊拉說的話——不是在羅米利酒店那次，而是再之前的一次。

那是我們最後一次悲慘的家庭會談。每次都是舉辦在某種活動中心之類的地方，旁邊還故意擺出明亮顯眼的東西來讓我們分心。剛剛進行完引導會談和小組練習，現在我們來到自由活動時間。伊森正在校訂文章。他一隻手舉到額頭上，耳後還塞了一枝筆。加百列專心於他的 PlayStation 遊戲機：有隻以雙腳站立的老鼠在躲避一顆巨石的攻擊，但每次都被撞死、毫無例外。我和荻萊拉在玩拼字遊戲，我遙遙領先。

「妳家長什麼樣？」她說。

「什麼？」

「妳的房子；妳住的地方。」

「挺不錯的，」我說。「真的很不錯。」我想了想。「我有我自己的房間，」我說。

荻萊拉鼻子哼了一聲，一臉嫌惡地審視她手上的字母。

「誰都嘛有自己的房間，」她說。「那妳爸媽呢？他們很嚴格嗎？」

「什麼意思？」

「意思是『我想做什麼都可以』。妳可以嗎？」

「有時候吧。」

「有時候？」

她看著我，扭成一團的身體一動也不動。我回頭看我的字母。

「他們帶妳進來的時候，我有看到他們，」荻萊拉說。「領養妳的人。」

我抬起頭。

「他們有點老。」她說。

我想起媽和爸，他們那天早上拿著自製三明治和兩份同樣的報紙，陪我搭火車到倫敦。我媽和我為了這次會談，精挑細選身上這套新洋裝，而我們一出門，新衣就開始讓我發癢。

荻萊拉穿的是刷破牛仔褲和帽T。

「我猜，」她說，「最後一個被領養走就是會這樣吧。」

我抓起拼字遊戲的板子往她丟過去。板子沒打中她，反而斷成兩半掉在地上，字母在房間裡亂飛，有幾顆從她臉上彈開，相當反高潮地掉在她大腿上。

「憑什麼是妳活下來？」我說，聲音在這小小的塑膠房間裡大聲到令人尷尬。「而——」

門打開，好幾隻手伸過來。那一刻，荻萊拉受傷了。她用手擦嘴，彷彿在檢查有沒有流血，像

是我打了她一樣。

「妳應該死在那裡的。」我說。

接著我開始喊小依的名字，赫然發覺她不在房間。每個家庭裡的人都會有自己的盟友，而我的盟友不見了。我這麼努力，卻落得孤身一人，為年邁的雙親和廉價的洋裝感到羞恥。我呼喚著小依，就像我剛開始住院時那樣，彷彿她就在窗戶外等我。荻萊拉抓著一位看護者，伊森則抓著桌子。接下來的幾個夜晚，他們才逐漸明白：我喊小依的語氣，是只有在預期對方真的會出現的時候，才會那樣喊。

車子一路塞到教堂，途中還有一系列印出來的標示——**離婚宴會場三公里！離慶祝活動一公里半！**使得奧莉維亞故作嚴肅地轉向我，問我確定沒有走錯路嗎？現在我們進到車陣，夾在布加迪跑車和滿是灰塵的計程車中間，千辛萬苦地開去會場。

往教堂的路上有一座鮮花拱門，底下的鵝卵石地面鋪了紫色地毯。我觀察等待的賓客，他們朝氣勃勃、亮麗動人，聚成一團互相拍照。我一個人都不認識；這點並不意外。「我會等妳回來，」奧莉維亞說，我趁自己改變心意之前爬下車。

我一直在想我要怎麼跟伊森打招呼。我走到教堂門口，燈光暗下來後，在暗處第一個見到的就是他，他穿著無尾禮服，一臉真摯，有一整排的人想要和他講話。他看上去從容不迫，和他說話的男子點頭，大笑，再點頭。我經過他們，鑽進一排空著的長椅，堆出溫和的笑容。耶穌在教堂前面

敞開雙手審視著我，不太買單的樣子。像在說：喔，少來了。

信仰這件事，K醫生曾和我聊過幾次。「妳對它有什麼感覺？」她問。她每件事情都拿同一個問題問我。

「哪個部分？」

「比如說，」她說。「上帝。」

我笑出來。「半信半疑。」我說。

「妳不生氣嗎？」

「有什麼用？」

我們等了一會兒。

「也怪不了他，」我說。「不是嗎？」

「也許取決於妳問的人是誰。」

「不，並不是。」

教堂的門被關上，伊森獨自站到走道盡頭。牧師到了。

我闔起雙手。沒關係的，我心想。我一貫的禱告內容就是：我不怪你。在牧師開口之前的靜默中，我抬頭一看，在一片垂下的頭和帽子裡，伊森正注視著我。

撒完五彩紙花後，賓客湧進小鎮街道上，一路到飯店都是人。電線和常春藤在我們頭上纏成一

團。陌生人從不太穩固的陽臺上揮手，太陽在樓房間忽隱忽現，影子開始變得越來越長。

我在飯店花園裡找到荻萊拉。地面錯落交疊：先是擺了晚宴餐桌的露臺，然後是一座靠近牆邊的游泳池和幾座梯皮帳篷，外圍是青翠的草坪。荻萊拉拿著一杯水坐在土地邊緣，身上穿的黑色裙子露出腰窩。

「真是**美極了**，對吧？」她說。

「我非常感動。」我說，在她身邊坐下。

「妳知道，」她說，「我感覺他們搞不好真的是因為愛才結婚的。」

「不然是因為什麼？」

「喔，什麼鬼都有可能。妳覺得他們會一直在一起嗎？」

「只要那樣對伊森來說有利可圖，就會吧，我想。妳有看到酒嗎？」

「他們把酒藏在廁所隔壁的房間裡。幫我也拿一杯？」

我在路上經過佩姬和東尼．葛蘭傑。他們抹上防晒乳，和他們不具名的兩個兒子坐在陰影底下的一張桌邊。佩姬拿典禮流程卡給自己搧風。我推測伊森不是因為想要他們來才邀請的——他們才沒那麼重要——而是為了炫耀他光采奢華的生活。佩姬在我經過時看了我一眼，我刻意朝她笑了一下，她則別過視線。我拿了四杯香檳回去找荻萊拉。

「妳有看到佩姬阿姨來了嗎？」我說，荻萊拉翻了個白眼。

「妳有讀她的書嗎？」我問。

「噢，莉兒，妳知道我不愛讀書。但這麼說吧：我就算想讀也不會讀那本。」

「她已經盡其所能要救我們了。」

荻萊拉大笑。「這樣啊，」她說。「我去他的。」

「加百列還好嗎？」

「他還沒自殺。」

「那很好。」

「是啊，」她說。「我想是吧。」

她把酒擱在桌邊，酒往杯緣傾斜，幾乎就要溢出杯壁。

「妳想必有過這念頭。」她說。

「時時刻刻。」

「妳知道，」她說，「我花了好多時間找《聖經》裡面有沒有哪段話禁止大家這麼做，找根浮木給他抓，我想。結果裡面有什麼？都是他媽的幹話。」

我們靜靜地喝了一會兒。

「荻萊拉？」

「嗯？」

「看到妳幫小加做的這些——我很抱歉我說了那種話——在我們最後一次聚會上。那樣說真的很差勁。」

「我承認，」荻萊拉說，「是還挺誇張的。但妳一向不大喜歡我，莉兒。妳也不用現在改變。」

我等著，手裡已經沒酒能喝。

「那沒關係的，」她說。「自私一點看，其實願意寬恕別人對我自己也有好處。」

「什麼意思？」

她喝起另一杯酒，再點了另一支菸。真是滿手的罪惡。

「妳之前問我，」她說，「問我們是不是有試著逃出去：我和小加。」

「我有聽到你們，有天晚上——就是在最後——」

「我們沒有試圖逃跑，莉兒，我能理解妳為什麼希望這樣想。好像覺得我們受不了——像妳那樣的受不了。但情況完全不是那樣。小加和我——我們是太無聊。我會想一些任務，就為了找點樂子。妳知道加百列那個人，你要他做什麼他都會照做。就是些蠢事——掙脫繩子、比賽誰能碰到最下面一階的樓梯，諸如此類。

「然後那天——我推測那天是我生日。當然啦，沒有慶生，日記上也沒記。我努力從聖誕節開始算日子，所以應該沒算錯太多。有時候家裡會飄滿蛋糕的香味，那天就是那樣。妳知道我意思。我並不貪吃，當時也不是——但那時候我們有可能挨餓很多天。所以我就提議說，也許小加該拿個禮物給我。我其實是開玩笑的，當然了。我本以為他會轉過來叫我滾。」

「他怎樣都不會對妳講這種話。」我說。

「我就在那兒談著禮物和蠟燭，抱怨那是史上最慘的一次生日。那天繩子綁得很鬆，他下了床，走出門，臉上掛著那個笑容——妳也知道——好像他是世界冠軍似的。

「我想我是以為他會沒事。父親睡著了，母親跟兩個寶寶在房間，所以我躺在地板上，看他走下樓梯。我們從來沒到那麼下面過。他在樓梯底部回頭看我，臉上還掛著笑，我說真的，莉兒，我

記得我心裡想：他可以的。

「於是他到廚房，而我躺在地板上幫他把風、等他回來。他出來後，手裡拿了兩塊我有史以來看過最大的檸檬蛋糕。整整**兩大塊**喔。我心裡已經在想：小加，這下你可躲不了了。但木已成舟，我只能希望他順利走上樓，然後——等他進房間，我們可以再想辦法，可以想個計畫。而就在倒數第二階樓梯，他絆倒了——當然啦，因為他天殺的什麼都看不到。檸檬蛋糕灑得到處都是。小加整個人癱在地板上，妳想是誰開了門？

她回頭看向伊森，後者正遵照攝影師的指示，以一種練習過的深情注視安娜。

「我以為他會幫我們，」她說。「在一開始那幾秒鐘——我真心以為他會。」

「但他沒有？」

「噢，莉兒，別明知故問了。那也是我答應今天來的原因之一。我想我也許準備好要原諒他了。」

講到這裡，她停下來讓自己好整以暇把故事講完。最後這段她無法當笑話來說。

「小加絕口不提我的生日，」她說。「整個過程持續了一整晚，而他一個字也沒說。父親要我轉過去，大概是要保護我吧，於是我照做。但你還是聽得見。那件事過後他就變了個人。他開始會突然發飆。他本來是個好到不行的小男孩，從此就毀了。」

我想到我隔著走廊聽見的噪音，想到你若在陰暗窄小的房間裡，面朝牆壁，那聲音聽起來會是如何。伊森在陽光下召集安娜的家人過來拍照，花童爭相要給他抱，他拉住其中一位，小女孩尖叫著被他撈起來舉到頭上。

「他那時候在場？」我問。「整個晚上都在？」

「拜託，莉兒，」荻萊拉說，有好長一段時間，我沒看她，我知道答案早已寫在她臉上。「妳以為是誰壓住他的？」

安娜堅持我們也要拍自己的家族合照。她在婚宴場地另一頭，用激動醒目的手勢叫我們過去，荻萊拉和我交換眼神。

「我想我們也沒得選。」我說。

我們拿著酒杯到泳池邊，那裡有一座鮮花拱門，隔在露臺和草坪中間。我把太陽眼鏡戴回去。我們等安娜的家人拍好：他們分成兩排，一半的人跪坐在前面。花童開心地坐在地上。「再來一張搞笑的。」攝影師說，於是伊森把安娜抱到膝蓋上，在她家人的歡呼下親吻她。

接著輪到我們。荻萊拉站在安娜旁邊，我站在另一側，也就是伊森旁邊。他的手擺在我肩上，重得要把我壓垮，像是碾碎一個小小的世界。「所有人都到了？」攝影師問，然後伊森點頭：是的，我們所有人都到了。

晚宴上，我被安排坐在荻萊拉和一位伴娘的老公中間。他穿著黑色的燕尾服，一找到自己的名牌就從另一組餐具拿走杯子底下的餐巾，擦去自己臉上的汗水。

「所以，」他說。「妳們是誰的親友？」

「安娜。」荻萊拉說。

她伸手摁了摁我膝蓋。

「老朋友了，」她說。「我和她在藝廊認識的。」

「所以是**藝術家**囉，」他說，倒了三大杯酒。不曉得伊森多常像這樣跟人聚餐。他會講些酸言酸語來折磨對方嗎？或者他真心享受他們的陪伴？他和安娜濃情密意地，手牽著手在桌子間走動，我們同桌的朋友偷偷摸摸地往前一靠。

「妳們對他有多少了解？」他在掌聲結束後說。「除了大家都知道的那件事以外。」

「大家都知道的什麼？」我說。

他吞下酒。「妳們不知道嗎？」他說。「那件虐童案啊。」

他停下來，等我們消化這項資訊。

「在當年是大新聞，」他說。「超級轟動。好幾年前的事。有對父母把小孩當畜牲對待，把他們關起來，讓他們挨餓。持續了好幾年。當然啦，是在北部某個地方。他就是其中一個小孩——我可沒瞎掰。」

「在婚禮上聊這個，」荻萊拉說，「有點太黑暗了吧。」

「我光是想到，」我說，「就覺得不舒服。」

「他會有多創傷啊？」荻萊拉說。

「我就是要說這個，」他說。「你經歷過這種事，還要怎麼信任別人？」

「幫我拿一下麵包好嗎？」我問。
「他們其他人後來怎麼了？」荻萊拉說。
「天曉得，得做一輩子心理治療吧。是說，我想其中幾個可能已經死了。」
「只有幾個。」荻萊拉和我說，聳聳肩。
「你做什麼工作？」我問。
「和錢有關的工作。」他說，彷彿不管是什麼我都不會懂。
我說：「我是律師。」
「很厲害的嗎？」
我正在吃東西。荻萊拉湊到我面前。「最厲害的。」她說，然後就沒有然後了。

舞池就架在花園的底層，就是我和荻萊拉晚餐前喝酒的地方。安娜家好幾輩的親戚都在跳舞，花童在大人之間跑來跑去，抓別人的裙子，在草地上打滾。伊森被人扔進泳池，現在他成了全場的焦點：溼亮滑順的頭髮、解開的領結，身上的水在舞池滴得滿地。我知道我正陷入自溺狀態，變得越發低落且脆弱。都是因為跳舞這件事。
荻萊拉跌坐到我旁邊的椅子。
「怎麼了？」她說。
「沒事。」

「我感覺妳在找人。」

「沒有。就只是看看。」

她閉上眼睛。「妳老是在看，」她說。「怎麼不跳舞？」

她把頭靠在我肩膀上。

「晚餐的那個男人，」她說，「讓妳想到誰？」

他在會場邊緣，和一個穿著看起來比其他人都廉價的女生講話。她歪著頭，似乎在試圖判斷自己是要欣賞還是瞧不起這個人。

「父親。」我說。

「問題就在這裡，妳知道，」她說。「這世界到處是這種人。」

她站起來，搖晃一下，我伸手要穩住她。她點了根菸，舉起她的酒，接著從我身邊退開，身體動起來的同時，她也笑了，回頭向我伸出手。我看她跳舞看了一會兒。荻萊拉瘋瘋癲癲、嚇得其他人紛紛迴避，我因此被逗笑了。歌曲最後，她轉回來我這頭，用食指和拇指比了顆心。**愛**。這就是荻萊拉：不管是要慶祝什麼，她都能輕易投入其中。

我在兩點時取回我的外套和包包，舞池一片靜謐，剩下的賓客有的成群坐在花園裡，有的在露臺上直接對著酒瓶喝酒。我發現安娜躺在一頂梯皮帳篷中，和一位伴娘分食一根 Magnum 雪糕。

「伊森在哪？」我說，她聳聳肩。

「過來，」她說，像個等人擁抱的小孩一樣敞開雙臂。我彎身抱住她，臉埋在她頭髮裡。就在這近得能分享祕密的狀態，她說：「今天是很棒的一天。」

「是啊。真的很棒。」

「我很抱歉，我上次——」

「別擔心。」

「嘿，」她說，彷彿剛回想起某件事。「晚餐的時候——妳和荻萊拉是不是假裝成別人呀？」

她笑完後，親吻我兩邊臉頰。「叫伊森來找我，」她說，我點頭。臨走之際，我轉身面向她。

「我們下次碰面，」我說，「該聊一下——當然不是今晚。」

我倒退著離開她，雙手已經插在口袋裡。

「我們該聊一下加百列，」我說。「他狀況好多了，我覺得妳會喜歡他。」

伊森不在花園，也不在飯店接待處。我叫了一輛計程車到廣場接我，接著往回走過安靜漆黑的街道。零星幾位賓客在門口扭來扭去，還有一個女生跌跌撞撞經過我身邊，要回飯店。鎮上的家家戶戶都已關起百葉窗，但我從少數幾扇看到電視透出來的光亮，以及住戶看著電視的臉。我扣上外套、踏入風中。再過一週，就不會有頻繁起降的班機，旺季結束了。

我在廣場發現伊森站在教堂門口。他看著走道，手裡拿著琥珀色的飲料。我從門檻瞥見遠處有幾尊聖像在黑暗中等待。

「安娜在找你。」我說。

「莉兒。我們幾乎沒說到話呢，對不對？」

「大家都說參加自己的婚禮就會這樣。」

「大多時候，」他說，「我寧願和妳聊天。」

風猛地吹過門口，教堂裡有東西掉落。

「我準備要走了，只是想說聲再見。」

他雙手擱在我肩上，似乎想說些什麼，像是些恰如其分的話，但一直想不到。

「還有，再次恭喜，」我說。「我準備回紐約。下次再見應該也要好一陣子了，我想。」

我用自己的手蓋在他手上，然後從我身上拿開。

「別搞砸了。」我說。

奧莉維亞依約等我回去。她坐在陽臺的白色塑膠椅上讀書，雙腳擱在桌上。一團飛蛾在她頭頂繞著燈光飛，桌上有杯深褐色的酒，和一瓶空的紅酒瓶。「我本來要留一些給妳，」她說，「但我沒想到妳會這麼晚才回來。」

我拉了張椅子過來，癱坐上去，把腳擱上桌，蹺在她的腳旁邊。

「都還好嗎？」她問。她伸過來握我的手，我沒有反對。

「還可以。」

「有好吃的？好喝的？」

「嗯。」

「妳想要的話，我們可以改天再聊。」

「嗯，那樣比較好。」

她拿起她桌上的書讀了起來。片刻過後，她把書擺回去，隔著杯子看向我。

「全部都會跟我說？」

「好。全部都會。」

到了早上，我被冷醒，整個人迷迷糊糊，身體扭曲地躺在被我們搬到陽臺的床墊上。當時說是想要一醒來就能看到海。我們原先感覺這個主意似乎挺不錯。

我能聽到引擎聲，奧莉維亞的行李箱擺在門口。她帶著黑眼圈，小心翼翼地走下樓，懷裡都是還沒打包的東西。「真可惜，」她看到我後說。「我們應該再多待一天。」

「也許再待一年。」

我們像在大清早交談的人那樣悄聲說話。她把剩下的東西塞進箱子，硬拉上拉鍊，然後露出一臉得意的笑容。「真他媽的，」她說。她把我抱進懷裡，親吻我的頭髮，然後拖著行李箱踏入早晨的世界。

我下午才要搭飛機，手邊也沒什麼事能做。我脫下粉紅色的西裝，在房間走來走去，把玩那些漂亮的玩意兒。床頭桌上有一顆老舊的石紙鎮、一只手工繪製的滑艇模型，船身和海灣上那艘是一樣的顏色。每扇窗戶都被我們打開，海浪拍打的聲音傳遍整間房子。這是我好幾個星期以來第一次

獨處。

我在淋浴時想到紐約的事，想到ChromoClick的餐敘，以及傑克若坐我對面我要穿什麼好。我想到我新的心理師，以及眼前這一堆未竟之事。我知道K醫生想要幫助我，她也期待我幫助我自己。我們說好，我一下飛機就要盡快和她再碰一次面。我還沒結案。她是這樣說的。我離開前幾天，我和她站在我們的咖啡廳外面，她正在包包裡翻找名片。即使她所有聯絡方式我都有，而且保留了好幾年。

「要是這得花上一輩子怎麼辦？」我說。

「那就花一輩子，」她說，她站挺身子，看向我，臉上帶著某種未曾消失的表情，就和第一次出現時一樣強烈。是驕傲。

我穿了白色的衣服，把行李箱放上車，從屋子往下穿過花園。樹枝在微風中擺動，好似人在睡夢中動了動身體。遊艇已經離開海灣，海面在陽光下一派寧靜，鵝卵石從水下透出來，更遠處則是一片深邃耀眼的藍。蟬鳴響徹整個午後。

臨走前的最後時刻。我心想：這就是我從悲傷城市逃出來後會想去的地方。

我抬起一手遮住眼睛。

有人在沙灘上。

她姿態堅定地走向水中。她的肌腱和肌肉和骨頭的動作、皮膚被太陽照得暖和，完全和我一直以來的想像如出一轍。

我小心穿過樹林，下到海灣，松樹的針葉刺進我腳底。我知道我不必著急。她會等我。我清楚

知道她會露出怎樣的笑容。我們成功來到這裡了，她會這樣說。過了這麼多年之後。

我踏進陽光下，呼喊她的名字。她現在來到了岸邊，面朝大海，然後轉回來，朝著我舉起手，呼喚我——或是揮手道別。

致謝

感謝我無比出色的經紀人兼好友 Juliet Mushens。我難以想像這趟瘋狂的旅程若沒有妳會是什麼樣。也感謝優秀的 Liza DeBlock，像施魔法一樣幫我解決了這麼多難題。

我由衷感激每一位對本書表達過支持的共同經紀人和編輯。

特別感謝 Phoebe Morgan 和 Laura Tisdel 和我分享的見解、才華和幽默。這本書若不是妳們，不會是現在這樣。也要感謝英國 HarperFiction 出版社和美國 Viking 出版社的團隊，提供我絕佳的創意和支持。

非常感激我的同事——不論新舊——給我這麼多的鼓勵和體諒。

感謝許多敦促我持續寫作的師長。特別是 Howson 先生和他所屬的英語學系，在我最需要的時候給我無止境的照顧。

感謝我優秀的朋友和家人。感謝 Lesley Gleave 和 Kate Gleave。感謝 Anna Bond、Marina Wood 和 Jen Lear 花時間陪我聊書。感謝 Will Parker、Anna Pickard、Elizabeth 和 Paul Edwards、James Kemp、Tom Pascoe、Sarah Rodin、Naomi Deakin、Sophie 和 Jim Roberts，以及 Rachel Edmunds，和我共度最一開始的激動時刻。

感謝 Gigi Woolstencroft，遠比我更早對這本書抱有信心。

特別要感謝 Paul Smith、Rachel Kerr、Matthew Williamson 和 Ruth Steer 給我這麼多年的歡笑和愛。

感謝我的父母 Ruth 和 Richard Dean 讓家裡充滿各種故事，且一直、一直都在那兒支持我。

最後，感謝我深愛的 Richard Trinick，我的頭號支持者，也是我最難搞的勁敵，感謝你從來沒有放棄。

國家圖書館出版品預行編目 (CIP) 資料

少女 A ／艾比蓋兒・迪恩（Abigail Dean）著；
葉旻臻譯 . -- 初版 . -- 臺北市：小異出版：大塊
文化出版股份有限公司發行 , 2022.07
面；　公分 . --（SM；33）
譯自：Girl A
ISBN 978-986-97630-9-7（平裝）

873.57　　111007486

Trans+

Trans+

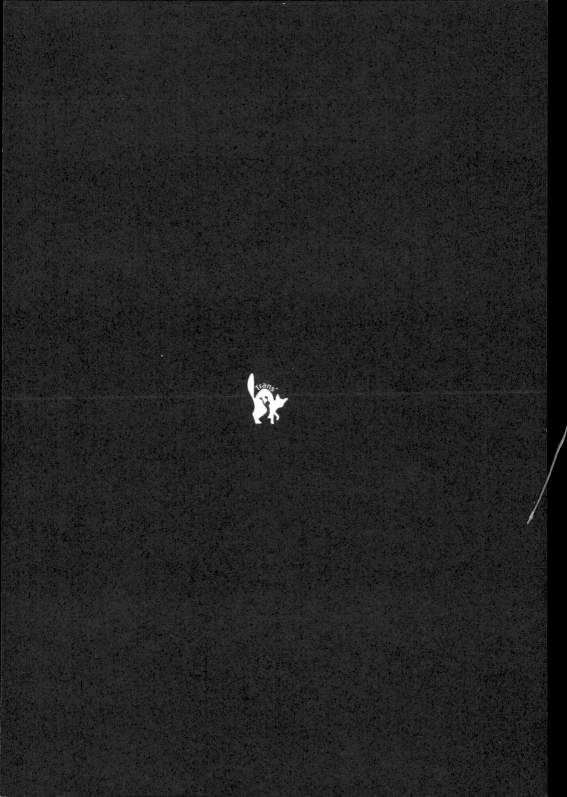

Trans+

Trans+